就这样，
我睡了全世界的沙发

潘靖仪 著

图书在版编目(CIP)数据

就这样，我睡了全世界的沙发 / 潘靖仪著. —北京：中国地图出版社，2016.6

ISBN 978-7-5031-9110-7

Ⅰ.①就… Ⅱ.①潘… Ⅲ.①随笔—作品集—中国—当代 Ⅳ.①I267.1

中国版本图书馆CIP数据核字（2016）第100388号

策　　划　马　隆　刘秋杉
责任编辑　张　婉
出版审订　余　凡

就这样，我睡了全世界的沙发
JIU ZHEYANG, WO SHUILE QUANSHIJIE DE SHAFA

出版发行	中国地图出版社			
社　　址	北京市白纸坊西街3号	经　销	新华书店
邮政编码	100054	印　张	16
网　　址	www.sinomaps.com	版　次	2016年6月第1版
印刷装订	北京时尚印佳彩色印刷有限公司	印　次	2022年11月第5次印刷
成品规格	170mm×240mm	定　价	35.00元

书　　号　ISBN 978-7-5031-9110-7

如有印装质量问题，请与我社发行公司联系；如有图书内容问题，请与本书责任编辑联系，联系方式：dzfs@sinomaps.com。

目 录 CONTENTS

001 ○ **推荐序** 每个沙发客的经历都是独一无二的
003 ○ **自 序** 间隔年，去当一名沙发客

第一章
欧 洲
——新潮的旅行体验

002 ○ 会说中文的意大利维纳斯
003 ○ 罗马，沙发客初体验
007 ○ 第一次沙发客聚会
008 ○ 跨城性伴侣
010 ○ 伊朗沙发客夫妻
013 ○ 跟两个男人"睡"在一起
015 ○ 米兰黑夜里的淫魔手
017 ○ 搭便车惊魂
020 ○ 从宫崎骏漫画里走出来的公主
025 ○ 吻在布拉格
029 ○ 搭车到荷兰
032 ○ 留宿藏人家
035 ○ 老人家的沙发
036 ○ 约会巴黎CEO
041 ○ 免费的"总统套房"
045 ○ 性爱巴黎
048 ○ 环游世界，不去会死

CONTENTS

第二章
美 国
—— 勇闯纽约的那些事

- 054 美国初来乍到
- 057 在曼哈顿找工作
- 061 飓风"桑迪"来临
- 063 在曼哈顿找房，那个悲催啊
- 067 咽下委屈
- 069 找到房子，在唐人街挥霍
- 073 生平第一次被炒鱿鱼
- 075 我到底有多喜欢旅行
- 077 第一桶金
- 079 中文家教
- 081 第三份工作
- 084 让人呕吐的日本餐厅管理模式
- 088 奇葩女郎
- 092 形形色色的客人
- 095 纽约时装周
- 098 我，征服了纽约

CONTENTS

3 第三章
中美洲
—— 满是华人的世界

- 104 古巴人到底是怎样生活的
- 108 蔗糖之国的华人访问录
- 111 最危险的国家和最安全的人
- 113 华人在哥斯达黎加
- 116 3天非凡的海岛生活
- 119 巴拿马人娶不了中国人
- 123 不走寻常路的David

4 第四章
南美洲
—— 世界尽头的拥抱

- 128 现实版《幸福终点站》——被困厄瓜多尔机场
- 131 利马九人餐
- 134 上口红的印加女孩
- 137 穷上马丘比丘
- 140 五个智利沙发主
- 144 阿根廷的便车之旅
- 148 在世界的尽头，免费拥抱
- 150 巴西的法国船长
- 153 一品红娘

CONTENTS

5 第五章
非 洲
—— 金字塔前，嫁给世界

160 ○ 桑岛故事集
165 ○ 黑人沙发主
168 ○ 别样的 25 岁生日
171 ○ 行骗沙发客
174 ○ 袒胸露乳的埃塞部落生活
177 ○ 埃及富二代
180 ○ 金字塔前，嫁给世界

6 第六章
亚 洲
—— 此心安处是吾乡

186 ○ 隔海望亚洲
187 ○ 土耳其的中国地毯
190 ○ 那些你不知道的伊朗
193 ○ 死在瓦拉纳西
196 ○ 牵手老妈印度旅行
199 ○ 环球最后一张沙发
201 ○ 回家后的感受

203 ○ 附　录
223 ○ 后　记

推荐序
每个沙发客的经历都是独一无二的

翻了翻日历，从第一次独自旅行开始，我竟然已经旅行十多年了。

每次谈及旅行，很多人都会猎奇式地提出各种以"最"字打头的问题，比如，你最喜欢的地方是哪里？你最惊险的一次旅行经历是什么？我通常都答不出来。但如果要说最喜欢的旅行方式，我一定会说沙发客，没有之一。所以，当 Ella 邀请我来为她的沙发客旅行记写序的时候，我毫不犹豫就答应了，因为沙发客带给我太多美好的旅行回忆。

对于我自己来说，最初选择沙发客，其实是少了一点云游世界的踌躇满志，多了一点穷学生的被逼无奈。

我第一次沙发客的旅行经历是在荷兰交换读书的时候。那是 2006 年新年，学期结束，我们一群国际学生被要求搬出宿舍自己找地方住，由于时间紧迫又囊中羞涩，我找到了阿姆斯特丹郊区一户人家。欧洲的冬天清冷无比，家中虽然有暖气，但老妈妈怕我在客厅着凉，好几次半夜出来帮我塞被角，让在异国他乡独自一人的我感受到了家的温暖。

后来，我也和 Ella 一样，选择了在毕业前来一段长达一年半的 Gap Year。随着去的地方越来越多，风景似乎都模糊了，去哪里变得越来越不重要，和谁一起才是每次旅途最大的期待和惊喜。我记得在挪威特罗姆瑟，和我的沙发客 Host Ellen 夫妇一起扛着三脚架出去拍极光；在伊朗德黑兰，为我的 Host Ahmad 开生日派对，看美丽的伊朗姑娘们取下头巾惊艳四方；在印度金奈，和我在当地能找到的唯一女性 Host Veadha 一起吐槽奇葩的印度男人，并一起逛街买纱丽。我和他们当中的很多人成为了好朋友，一直到现在都在网上保持着联系，每当回忆起一个曾经去过的城市的时候，想到的通常都不是明信片里的风景，而是来自那个地方和沙发客 Host 们的生活碎片，这些碎片让我感到地图上一个个地名是多么鲜活真实，充满世俗又有趣的烟火气息。

现在我在北京有一份朝九晚五的稳定工作，旅行的时间不能随心所欲了，但受惠于早年沙发客带给我的这份人与人之间简单纯粹的关系，我把北京的家变成了一个沙发客的落脚点，一直保持着接待沙发客的习惯，每个月都会接待 1～2 名来自异国他乡的客人。这其中有和当年的我一样傻傻的年轻 Gap Year 旅行者，有云游四方的音乐家，甚至有比我爸爸妈妈还要年长的退休老夫妇。他们来自这个星球各个角落，带给我很多故事，提醒我生命有很多可能性，让平凡的生活里也有坐地日行八万里的快乐。

每个人都是独一无二的，所以每个人的沙发客经历必然也都是独一无二的，这正是沙发客旅行方式最吸引人的地方。在这本书里，Ella 会向你讲述她的 Gap Year 沙发之旅，我已经迫不及待准备跳进她的旅行故事里了，你呢？

陈宇欣

自 序
间隔年，去当一名沙发客

间隔年，我没有选择安逸的工作，或者为了房子、车子去闯荡社会，而是为了自己，首先选择了世界，选择了梦想。毕业后我独自上路，走了 30 个国家，睡了 86 张沙发，600 天、2 万美元环球一圈，世界没变，我变了。

2012 年 6 月 15 日，我毕业了。大学最后一年，我每天艰辛地进行海外研究生申请，光宗耀祖全靠我了。除了读研，我没有 B 计划，不成功便成仁。然而申请失败，迷茫的人生腐蚀我的思想，我找不到出口。

毕业前我去了一趟泰国，认识了一位来自德国的帅哥 David，他刚好完成了长达 8 个月的间隔年旅行。他说，间隔年旅行在整个西方国家十分流行，一些年轻人，在高中毕业后上大学之前，或者在大学毕业后走入社会之前，会空出一年的间隔期，去旅行，去打工，去看见世界，去体验生活。他的经历触动了我的神经，跟社会上"毕业后就要开始工作"的主流思想相反，是让年轻人在没有工作、家庭压力的情况下，做自己想做的，为自己而活。于是这个"给自己一个间隔年"的想法，在我心里悄悄地萌生了。

David 还跟我分享了"沙发冲浪"这一新潮的旅行方

式。"沙发客"顾名思义就是"睡别人的沙发"。"沙发客"这个词源自一个叫 Couchsurfing 的全球沙发客自助游网站。在世界每一个角落,都有很多人愿意把自家空余的房间,甚至沙发,免费提供给旅客,他们打开家门,迎来全世界。沙发客跟沙发主互动,去体会他们的生活、他们眼中的城市,分享时光、分享美食、分享梦想。

于是我跟妈妈说出"我要我的间隔年"的想法,没想到她同意了。她说:"女儿,做自己想做的。"妈妈是我最强大的后盾,因为她了解我。相比徘徊不前,她更愿意看到我去做我认为"可能的事情"。于是我放下一切去了欧洲,去当一名沙发客,给自己一个喘气的小间隔,去看看国外的年轻人都在做什么。

为了快速挣取旅费,随后我前往了纽约。四个月内,在举目无亲的城市里,我经历了百年一遇的飓风,经历了寄人篱下居无定所的日子,经历了找房子、找工作的辛酸,经历了一天打三份工的狂猛吸金,最后征服了纽约。接着我带着辛苦挣来的旅费,于 2013 年 3 月 5 日继续开始我的环球旅行。离开美国后,我一路往南,穿越中美、南美直到世界的尽头乌斯怀亚。离开巴西后抵达非洲、亚洲,2014 年 4 月 5 日终于平安地回到家里。

这 600 天环球旅行,好像一场温馨的梦。因为我是一名沙发客,住在当地人家,用这种最接地气的旅行方式,跟他们做朋友,分享食物,分享梦想。也是因为分享,更能拉近彼此的距离,建立起一辈子的跨国友谊,这是一种真心交换的友谊,不分文化、不分语言、不分肤色、不分宗教。

很多人说,沙发旅行,会不会让人感觉寄人篱下,没有自尊啊?其实这些感觉,都是自己给自己的。我觉得每一段感情,都需要到达一个平衡点上,从那个点上发展起来的友谊,才是最简单、最纯粹的。沙发旅行,住在别人家,接受了别人的给予、恩惠,这让我处在平衡点的下面，我要付出，才能到达平衡点上。于是我会给他们做一顿中国餐，邀请他们所有朋友过来品尝。饭桌上建立起来的友谊，是固若金汤的。

沙发旅行，是一趟有情有义、有血有肉的旅行，因为每个人都用真心去体会别人的真心。我用了86份番茄炒蛋建立了环球的情谊，这一路上没有发生半点意外，没有被偷、被抢、更没有受到任何人身伤害。我总是相信自己是最幸运的，就算身边有一个原本想要害我的陌生人，我都乐意用真心换真心，让他不忍心加害于我。也许是我傻，也许这是最好的自我保护，也许就是这些"人情"，让我平安、顺利地完成了这趟环球旅行。

2013年10月，在世界的尽头，阿根廷最南部的城市乌斯怀亚，我做了一件很疯狂的事：免费拥抱。免费拥抱来往的行人，给予快乐是一种福气。旅行不在乎有多少个景点没去，有多少种美食没有品尝，在乎的是在世界的每一个角落是否发生了故事，因为我的旅行不只是为了看见世界，开阔视野，更重要的是去感受生活，贴近彼此。有人的地方就有故事，这次环球旅行，是一场跟全世界做朋友的旅行。

间隔年为了自己的梦想而不顾一切，现在回头看来，只要勇敢地走出第一步，很多事情一环扣一环，梦想就这样一步一步地实现了。当梦想遇见勇气，人人都能环游世界，你当年的那个梦，还在吗？

这本书，只想分享故事，给予力量。我能平安地环游世界，相信你也可以。

第一章 ONE ★

欧洲——
新潮的旅行体验

会说中文的意大利维纳斯

飞行了18个小时后,抵达梦想中那遥远的罗马。新鲜的人、新鲜的事映入眼帘,内心异常兴奋。但不管怎样,也要用平静的表情来掩盖,独行在遥远陌生的异国他乡,平静的表情才能展现出自信满满,好像眼前的一切对你来说并不陌生,一切尽在掌握之中。因为,你是一个人。

在前往市区的列车上,找到一个靠窗的位置,打开一张机场免费赠送的罗马地图。旁边放着砖头一样厚重的旅游书——Lonely Planet,书的封面还写着大大的"欧洲"二字。

片刻后,对面坐下一位漂亮的机场服务员,正好下班回家。看我在地图上苦寻着什么,她说:

"请问有什么可以帮忙的吗?"

"哦,谢谢,我在寻找市中心火车站,以及西班牙广场(这是明天沙发客聚会的地方)。"

她在地图上做标记,然后看着车窗旁的旅游书,问:

"你来自中国吗?"

我微笑地点了点头。

"我曾在北京学汉语,我的中文名叫霞云。"她用中文回答我,这让我分外惊叹。

我们用中文交流，分享那些中国往事：北京、上海、西安的不同经历。交谈声、欢笑声充斥着整节小车厢，似乎这里只有我们俩。

霞云得知我的情况：背包客、沙发客、初到罗马、还没联系上沙发主 Christian。于是她拿起手机，拨打我记事本上的电话号码。电话那头没接通，我心里那个紧张啊！

我对沙发主 Christian 一点都不了解，也从没有过当沙发客的经验，他没接电话，让我不禁担心他会是突然不想接待我了吧？我的心揪了一下。霞云说，没接通，可能在忙，十分钟后再打过去。第四次终于接通了，电话那头的 Christian 说他一直在忙。他知道我今天要来，让我买到电话卡后再联系他。

霞云知道我急需买一张电话卡，在终点站的一个小广场边上，帮我买了一张。为感谢霞云的友好相助，我邀请她今晚到 Christian 的餐馆里共进晚餐。她说这是一个好主意，她会带上她的男友。她笑容满面地说："他是个帅哥哦，也去过中国，很想见到东方人。"

霞云很漂亮，友好的她是我旅行开始的幸运女神啊！

罗马，沙发客初体验

买到电话卡后，联系了 Christian，我约他在地铁站 Saint Polo 出站口的雪糕店见。

三小时后，热情的 Christian 出现了，他的头发梳得亮亮的，高高的鼻梁，炯炯有神的双眼，身着一件白色有领 T 恤，配上卡其色休闲裤，让人感觉很清爽，微胖的身材，更凸显他的老板气质。从他下车的那一刻，我的双眼便不停地打量着他。毕竟对我而言，他还是个陌生人。

下车后，他第一时间走过来跟我握手，然后是意大利式的见面礼——亲吻对方的面颊，先左后右。我有点不习惯，因为法式的是先右后左，以前在国内旅行遇到的游客，法国人居多，而来自意大利的没有几个。

车上还有两位来自英国的沙发客，此时我对 Christian 的警惕性也逐渐开始降低。他载我们到他的餐馆。餐馆位于一个教堂背后，环境十分安静，从餐厅典雅的装修风格、舒缓高雅的音乐，以及上座率很高的客人数量可以觉察出他是一个很会经营餐馆的生意人！

晚上 8 点，太阳才懒懒地落山，教堂的钟声响起，蓝色的天空划过一道白色的痕迹。Christian 忙着招呼客人，我跟两个英国女生也逐渐熟络起来。半小时后，霞云和她那帅气十足的男友抵达餐馆，简单的意式见面礼后，我们坐在餐厅外。霞云换上了简单性感的白色吊带连衣裙，一对绿色的吊灯式耳环，嘴里叼着一根烟，感觉跟四个小时前身穿制服一本正经的她很不一样，更加爽朗与自信。

霞云的男友 John 非常友善，虽然他不是我想象中的高大帅，但他快乐的笑容、友好的眼神，让我对意大利男生有了很好的印象。他曾在中国旅行过几个月，也会说几句中文，对中国的文化和美食尤其喜爱。霞云为了他，还专门去学做中国菜呢！

Christian 为了迎接我们的到来，亲自下厨做了美味的意大利菜，随后跟我们共进晚餐。餐桌上大家对中国的一切都非常好奇，好奇中国的年轻人都在做什么，好奇中国特别的节日，好奇中国 5000 年的历史，好奇近代中国的崛起，好奇他们生活中的"中国制造"。在后来的两个月里，每认识一位新朋友，他们好奇的话题都很相似，我自然而然地成为这些问题的"专家"。

这是一顿正式的意大利餐，前菜是意大利面、米饭、沙拉等简单的食物。第二道是正餐，有牛排、披萨等工序复杂的美味菜式。最后一道是甜品，至于是什么我记不起来了，一杯红酒让我涨红了脸，加上 6 个小时的时差，罗马晚上 10 点，北京时间已经是凌晨 4 点了。兴奋的内心敌不过厚重的眼皮，我趴在桌上酣然大睡，只听见他们聊得很 high，轻快的碰杯声，各种欢乐的笑声交织在一起，让我的内心温暖地沉睡下去了。也许从今以后，就算我离开罗马，他们也能成为朋友，这是我最乐意做的事情啊！

晚上 11 点，Christian 的餐馆关门，我和两个英国女沙发客也要跟他回家。霞云把我叫醒，临别时，她在我耳边轻声地说了一句：

"Christian 是个好人，你今晚就放心住在他家吧！"

我赫然热泪盈眶，这时我才明白她为什么要前来赴宴，原来她想看看 Christian 是不是一个好人，住在他家是否安全。几个小时以前，我们还是陌生人，然而时间不是用来衡量友谊的标准，霞云掏出了真心，想要保护这位来自远方的朋友。虽然我们之后再也没见过面，但她那开心的笑容、她对我说的那一句话，已经深深地刻在了心里，她是我在欧洲遇到的第一位幸运女神啊！

跟霞云和她男友道别后，Christian 载我们回家。他家位于一个高档小区内，装修得现代时尚、有品位，客厅一尘不染。餐厅里摆放着来自世界各地的艺术品，还有一个半个篮球场大小的户外庭院。

我睡在大厅的沙发上，两个女生睡在他书房里的一张折叠沙发上。睡在大厅没安全感，虽然 Christian 是个好人，但我还是有点担心。可我别无选择，我是沙发客，也只能睡沙发了。眼看国内时间已经是凌晨 6 点了，再不休息我的脑袋就要开花了。Christian 拿出被单铺在沙发上，我倒头就睡，所有的担忧都抵不过那双疲惫的眼睛。

第二天凌晨 6 点醒来，外面的阳光透过窗户的缝隙照射进来，花园里的鸟儿也开始歌唱了。Christian 起床给我们煮了咖啡，大家在花园里闲聊起来。我一直很好奇为什么沙发主们愿意把自家房子对来自世界各地的游客打开，这样不会对他们的生活造成一定的打扰吗？看到我那疑惑的眼神，Christian 笑着说："很多事情都是双面的，但是如果喜欢做一件事情，那些打扰也会变成享受的过程。"大概从 8 年前 Christian 开始接待沙发客，他说这是一个很好的去认识这个世界的机会，它能让你足不出户就能把整个世界装进来。Christian 很自豪地向我展示餐厅里摆放的、来自世界各地、被他接待过的沙发客送给他的艺术品。

我们聊到意大利式的婚姻，毕竟他已经 34 岁，是该成家的年龄了。然而他的回答让我震惊了许久。他说，在意大利结婚压力很大，如果离婚，男方将失去一切，房子会给女方（餐厅也不例外），每个月还要给很多赡养费。因而，在意大利，男人 40 岁结婚都是很正常的事情。他还告诉我，餐厅是他的梦想，是他的生命，他喜欢看到客人享受他的美食。对他来说，结婚的事情是 40 岁以后的事了。

Christian 很欣赏间隔年旅行的年轻人，也很乐意去帮助、接待他们。他感叹道："如果在我毕业的那个年代，有沙发冲浪这种旅行方式，我也会疯狂地给自己一个间隔年，用一颗纯粹的心，去发现世界，去结交世界各地的朋友，去让故事发生，让生命里留下更多青春的印记。"Christian 这一番激昂的话，无疑给我的这趟旅行打下一针强心剂。

早餐后，他送我们到附近的地铁站口。约好了晚上 11 点前回到他的餐厅，然后一同回家。

人生中第一次当沙发客，遇到这种热情友好的沙发主，还有温馨的住宿环境，使我感觉自己在这座城市有一个家，有一个会罩着我的朋友，罗马瞬间变得特别亲近了，好像我并不只是一名游客，还是这座城市的一分子。

第一次沙发客聚会

离开 Christian 家,我和两个英国沙发客从早上的梵蒂冈圣彼得大教堂,逛到下午罗马古城的许愿池,再游荡到晚上 8 点沙发客聚会的集合地西班牙广场,我们都被这艺术天堂给迷醉了。我也忘却了还没调整过来的时差,忘记了意大利跟中国的那 18 个小时的飞行距离。

在离开中国前,我在沙发客网站上搜寻了一些沙发客活动。这个活动是由一个法国男生组织的,他一个人来罗马旅行,希望通过这个沙发客聚会,认识来自世界各地的友人和当地的年轻人,从而更好地了解这座城市,留下更多美好回忆。活动有近 20 人参加,聚集地点在西班牙广场。我第一次参加这样的聚会,广场上这么多人,到底哪些是沙发客?我们都是素未谋面的,这是一个很大的挑战。

快到我们集合的时间了,围绕着喷泉广场转了好几圈,最后发现不远处的一个小广场上聚集了很多年轻人,其中一个高大的长发男生高举写有 CS 的白画纸。我走过去跟他们打招呼,人群中只认得组织者 Remy。跟大伙握手和简单的自我介绍后,我们开始夜访罗马古城。沙发客中有几个是罗马本地人,他们成为我们的导游。

在满天星星的夜空下,在暗黄的灯光映射下,整座城市显得浪漫而优雅,很容易让人坠入爱河。此时我注意到一个漂亮女生,那高挑的身材,明亮的大眼睛,瓜子脸蛋,摆动的碎花连衣裙更显她那婀娜多姿的身材,许多男生都试着跟她搭讪。我们来到市中心一家著名且性价比非常高的意大利餐厅外,将餐桌拼成长条形,正好这个女生就坐在我的正对面,交谈中得知她叫 Elisa,Remy 坐在她的右方。从 Remy 看

Elisa 的眼神，我能感觉到，他喜欢上她了。

在前往欧洲之前，我担心欧洲人看待中国人，会像当年欧洲人笑话留长辫的清朝留学生一样。然而时代不同了，我们中国越来越强大，我的担心是多余的。自从 2008 年的北京奥运会后，中国在国际舞台上逐渐受人瞩目，很多国外的年轻人开始学习中文，他们对中国的一切都很好奇。也因为这样，我自然而然地成为他们当中的"焦点人物"，不停地回复他们提出的问题。一个晚上过去了，这个聚会慢慢地演变成"中国与世界"的交谈。

这只是到达罗马的第二个晚上，我却在如此短的时间内结交了这么多朋友，看来罗马是很欢迎我的。沙发客旅行充满着各种新奇有趣的事，不停地吸引我往前走。我不知道下一个遇到的是什么人，会有什么样的故事发生，只知道每时每刻，让故事发生，让记忆永恒。

跨城性伴侣

沙发客聚会后的第二天早上，Christian 着急地对我们说，他母亲住院了，他要立刻回乡下看她老人家。尽管我的沙发请求是四天，应该明天离开才对，可是事出突然，他也没办法。

我立马收拾好行李离开，但问题是我还没有找到其他沙发主，情急之下，我只能背着背包，到火车站后再想办法。

到了市中心火车站，我第一时间走进咖啡厅，在网上寻找晚上接待我的沙发主。总共发了 10 条沙发请求，"Host"的列表是"Last Login"（也就是最近上线的）。其中一位沙发主 Alexander 回复我的请求，说可以接待我两个晚上。

晚上9点在约好的餐厅见面，Alexander正和他的好友，以及一个二十来岁的年轻菲律宾女沙发客Eline闲聊。高挑的Alexander今年34岁，是一家IT公司的顾问，年轻时环游世界，现在仍是一条单身好汉。

为了品尝这里最出名的雪糕，我们开车前往梵蒂冈。我坐Alexander的车，Eline坐Alexander朋友的车。在车上，Alexander跟我说了一些单身女沙发客可能会遇到的危险事情，如：遭到沙发主的动手动脚，甚至强奸，又或者他们在浴室里安装摄像头等。说到目前为止闹得最大的，是一宗女沙发客遭受强奸，她把她的沙发主告上法庭的案例。然而整体而言，在欧洲当沙发客会比较安全。

"不过，"Alexander突然转过头来看着我说，"也有一些沙发客，他们为的只是性，他们在不同地方会有不同的性伴侣……"其实不用他说我也早有所闻，所以在选择沙发主上我有我的原则：绝对不找只接待女生的男性沙发主；要是接待我的是男生，一定要确保有自己的房间或者还有其他的沙发客住在他家；如果是女生，睡大厅也没关系。

雪糕真的是意大利人的最爱，就算是午夜12点，雪糕店的生意还是如火如荼。来吃雪糕的什么人都有，宝马奔驰停在旁边，法拉利还是常客呢！当然单车摩托车也不例外。买到雪糕后，几个朋友站在雪糕店门口，开始闲聊起来。

夜已深，跟Alexander的朋友道别之后，我们三人一起回家。Alexander住在郊外，开车也要半小时。他家是一栋小型别墅，宽敞的客厅里一张折叠沙发，足够我和Eline睡。因为整理背包和上网搜索资料的原因，结果我是最后一个洗澡的，可是没想到，史上最尴尬的一幕上演了：

洗完澡准备刷牙时，床底与地板摩擦的声音，女生的呻吟声一并从隔壁Alexander的房间传过来。我的妈呀，这不是很尴尬吗？我内心那个慌乱，真不知道该如何是好。

回想 Alexander 刚才在车上对我说的那些，原来他早已暗示今晚他们会那个那个。为了不听到这令人尴尬的声音，我打开水龙头，让水一直放着，直到声音消失后，我才迅速跑到沙发上，盖好被子装睡，之后他们逐一出来洗澡。我在客厅里，难以入眠，生平第一次撞见这种场面，不知道该用什么心态去看待，好尴尬啊！

虽然 Alexander 在我十万火急的时候帮了我一把，但我也真的不能再住下去了。第二天吃过早餐后，我正要以各种理由告辞时，Alexander 首先开口，说下午去海边玩，晚上不回来，所以不能接待我。我心中暗喜，立马点头答应。

Alexander 送我到地铁站，在车上他解释说，这在欧洲很正常，也许 Eline 在其他地方还有性伴侣呢！我问他："Eline 蛮好的，你没想过要跟她一起吗？甚至结婚？"他笑了笑，没有回答，眼睛直视前方，也许这就是答案。

在前往罗马市中心的列车上，我安静地思考他们俩的关系，其实每个人都有选择的权利，这是你情我愿的事，这是他们选择的生活方式。后来得知 Eline 是 Alexander 两年前的一个沙发客，他们的关系就这么维持了整整两年。

伊朗沙发客夫妻

在罗马待了一周后，我怀着满满的谢意与不舍，乘大巴前往佛罗伦萨。

在离开罗马前两天，我给在佛罗伦萨的排名前十的有经验的沙发主发了请求,每年的七八月份,是欧洲旅游的旺季,沙发主不容易找到。结果第二天收到三位沙发主的回复,仅有一位沙发主 Leo 愿意接待我。

热情的 Leo 开车到佛罗伦萨郊外的一个小汽车站接我,53 岁的 Leo 是一名电脑技术人员,蓬头散发,满脸胡茬,身着休闲衬衫牛仔裤(后来发现他一直是这种打扮),一双登山鞋,给人的感觉就像一个老顽童。

我在车上认识了一个巴西男生 Max,高大俊俏,巧克力色的肤色,浓浓的眉毛下有双深邃的眼睛。他在巴黎读大学,暑假搭便车环游欧洲。他背着一把吉他,每到一座城市,便在街头卖唱以挣取旅费。了解到他今晚没地方住,Leo 接受了他这个临时的沙发客。Leo 在他的个人主页写道:"我将会给住进我家的沙发客做意大利晚餐,沙发客每天晚上 9 点前回到家,跟我一起享用晚餐。"——这也是我期待成为他沙发客的主要原因啊!

Leo 的家在市郊一个安静的小区内,屋里三房一厅二卫,除了我和 Max 以外,还有一个 24 岁、背包环游世界两年的韩国男生,他的小房间是 Leo 在门口通往餐厅的过道间搭起的一个小隔间。还有两对来自芬兰的情侣,他们开车环游欧洲,一路睡沙发。Max 有自己独立的小房间,而我住在阳台上的一个帐篷里。

大厅里有一张能同时容纳 10 人的餐桌,墙面上挂着 Leo 和他接待过的沙发客的合影。Leo 说,他忘记了过去 8 年一共接待过多少名沙发客,但数目不少于 1000 个。听到这个数字,我们都目瞪口呆了许久!Leo 说,他喜欢分享,喜欢跟世界不同文化的人成为朋友,接待沙发客不仅仅是他的兴趣,还是他生活的一部分。

"其实我很高兴可以看到,沙发客们在我的饭桌上彼此能成为朋友,能够一起游览佛罗伦萨,一起留下美好的回忆,而在他们的回忆当中,一定也有我的身影,这是一件很美好的事啊!"Leo 很开心地分享道。

我们都很好奇为什么他还没有结婚,听了他的想法,我们不约而同地明白了,这是他所选择的美好生活,他说:"婚姻对我来说,可遇不可求,我也不强迫自己一定要结婚。现在的生活挺好的,每天下班回来,给来自全世界的背包客做饭,听他们叙述旅途的故事,分享我们意大利的美食和美酒,每天都有精彩和惊喜,我爱这样的生活。"

Leo做的晚餐相当正式,有前菜,也有主菜和甜点,还配有意大利红酒。在餐桌上,我们分享各自的故事,这是一顿有故事的晚餐啊!第二天晚上芬兰情侣们离开了,住进两对分别来自伊朗和俄罗斯的中年夫妻。特别巧合的是,这两对夫妇都是大学老师,暑假期间当沙发客环游欧洲。韩国男生和Max离开了,住进了一个火辣性感的巴西女生。

伊朗夫妇为了答谢Leo的接待,准备了一道伊朗美食,我们大饱口福。晚餐开动了,坐在我正对面的俄罗斯男人不喜欢Leo做的意大利面,并没有把面吃完,Leo好像有点不高兴,气氛开始有点紧张,然而聪明的巴西女生抛出了一些欢乐的话题,缓和了紧张的气氛。

谈到夫妻沙发冲浪,他们都说不容易,"相比单身的沙发客,夫妻或者情侣在找沙发期间,会遇到很多阻碍。但是如果愿意给沙发主们来几道家乡小菜,很多人还是乐意接待我们的。"来自伊朗的女士说道。她还盛情邀请我到伊朗旅游,说那里没有美国媒体中的那般危险,而是一个友好且文化底蕴深厚的国家。在Leo家,我们分享美食、分享文化、分享经历,时光就在这欢乐的气氛中流逝了。

住在Leo家,还有一些小规则是沙发客们需要遵守的,例如每天早上8点一起吃早餐,8点半所有人都要离开Leo家,晚上9点前要回到他家一起吃晚餐。当然还要支付他买食物的费用。若要用他家的洗衣机,也要付他2欧元。这能理解,一下子接待这么多人,水电费的开销也是不少的。

查看Leo在沙发客网站的资料,看到一些以前沙发客留给他的"消极"留言,对他的这些规矩表示不理解、不赞许,甚至说让他们感觉很不舒服。但就我而言,我尊重他的生活方式,过去三天我们在体验他的生活,成为他生活中的一小分子,他也成为我们旅途中的一个有故事的人物,这是一种很特别的体验。

相比罗马,佛罗伦萨更显沉稳、安静,也许是多了大卫的味道吧,他那魁梧的身材,那深邃的眼睛……但我知道,更多的是 Leo 对待生活的那股热情触动了我们,让我们在这里,好像有了一个"家"。

跟两个男人"睡"在一起

从佛罗伦萨坐了 4 个小时的火车,来到了时尚之都米兰。米兰的沙发主 Nick 是一位 30 多岁的小伙,他在某个奢侈品牌公司工作,高大光头,浓眉大眼下是高挺的鼻子,下嘴唇下有一小撮垂直的胡须,让人感觉有点"奸诈",但跟他相处一段时间后,发现他正如其他沙发客留给他的评价:友好、简单。

Nick 是米兰著名的"派对王",哪里有他,哪里就有派对,他在沙发客界也非常出名,因为他经常在沙发客网站组织活动。过去 5 年间,他接待了超过 1000 名沙发客,他告诉我,他曾经一口气接待过 30 个沙发客,小小的公寓挤满了人,他们有的睡走廊,有的睡阳台,有的甚至睡在洗手间。

米兰是一个疯狂的不眠之城,住在 Nick 家,绝对离不开出席各色派对:沙发客派对、小酒馆野兽派对、枕头战派对……到达米兰的第一个晚上,恰逢在市中心的某个广场举行每周五人数最多、历史最悠久的沙发客聚会。除了我,Nick 还同时接待了 3 个来自法国的沙发客,两女一男，他们是朋友。我们随着 Nick 来到了这个疯狂的聚会，人手一瓶啤酒，席地而坐开始聊天，一切都是那么的随意。

这种沙发客聚会，一般都是沙发主带着他们的沙发客出席。在这里，你可以认识来自天南地北的朋友，看到世界各种文化相碰撞产生的耀眼火花。

节奏感强劲的击鼓表演，是米兰著名的街头演出，由五个击鼓爱好者组成的击鼓团队，前面一个吹哨子的指挥。我们走到中间，随着节拍疯狂地舞动起来。那三个法国人是最给力的，舞姿性感而有力，三个人时而动作一致，时而动作配合，绝对是人群中最闪耀的明星。由此可想，巴黎的夜生活会是多么地精彩呀！

有酒少不了烟，这里半数以上的女生都在吸烟，为了融入这个群体，我也装着很会抽。在烟味、酒味、鼓声、炸碎玻璃声、欢呼声、哨子声中结束了米兰疯狂的第一夜。

疲惫的我们回到 Nick 家，他家有三室一厨一卫，没有大厅。他跟他的两个朋友合租，周末朋友出去旅游。因为 Nick 没有给我们每个人安排睡觉的地方，于是我和其中一个法国女生说好，我们霸占 Nick 的大床，另外一个女生和法国男生睡在房间的可折叠沙发上，Nick 应该是睡在他朋友的房间里。

可是这一切都是我们的想象力太丰富了，接下来发生的事情告诉我，这才是现实：沙发客聚会结束回到家已经是凌晨 4 点，每个人都困得不行，我没洗澡就直接躺在 Nick 的床上，靠衣柜的那边。许久，我转身后发现那法国男生就躺在我旁边，而 Nick 躺在床的另一边，两个女生睡在那张沙发上。

妈妈咪呀，这是怎么回事，怎么会有两个男生睡在我旁边呢？我心跳加速，呼吸加快，全身冒汗，就差在黑夜中大叫起来。每个人都沉睡下去了，房间里除了窗外的路灯，豪放的鼾声，剩下的便是我那急促的呼吸声了。我该怎么做，滚下床，睡在地上？悄悄地起身，睡在厨房的小沙发上？还是装作没关系，继续睡下去？我的脑袋一片混乱，不知道该怎么做才好。

时间就这样折磨了我半个小时，已经是凌晨5点了，回想到法国女生跟我说过，旁边这个高大帅气的法国男生是一个基友，我的心才慢慢平缓下来。心想他睡得这么死，应该不会在半夜扑过来吧，再说，一个基友怎么会对一个女生感兴趣呢……经过一番思想挣扎后，我慢慢地把自己身体往床边挪，直到快要掉下去为止，他们直接躺在被子上，我为了保护自己，在被子里尽管热得半死都不出来，双手抱在胸前，背对他们俩，当一切稳妥后，放缓自己的呼吸，准备入睡。

米兰黑夜里的淫魔手

周日晚上，城里的活动没那么high，我们也提前回到Nick家。早上一法国女生先行回国，留下了我们，同时家里住进了一名北非女生，她高大苗条，像一名模特，乌黑短小的卷发下是一张立体的巧克力色瓜子脸，穿着性感，胸部挺拔，是标致的美女一个。

因为第二天早上要离开米兰前往维罗纳，我在厨房小厅里上网寻找在维罗纳的沙发主，Nick也忙着把照片上传到Facebook，Nick的舍友们都回来了，但都很早关门睡觉了。当我躺上床准备睡觉时，Nick还在洗漱。

黑夜里，我惊讶地发现旁边躺着的不是法国基友，而是非洲女生。最匪夷所思的是她竟然赤裸着上身，只穿着一条超级性感的丁字内裤，她背对着我面向Nick那边，躺在被子上面。

我的娘亲啊！待会不会有什么事情发生吧？这样的架势，他们不会是要……

天啊天啊！我该怎么办？离开走出去，还是就这样装睡？

不好，不好，Nick 进来了，怎么办？怎么办？

越是紧张，脑子越是空白，小鹿乱撞的内心让我不知该如何是好，只能躲在被子里装睡，做好起身逃离的准备。此刻 Nick 小心翼翼地躺下，在黑夜里，只见他的手缓缓地落在非洲女生的胸部，然后往下挪去……

我的小心脏都要跳出来了，只能张大嘴用呼吸来调整紧张的情绪。天啊！他们不会在这里做起来吧？这样我该如何是好，好尴尬！如果我现在起身，走出这个房间，会是怎么样呢？但此情此景，我紧张到连站起来的力气都没有。我轻轻地盖上被子，身子往床边挪去，就算热得难以呼吸也不能出来。

十分钟后，非洲女生没有了动静，Nick 也没动静了，他们没做什么就这样睡着了。但是我彻夜难眠啊！身子一直在床的边缘，不能转身，死也不往里靠。回想刚才那黑夜中的双手，心有余悸，但是在这月黑风高的夜晚，要是有女人主动向他摆出这般惹火的姿势，正常男人都会做点什么的。

经历了两个晚上的胆战心惊，我决定下次只找女性沙发主。但是这种沙发主不容易找，首先，在沙发客界，女性沙发主的人数没男性的多；其次，一些女沙发主不喜欢接待女单身沙发客，也许这跟"同性相斥"有关吧！

从此以后，在找沙发主上，我的原则是首选女性沙发主，我会提前 5 天向她们发送沙发请求，而不是提前 1～2 天发送。如果是男沙发主接待我，要确定我有独立的房间，但最重要的是，要好好保护自己。

如果我把这个故事告诉我的闺蜜朋友们，她们一定会说："好端端的一趟旅行，为什么你不多花点钱，吃好，住好？为什么你要经历这些奇葩的事情呢？"其实，这也是很多人的想法，认为沙发客是一个非常危险的旅行方式。但我不这么认为，在人类社会，任何故事中"人"都是本体，我的旅行，一定是跟"人"有关的。我未来也会是一名沙发主，打开家门，接待全世界的背包客。所以，在这沙发客界，一定会有绝大部分人如我们这般纯净的想法。但因为地域的不同，文化的差异，不管他们做什么，只要不伤害到我，我都是可以接受的。

旅行才开始了两个星期，便遇见各种在普通旅行中不可能遇到的人和事。每一次沙发经历，都是一个独特的故事；每走进一个沙发主家，不同的故事又要开始了。每一天我都抱着期待的心情，就让故事自然而然地发生吧！在保护好自己的前提下，去体验一些自己从没经历过的事情，这是一段无与伦比的旅行。

搭便车惊魂

在佛罗伦萨认识了 Max 之后，我被他那有趣好玩的搭便车经历给吸引住了，自己也想尝试一下。米兰离维罗纳不远，火车也只是 1 小时，11 欧元，我抱着试一试的心态，开始了不堪回首的人生第一次搭便车。

早上 8 点在 Google 地图上搜到一个通往高速公路的地方。我找到地方，拿出准备好的上面写有 "Verona" 字样的 A4 纸，站在路边向过往的车辆竖起大拇指，心情既紧张又兴奋，满怀期待地等待着第一个"捡起"我的司机。时间一分一秒地过去了，来往的车辆都没有要停下来的意思，有的司机看了我一眼，面无表情地继续往前开；有的司机向我微笑，然后大拇指往下指，表示他们不出城。我的内心开始纠结起来：

我在干嘛，干嘛为了 11 欧元而折腾自己，有必要吗？脑子里做着强烈的斗争，但不服输的那份执着告诉我：再坚持一下下就好了！

我在原地等了 20 分钟，开来一辆小型卡车，车上的中年司机看到我那无助的神情，说："这不是上高速去维罗纳的地方，跟我来，我带你去。"

我犹豫了片刻，上下打量司机的衣着，以及车上的一些细节。司机大叔身材矮小，笑容亲切，衣着随意，白色工字背心，穿着一条黑色休闲短裤，脚踩蓝色人字拖，一笑就露出长年吸烟而发黄的牙渍，车上摆放着他孩子的照片，这一切表明这位大叔是一个好人。因为对搭便车完全没有经验，我只好上了他的车，并时刻警惕着。尽管坐在副驾驶上，也做好一副可以迅速逃离的架势：左手在解开安全带的附近徘徊，右手放在打开车门的附近，最重要的东西都放在胸前的斜挎包里。

5 分钟后，他带我来到上高速的路边，这里四周荒凉，所有的汽车绕过圆弧形的车道后，驶进高速路。跟司机大叔简单道谢后，他突然摆出要钱的手势，我愕然地看着他那张脸，之前友善的表情一下子变得很贪婪。

记得 Max 说过，搭便车是一种分享，再说这仅仅是 5 分钟的车程，这个钱也不好给吧！"对不起，在搭便车文化里，我没有要付你钱的义务。我能做的是，跟你说一声发自内心的道谢和再见。"我理直气壮地对他说，然后火速下车，大叔面无表情地直接开车走了。

我在路边继续竖起大拇指，左手举着牌子。来往的司机都惊讶这里站着一个想要搭便车的亚洲女孩，但谁也没有要停下来的意思。10 分钟过去了，一辆奔驰车停在我面前，司机可是一位绅士，衣着笔挺，他正赶着上班。

"这里不是搭便车的地方，上车吧！我带你去。"他一边对我说，一边把副驾驶上的文件挪到后座上。

看他的着装应该不是什么坏人，而且右手无名指上还有一枚戒指，车上有孩子的照片，确定也是好人一个。他载我来到郊外超市边上的公车站，说这里的车都是去维罗纳的。我简单地道谢后，他微笑着走了。我在车站等了 20 分钟，无人搭理，20 分钟后来了一辆大货车。

"没人在这里搭便车的，你应该去加油站。上来，我载你去。"货车司机大声喊道。

回想 Max 的搭便车经验，他说过要先到加油站，在加油站里问停车加油的司机，这样我们是有交流的，而不是他在车上，我在路上。

于是我随同货车司机来到了加油站，下车前，我们来一个简单的意式道别。然而惊心动魄的一瞬间发生了：当我们脸碰脸时，他的左手准备要摸我的胸部。平常反应过大的我，立马弹开，双手抱在胸前保护自己，瞪大眼睛说："你干嘛？"

"我帮了你，你也总得有点表示吧？"他猥琐地说。

"这是搭便车的文化，对不起，我能给你的只有谢谢和再见！"我用颤抖的声音大声说完，立刻下车走人，连头都不回。

过去一小时都发生了什么啊？我这是在干嘛？好好地有火车不搭，跑来这里折腾个半死，我就那么缺钱吗？越想越要放弃，于是我收好 A4 纸，无力地前往附近的地铁站，回到市中心坐火车前往维罗纳。

短短的一小时内发生如此多的事，真够无厘头的，把自己往死里折腾，起初只想把没尝试过的事情经历一番，没想到结果却是这样。但惊险之余还多了一份让我傻笑的回忆。回顾第一次搭便车之旅，有几点需要提醒一下自己，也提醒大家：

第一，一个单身女生不应该去搭便车，危险系数很高。

第二，搭便车一般都是在加油站等，而不是路边。等司机下车加油时，走过去问他，这样你们就有交流，而不像你在路边他在车里。

第三，出发前要查询相关资料，前往目的地的高速在哪里，最近的高速路上的加油站在哪里，以及如何抵达等。

一个小时的搭便车经历把我折腾得精疲力尽，小心脏不能再负荷更多意外的事情了。独行的苦便是有苦不能诉，也绝对不能让家人知道。远在他乡，要是让他们知道了，他们只会寝食难安，毕竟问题都得自己解决，必须好好保护自己。

每次到了泪崩的时候，只要父亲的影子掠过心头，我空白的脑海就宛如出现一道闪电，翻腾的内心瞬间平静下来。父亲对我的影响是一辈子的，是他告诉我，活得精彩勇于尝试，一个人临死之前，后悔的不是那些他做过的事情，而是那些他没做过的事情。因此既然选择了这种冒险，那就抱着警惕的心，去尝试一次，试过了才知道，原来这种旅行方式，会有这样的故事发生。

从宫崎骏漫画里走出来的公主

游历了罗密欧与朱丽叶的故乡维罗纳，按旅行计划下一站是威尼斯。然而在沙发客网站上，一个名叫 Mena 的小镇上的沙发主戴安娜放出了一条吸睛的广告：

"我住在维罗纳和威尼斯之间的一个小镇上，家里有一个美丽的公主房等着你，但前提是你要在我家住上至少两个晚上，而且还得是女生。"

漂亮的公主房，舒服的大床，以及景色宜人的意大利田园风光，无不吸引着我前往。过去两周的意大利之旅，奔波和少许的辛酸让我有些疲惫了，如果能在这个宁静的小镇上休息几天，也是一个很不赖的选择。于是我给戴安娜发了一条四天三晚的沙发请求，她也立即做了回复，说很乐意接待我。

　　大巴中午抵达 Mena 小镇。小镇特别小，特别安静，马路边上只有一家超市，一家小酒吧，几间民居；路上鲜有行人，只见两个老头在小酒吧门前悠闲地喝着啤酒。烈日下的不远处，戴安娜推着一辆车篮里放满鲜花的单车朝我走来，她身穿一件橙色的露脐短 T 恤，一条白色的短裤，脚踩一双白色的布鞋，头戴一顶米黄色的草帽，齐刘海下一双小小的眼睛，齐肩的短发很衬她那张看似孤独的圆脸。眼前的黛安娜，好像是从宫崎骏漫画世界里走出来的女子，让人感觉孤单，看上去不像是 27 岁的年轻女孩，而是一位饱经风霜却强颜欢笑的女子。

　　戴安娜的声音很温柔，话里却总带着一丝小心翼翼。我随她步行了 15 分钟，来到她那位于田园中的房子。房子离大马路有点距离，面向广袤的、绿意盎然的意大利田园。白色的房子很小，有两层，门前有一个车库小屋，房子的周围是杂草丛生的小花园，附近仅有两户邻居。夏日温暖的阳光让邻家的鲜花骄傲地越过围墙，供墙外的人欣赏，四溢的花香，充满了整个世界。

　　我迫不及待地想要看看她的公主房，推开一楼的大门，里面是一个小小的客厅，客厅空荡荡没什么家具，仅靠窗边放置着一个古典的木质小柜子。柜子上摆放着一个用干花枯枝点缀的草编花瓶，花瓶的四周精心点缀着一些形状各异、大小不同的石头。这精心的布置，让看似清寂的客厅多了一份暖意。左手边是跟客厅一样大小的厨房，餐桌也在里面。餐桌上摆放着鲜花和水果，可见这里是戴安娜经常活动的地方。

　　客厅的正前方是一座通往二楼的木质楼梯。戴安娜要求我闭上眼睛，然后她牵着我的手，慢慢地走上二楼，直到我们抵达二楼的公主房后，才让我睁开眼睛。她的行为让我觉得有点诡异，但从过去沙发客给她留下的评语中，我深信她是一个简单没有恶意的女生。

　　在眼睛睁开的那一瞬间，我完全被奢华的维多利亚浪漫装饰给震撼了。房间装潢非常精致：白色蕾丝蚊帐下是软绵绵的公主床，粉红的床单配上梅红的地毯，活泼而不失优雅；床边靠门一侧是用古红木制作的衣柜，衣柜里还放置着很多可口的巧克力；床边靠窗一侧有一张维多利亚式的梳妆台，面向田园的两个窗户之间是一张奢华的欧式沙发；沙发旁边，房间门口的正对面是一架18世纪的依旧能演奏的钢琴，墙壁上挂满了"小公主"的肖像画。其中最令我惊讶的是，床头还有一个铃铛。戴安娜得意地说，为了让沙发客更加深切地体会公主的生活，这个铃铛是用来呼唤她用的，要是我们缺什么，想要什么，只需躺在床上，摇动这个铃铛就可以，她会立刻前来"听候差遣"。

"天啊，这也太神奇了！"我表情夸张地说道，似乎走进了一个不可思议的地方，怎么会有如此奢华的房间在这杂草丛生之处的小房子里面呢？

"哈哈，我就是喜欢看到沙发客们惊讶的表情，很好笑。"戴安娜兴奋地用双手捂着嘴巴，原本小小的眼睛因为开心眯成一条线。

"为什么你要这么做呢？"我不解一个27岁的女生，为何把房子装饰得如此漂亮，还免费给旅客住两个晚上。

她转过头去，没有回答，而是继续向我介绍她的房子。

房间的隔壁是一个粉刷成天蓝色、奢华精致的浴室；靠窗是一个可移动的浴缸，属于某个意大利著名品牌；浴缸下铺着一张白色的小地毯，旁边有一个红木柜子；柜子上放着各种香味的香皂以及不同牌子适合不同发质的洗发露，柜子里放着很多条洁白的浴巾，一件白色的大浴袍挂在房门的背面。浴缸和洗手盆的水龙头都是镶金的。公主房加公主浴室，再加上床头铃铛呼唤戴安娜的随传随到服务，这里堪比七星级酒店，奢华而不失贵族的感觉。

浴室的隔壁是戴安娜的房间，透过打开的房门只能看见一个用普通木料制作而成的衣柜。正当我想要走进去看一看时，她迅速用身体挡在我前面，紧张地说道：

"不不不，这没什么好看的。还有，这个浴室是你专用的，我会用楼下的那个浴室。"

"你真的好奇怪哦！"我笑着说，对她感觉越来越好奇，很想知道她的房间里有什么，为什么如此神秘。

晚上我们一起煮饭，她弄了一个披萨，我做了一个番茄炒蛋。厨房布置得非常简陋，白墙上除了一个圆形的挂钟和一台小型的等离子电视机，找不到任何东西，更不要说她跟她家人或朋友的照片，甚至连一张她自己的照片都没有。跟她聊天时，发现她总是在回避讨论家人的情况，以及她的童年故事。她越是这样，我越是好奇她童年的遭遇，但也不能轻易冒犯。不过侧面分析，也许正因为是童年的经历让她如此孤僻吧！

第二天早上，我们前往小镇上的农家购买一些蔬菜，她打开家门前的车库，向我展示了专门给沙发客骑的贵族单车，而她自己骑的却是一辆再普通不过的自行车。阳光下的意大利田园生活仿佛如电影中的情景：大片绿意下一条蜿蜒的乡间小道，不远处有农夫开着洒水车灌溉农田，妇女在自家的后花园修整草坪，偶尔一辆小汽车迎面而来，路边小溪的流水声，以及我们欢乐的笑声填满了剩下的空间。

我们走进一个蔬菜农庄，入口的不远处有一个很大的仓库，一辆大货车停在仓库前，工人们把新鲜采摘的西红柿、卷心菜、土豆、洋葱等装进货车。在仓库里面零售着各种时令蔬菜和水果。戴安娜购买了一大袋蔬果，简单地给了 4 欧元就离开了。她自豪地说："生活在意大利的乡村，花不了几个钱。我没有工作，有空就帮邻居采摘果子，挣点生活费，同时也能免费得到一些水果，所以就算没有正式的工作，乡村的生活仍旧能维持得很好。"

前一晚我急切地想要走进她的内心，结果并没有看到她的真心向我敞开，而今天当我并没太在意此事时，在满载而归的一条林荫小道上，她却向我诉说了她的童年，并告诉我把房间装饰得如此漂亮的原因：

"我有一个很不幸的童年，读书时代的我，经常遭受同学们的欺凌。男生们时常羞辱我，当众向我扔纸屑。在我的童年里，朋友对我而言是奢侈品。"戴安娜凝望着远方的田野，声音低沉地说道。

她的声音，依旧温柔，但已不是当初的小心翼翼了，颤动的双唇，诉说当年，慢慢地向我打开她的内心。

"我跟家人的关系不好，很多年前就断绝了来往。"当被问到父母情况的时候，她绝口不谈，眼神一下子严肃了起来。她说五年前，她只身前往伦敦，靠做餐馆服务生节衣缩食，存下了一笔钱。两年前她回到意大利，并买下这间房子，花重金装修这个公主房，为的就是吸引一些来自世界各地的女背包客前来陪她几天，当几天的朋友。

"对我而言，哪怕只有三天的友谊，也足够了。"她的声音逐渐变小了，小到几乎听不到。

听到这些，我的眼泪禁不住直坠而下，心里特别难受，真不知道她这27年是怎么走过来的。然而此时的戴安娜却神情平静地凝望着远方，我想也许是她把压抑在内心多年的痛苦和孤单一并诉说出来了，她的心变轻了。

就在写下这篇文章之前，我在Couchsurfing网站上再也找不到她的主页了，她已经退出了沙发客界。很遗憾在离开Mena后，没有机会跟她联系，也遗憾当时没有坚持跟她合影——戴安娜特别不喜欢拍照，就算无意中拍到她，她都要求我把照片删去。我想她是一个严重缺乏安全感的女孩，她害怕去交一辈子的朋友，但又希望能够交到朋友，在这种矛盾中，她选择结交三天两夜的友谊，剩下的日子，仍旧希望过自己有安全感的生活。

不管她被世人认为是一个多么奇怪的人，但在我看来，她才是公主，因为她想要的，只是三天的友谊。

吻在布拉格

在大巴门前跟戴安娜道别后，我前往了威尼斯——世界最有魅力的水上城市，在那里我度过了整整一个星期的休闲生活。然后前往音乐之都维也纳，在金色大厅欣赏了莫扎特的演出。接着到了匈牙利的布达佩斯，体验"多瑙明珠"的国际魅力，之后便连夜前往我向往已久的浪漫童话世界——布拉格。

两年前收到朋友寄来的布拉格明信片：晨曦中的查理大桥，轻雾缭绕，桥上高大的圣人石柱似乎在守卫着什么，见证着什么。那时候涌上心头的第一个念头就是："我要在结婚前，于某日晨曦中，在朦胧的查理大桥上，亲吻一个男人。不管他是直腰，还是驼背，是绅士，还是扫地的大伯，都要向前求一个吻。"

我带着这个"任务"，在一个周日的早晨抵达布拉格。布拉格的沙发主是非常友善的Tomas。32岁的Tomas是一位电脑工程师，中等身材，穿着休闲，面相和善，绝对是邻家大哥的好形象。他在市中心有一套公寓，两个房间，沙发客独占其中一间。

下午Tomas带我游走了布拉格古城，从城堡，到查理大桥，再到老城区。第一次踏上查理大桥，感觉跟明信片上那宁静浪漫的氛围完全相反：桥上人群拥挤，有各种街头表演，绘画展示，简直就是一个艺廊。不远处传来一曲由管风琴和大小提琴现场演奏的《卡农》，乐曲让人们的喧闹声、叫卖声，以及相机快门咔嚓不停的噪声，瞬间"停止"。

下午7点半跟Tomas道别后，我独自一人前往城堡。布拉格跟中国有6个小时的时差，虽然是夏天里的晚上8点，但太阳刚下山，天还很亮。我从 Manesuv Most 大桥往城堡方向走，桥的左边就是查理大桥。"查理大桥始建于 1357 年，至今已有 656 年的历史，是捷克历史上最昌盛的查理四世时期建造的，大桥连接布拉格城堡和旧城区。桥上的 30 座圣人像，在这几百年间，日夜守护着这座神圣的大桥。"

在我翻看导游书的同时，一个身高一米九，身穿红色 T 恤，白色短裤，米白色帆布鞋，肩挂一个小包，手里拿着一本导游书的帅气亚洲男生走进我的视线。亚洲面孔让我们的视线在彼此的身上多停留了几秒钟。

我想上前去搭讪，却不知道如何开口。

他穿过马路，走到桥的另一边，自得其乐地在那玩自拍。我想走过去帮他，可是桥上车很多，一时也走不过去。当我走到桥的另一边，跟他进行了第二次"擦肩而过"时，我立马拿出相机，想请他帮我拍照。然而右手几乎快要碰到他的左肩时，我还是开不了口，只好找了旁边的一个路人帮忙。拍完照后，他已消失不见。我紧张地寻找着他的身影，望着两条分岔路的远处，内心莫名地着急起来。突然一声强烈的汽车鸣笛声从身后传来，我转过头去，发现他在桥的另一边，正试图朝这边走过来。

看到他往我这边走来，我的内心兴奋不已。我继续往城堡的方向走去，他跟在身后，而且越走越近。走了一段路后，他主动跟我搭讪：

"你是去城堡吗？"他紧张地看着我说。

"是的，不过晚一些，会去查理大桥。"我惊讶能这么近距离地看见他那俊俏的脸庞，体内的小心脏已经快要超出负荷了。

"我也是，要不一起走？"他挠着头说。

"好啊，这样我拍照时，就不用找别人了。"我说。

我们俩大笑起来，黑夜里探索着梦幻的城堡，在圣维塔大教堂前留影，在黄金巷寻找卡夫卡住过的那间蓝色房子，然后爬上城墙，俯瞰着夜晚的灯火辉煌，享受着那份宁静安详。在凹凸的城墙上，我们坐在其中一个凹面上聊天，这一切特别简单而浪漫。

他是韩国人，读了两年大学后就去服兵役。现在刚服完，赶在9月初去法国当交换生前游玩欧洲。我们分享旅行经验，分享梦想，分享时光。那一段发生在米兰"黑夜中的淫魔手"的旅行经历，让他笑破了肚皮。他告诉我他要在25岁前结婚，这让我傻笑了很久，毕竟他才23岁，单身大学生，两年内认识一个女生然后结婚，那是一件多不靠谱的事啊！

晚上10点，我们走在查理大桥上。桥上一如白天热闹，歌声叫卖声相互杂糅。然而此刻我的内心非常忐忑，犹豫着要不要说出口，向他索求一个吻。难不成第二天早上真的随便抓一个陌生男人，甚至扫地的大伯来求一个吻吗？哦，不行不行，已经快到桥中段了。

我满脑子都是"求吻"的事，以至于当他问我问题的时候，我变得哑口无言，气氛一下子紧张起来。就在这时，不知道哪来的勇气，我停下脚步，深呼一口气，抬头看着他的眼睛说：

"May I ask you for a kiss？"

他一脸惊讶的表情，右手不经意地挠了挠头，沉吟了一会，他才害羞地点点头。

在桥的中心，我闭上眼睛，亲吻了过去。在闭上眼的那一瞬间，好像桥上只剩下我们俩，桥上的圣人像们全部注视着我们，祝福着我们，为我们欢呼喝彩。得到这个等了两年的吻，我激动得不能自已。当我抬头看着他的眼睛时，他害羞得说不出话。

我们走过大桥，坐在旧城区的一个室外酒吧。彼此间也因为那个吻，而产生了微妙的情愫，让我们的视线在彼此的眼睛里停留得更久。据说，只要用心触摸查理大桥上的圣人石像，便会带给人一生的幸福。午夜12点，我们带着这个"任务"，再次回到大桥上。桥上的游人变少了，歌声没了，也没有人在桥上摆卖了。我们走到桥右侧的第8尊圣约翰雕像下，这时他的右手再次不经意地挠着脑袋，紧张地对我说：

"Can I ask you for a kiss?"

我微笑着双脚踮起，彼此的嘴唇触碰着。经过四个小时的相处，这个吻已经开始变得复杂起来。

夜已深，我们在桥上道别时，他把他的电子邮箱写给了我。在电车停下来的那一刹那，我们不由自主地拥吻起来，仿佛谁也不愿意离开对方的怀抱。电车驶出月台，他仍旧站在原地微笑着向我挥手。回家的路上，我的内心酸甜苦辣杂味交织。他第二天早上7点的火车前往布达佩斯，我的方向正好相反，两天后我就要前往柏林。在浪漫的童话城堡中，我们在陌生的人海中，在旅途的交叉点相遇，在千年的大桥上亲吻对方，这是一段多么唯美的邂逅啊！

直到现在，我没有给他发过一封电子邮件，因为，故事到这里就好了。我知道自己想要什么，不会奢求其他额外的浪漫与惊喜，这一切都是那么完美，那么简单而没有压力。

听说只要在维罗纳的朱丽叶之家，诚心触摸过朱丽叶铜像的右胸，就会有一段浪漫的邂逅悄然降临，看来这个预言真的实现了。不知道明天会发生什么故事，但一切都是命中注定。命中注定他是我在查理大桥深吻的人，一辈子就只有他，但他也只是一个美好的回忆。

独自旅行中的单身男女，邂逅"爱情"不是一件难事，但要维持这段"爱情"，会很困难，因为每个人都有自己想要到达的远方，就像电影《爱在日出之前》——有缘，自然会再见。

搭车到荷兰

布拉格的下一站是柏林，在柏林，我被一位友善的大哥接待了，跟他和他的女友 May 体会了柏林最负盛名的同性恋音乐大游行，便开始前往荷兰的阿姆斯特丹。

尝试了第一次不堪回首的搭便车经历之后，我对这种旅行方式带有一丝恐惧。由于在柏林我没有提前购买到便宜的车票，面对 100 欧元前往阿姆斯特丹的火车票，内心是相当的不情愿。

在柏林沙发主的怂恿下，我决定跟他的女友 May 一起搭便车前往阿姆斯特丹，但她会在中途下车，前往汉堡。我们乘坐轻轨去柏林郊外的一个加油站，出站时遇到一个小伙子 David，他要前往阿姆斯特丹探望 3 个月没见的女友，于是我们结伴同行。我们步行了半个小时来到那个加油站，放下背包，开始问停车加油的司机是否是前往荷兰的方向。然而半小时后，仍没有找到顺路并能同时载我们三个人的司机。

为了更加方便找到愿意载我们的司机，我跟 David 组合，May 一个人搭车。又过去半小时，已经是上午 11 点半了，这时一位大型货车司机鸣起大喇叭，把头伸出车窗，大声喊道：

"嘿，伙计，这边。我将要前往 Celle，有两个位置，顺路载你们一程。"

Celle 是柏林前往阿姆斯特丹高速路边上的一个小镇。我们跟 May 分手后，坐上了货车司机的副驾驶座。30 岁出头的 John 是一个大胖子，当了 10 年的货车司机，货运到达整个欧洲，每天吃喝睡都在车上，看他腰上那上百公斤的肥肉，可不是没有来头的。

"漫漫长路，寂寞难耐，偶尔有人跟我聊天，那是最开心不过的，而且这样也不容易犯困。"这些话从他那肥厚的嘴里说出来，真让人心疼。车上到处横倒着啤酒瓶、矿泉水瓶，一些超市里买来的沙拉、火腿随便地放在驾驶座的附近。后座是一张相对他而言窄小的床，床上摆放着杂乱的被单。看到这些脏乱的环境，想象到过去10年，他所有的青春就在这窄小的卡车上度过，而且这样的生活还会继续下去，我的内心莫名地伤感起来。

John 在 Celle 小镇上的一个加油站放下我们。这里很萧条，加油站没有工作人员，小超市也关了门，来加油的司机很少。David 举着写有"Amsterdam"的牌子站在路口，可是两个小时过去了，没有一个司机愿意停下来。下午2点，我们疲惫地站在路边正要放弃的时候，一辆奔驰小轿车停了下来。交谈后得知他们非常乐意载我们一程，但不到荷兰，只是一小段距离。

我们兴奋地上了车，尽管是一小段，但只要能离开这个鸟不拉屎的小镇，已经很幸运了。司机和他的妻子年约半百，很乐意帮助那些搭便车的年轻人。

"因为我们年轻的时候，也曾如此疯狂过。"身着西装的大叔，一边开车一边笑着说。大叔的微笑从没有停止过，也许他的脑海里浮现了年轻时疯狂的回忆吧！

15分钟后，我们来到高速路上的另一个加油站。一位孕妇看了我们许久，David 前去问是否可以顺便载我们一程，她摇了摇头，然后挺着大肚子开车离开了。我想，对一位单身孕妇来说，让两个陌生人上自己的车，会是何等的挑战。

半小时后，来了一对英国年轻夫妻 Matt 和 Susan，他们正要开车回伦敦去。但不经过阿姆斯特丹，只能在半路放下我们。在车上，我们聊得很 high，各种文化上的冲击，笑声不断。

乌黑短发，身材高大，脸上常挂笑容的 Matt 是一个罗马尼亚人，今年 28 岁，在伦敦读完研究生后，为了女友留在伦敦。在他们心中，伦敦是最棒的城市。刚好距离 2012 年伦敦奥运会结束没多久，Matt 向我们描述了奥运期间，伦敦人山人海，酒吧夜生活夜夜笙歌的场景。他们以伦敦的大英博物馆为傲，以英国丰富的文化生活为荣。同时他们对中国五千年的汉字文化也特别感兴趣，当我在一张感谢信上写下他们的中文名字"马特"和"苏珊"，他们更是激动不已。

两个半小时后，我们进入了荷兰的国土。Matt 在一家加油站放下了我们，留下了彼此的联系方式，开车离开了。已经是下午 5 点，我们四周没有网络，没有电话，联系不上在阿姆斯特丹的沙发主 Edo，也不知道什么时候能够抵达。然而面对这么多的未知，我已经开始免疫，甚至开始喜欢上这种未知。过去一个月经历了这么多，我深刻地体会到：不管眼前发生任何事，一切都会好起来的，没必要着急，因为着急不会改变什么，事情总会往前发展，我们只需要一颗平缓的内心，迎接将要发生的一切吧！

没过多久，加油站来了一辆私家车。车主是 26 岁的 Lucas，波兰人，他从华沙开车回去阿姆斯特丹上班。他告诉我们，欧盟区内，人们可以前往其他国家工作。他说，荷兰的工资高，待遇好，很多东欧年轻人前往这个国家工作，并很乐意给这个国家交税。

David 是一个很健谈的德国男生，三个人一台戏，笑声从车内传出窗外，传到了那绿意广袤的牧场，奶牛们都听见了，风车也跟着开心地转动着。两个小时后，晚上 7 点，我们终于抵达阿姆斯特丹。Lucas 在他家附近的公交总站放下我们，在简单的告别后，我们搭上前往市中心的公交大巴。

一整天的搭便车之旅，虽然很折腾，但却乐在其中。我深刻体会了搭便车给旅途带来的无限乐趣，竖起自己的大拇指没有什么不好意思，因为快乐是双方的。我们的出现，给胖子司机 John 带来了欢乐，我们也了解了货车司机们的辛酸寂寞的车上生活；让开奔驰的夫妻回忆他们年轻时的疯狂；跟 Matt 和 Susan 快乐地探讨了各国文化的差异；分享了 David 快乐的时光。

经过这一段成功的搭便车之旅，我深刻地体会到，不管是搭便车，还是沙发冲浪这种旅行方式，它们不是一种简单的接受别人帮助的方式，而是一种文化交流的媒介，让人与人更直接地交流，更加接地气，更能深入寻找异国他乡的故事，听他们倾诉梦想，听他们述说世界。这种友谊，不是一方给予，一方接收，而是双方都在用真心付出，在各自的人生中，留下一段美好的回忆。

留宿藏人家

在阿姆斯特丹的中央火车站跟 David 道别后，已经是晚上 8 点，我在公共电话亭给沙发主 Edo 打电话，可是没人接；找到一家有 WiFi 的咖啡厅，我在 Couchsurfing 网站上给他留言，结果等了一个多小时都没有回应。我在柏林时，Edo 给过我他家的大概住址，眼看已经是晚上 9 点半了，我心有不甘地想先到达那个车站，再想办法给他打电话，如果再没人接，只能启动旅行的 B 计划，按照导游书里的住宿推荐，找一家旅馆暂住一个晚上。

在电轨车上我看见一位中国大娘，迟疑着要不要上前打招呼，然而大娘也用同样迟疑的眼光看着我。让我惊喜的是，大娘和我居然在同一车站下车。车站离市中心有点距离，四周很安静，旁边有一个露天足球场，不远处的商店早已关门，我环顾四周没有看到电话亭，于是主动上前跟她搭讪。

"请问，你是中国人吗？"我说。

"是的，在车上我也一直在猜你是不是中国人。"她说。

我俩大笑起来，我跟她说明了情况，接着她给 Edo 打了电话，电话那头仍是没人接。好心的大娘陪我在车站里等了 15 分钟，再给 Edo 打电话，但仍旧打不通。夜已深，大娘拍着我的肩膀，豪气地说："孩子，走，今晚住在我家，我家就在这附近。"

我迟疑了一下，但是看着她那坚定的眼神，友善的笑容，对她的警戒心似乎瞬间融化了。其实在接受大娘的邀请前，我已像福尔摩斯一样，观察大娘的一切，分析眼前的情况：我们在电轨车上认识，从大娘的着装，以及她手上拎着的那一袋水果，可以猜想她是在下班回家的路上，她是坏人的可能性不大。于是我跟着大娘回家，给 Edo 留言说明我的状况。

大娘是藏族人，52 岁，宽大的面颊总带着亲切的笑容，从她那高壮的身材，话语中透着的那份豪气，就能够感受到她爽朗的内心。大娘育有一子一女，五年前通过关系来到阿姆斯特丹，随后陆续把家里的孩子及自己的弟弟接到这里。他们的公寓在二楼，房子不大，三室一厅一卫一厨，包括楼顶的房子，面积一共 80 平方米左右。公寓的布置保留着藏族的风格，沙发背后挂着红色繁花毯，茶几上摆放着一个铜制的香炉。

进屋时，大娘的女儿阿吉正在煮饭。姑娘长发中分，一张可爱腼腆的笑脸，18 岁的她三个月前来到阿姆斯特丹，现在在语言学校学习，在毕业前，由她负责家务活。阿吉会说一点中文，但她一直低着头专注于制作土豆肉泥。过了一会儿，大娘的儿子旺也回家了。旺在门口看到我，惊讶了一下，然后四处张望以为自己进错了门。旺今年 23 岁，他是耐克的忠实粉丝，全身上下都是耐克。他戴着耳机，肩上别着一个小小的 iPod，衣着宽松，非常嘻哈。旺看到家里来了一个客人很兴奋，虽然他不会说中文，但我们可以用肢体语言进行简单的交流。

晚饭时间，大娘的弟弟光头大叔回来了，大叔在一家中国人开的亚洲餐厅里当寿司师傅，大娘在餐厅里当服务员，每天下午两点上班，晚上9点下班。

我们晚餐的地方在客厅的茶几上，热乎乎的薄饼夹着土豆肉泥。大娘非常好客，总是把夹满土豆肉泥的薄饼放到我的碟子里，嘴里不住念叨："多吃点。"而阿吉也总是在我不经意间，把薄饼放到我的碟子里。

饭后，光头大叔掏出刚领的薪水，自豪地说："你看，这是我一周的薪水400欧元，人民币就有3000多块了。要知道，在我们老家那些开小酒馆的朋友，一年到头也只能挣到5万块而已。几个月后阿吉也开始工作，那我们全家一个月就可以挣到5万块人民币了。"

大娘点了点头，笑着说："在荷兰生活比较简单，房子都是政府免费配给的，现在家里多了阿吉，就可以向政府申请一套更大的公寓。政府也会帮助藏民安排工作，一般是在中国人开的餐厅里工作。"大娘还说，欧洲的生活节奏比较慢，餐厅周末关门，他们全家开车去郊外烧烤或者露营，日子过得很惬意。

第二天早上，大娘打通了Edo的电话，Edo说昨晚在酒吧工作，没有接到电话，挂了电话后他走路过来接我。

在异乡遇到中国人，走进他们的生活，聆听他们的故事，体会他们的热情好客，感觉好像是在"寻找他乡的故事"，更多的是感动和难忘。

在旅行中，将要发生的故事一直诱惑着我，不管眼前是什么故事，总会有下一个故事的到来，而这个故事正是下一个故事的铺垫和前奏。因此再怎么折腾，也要不顾一切往前走，就算眼前好像有很多困难，只要勇敢地走下去，前面都将会是美丽的风景。

老人家的沙发

在阿姆斯特丹的日子,一天都没有闲着。梵高博物馆几乎花掉了我"半条人命",为了让14欧元的门票,还有5欧元的自助导游机租金物有所值,我从博物馆开门的那一刻进去,一直到下午清场的最后一刻出来。老实说,那真的值了,赚回来了,唯一的遗憾是没有看到梵高的名作《星空》,还好后来在纽约现代艺术博物馆,亲眼目睹了她的风采。

阿姆斯特丹实在有太多东西值得慢慢欣赏,从她那20度向前倾斜的红的、绿的、蓝的不同颜色的门墙,到那双特别的木屐,再到赞丹的风车、奶牛,还有满是性感妓女的红灯区,都让人流连忘返。

我在阿姆斯特丹待了一周,沙发主也找了两位。Edo之后,就是John。John是一位64岁的老头,说他是"老头"还真配得上他的风趣幽默。John头发发白,身体发胖,总是穿着宽松的白色衬衫,走路慢条斯理。三年前John的老婆去世,剩下孤零零的他,尽管有一个已婚的儿子,但他们没有住在一起。还好每天都有一位漂亮的、来自北非的女护理照顾他,陪他看医生、散步、买菜。

"妻子去世后,我以为自己没有勇气继续活下去,更有了自杀的念头。"John看着书桌上妻子的照片,低沉地说道。

"然而,事情发生了翻天覆地的转变,两年前,在朋友的建议下,我打开家门,接待来自世界各地的沙发客。把对妻子的爱与思念都放在回忆中,跟沙发客们分享。"过去两年,John接待超过100名沙发客,他们中有单身的年轻人,有情侣,有夫妻,甚至有拖家带口的爸爸。他们分享人生,分享食物,分享快乐,这就是沙发客们给他带来的生活转折点，他不再整天沉浸在痛苦的思念中，而是把自家门打开，装进整个世界。

"虽然我的腿脚不灵活，但是我把世界装了进来，在家便可以环游世界。来自世界各地的沙发客跟我分享时光，看功夫片也不再是一个人的事了。"John 若有所思地笑着说，视线停留在墙上那些跟沙发客们开心的合影上。

John 的公寓位于阿姆斯特丹的市中心，房子是一客厅一卧室一书房，一厨一卫，沙发客们休息的地方在书房的折叠沙发上。John 是一位退休电脑工程师，长形厨房靠书房的一角摆放了好几台电脑，他最大的爱好就是看动作电影，曾经就成龙的功夫片，我们讨论到半夜。

他是好爷爷形象，但跟他住在一起，规矩特别多：沙发客每天晚上 11 点前要回家，因为他要睡觉；11 点过后，不能洗澡，因为那会吵着他睡觉。这位"老顽童"似乎每时每刻都跟我开玩笑。

早上醒来，John 准备了咖啡和芝士三明治，阿姆斯特丹的探索，就从这温馨的早餐开始。John 这位爷爷级的沙发主，用他那和蔼友善的笑容，迎接来自世界各国的沙发客，让他们在阿姆斯特丹有一个温暖的家。对他而言，他对妻子的爱和思念是痛苦的，忘记是艰难的，而唯有分享回忆，才是甜美的。

约会巴黎 CEO

离开阿姆斯特丹后，我坐大巴前往了欧洲沙发之旅的最后一站——巴黎。在每个月的第一个周末，卢浮宫免费进场。我在 9 月的第一个周日早上抵达巴黎，从上午 9 点到下午 6 点，全天 9 个小时也不能把博物馆的藏品全看完。从古埃及到古罗马，从非洲神奇的面具之礼，到《断臂维纳斯》和《蒙娜丽莎》，卢浮宫的艺术魅力，可以让人忘却时间的流逝，时空的转移啊！

离开卢浮宫，我朝着凯旋门的方向走去。香榭丽舍大街上的街头表演，迎面而来时尚气质的法国男女，装饰精美的橱窗，奢华的香奈儿、路易威登专卖店，仿佛让人走进梦幻奢华的王国。

晚上8点，太阳才懒懒地下山，夕阳拉长了凯旋门的影子，每个游客都希望跟夕阳下的凯旋门来一张合影。我请旁边胸前挂着相机的帅哥帮忙拍照，结果画面不尽如人意：照片里，凯旋门斜着"身体"，我半身后有一辆轿车经过，整个画面就是一个词：糟糕！眼看帅哥走远，实在忍不住"爆粗"：

"有无搞错啊！"我用粤语说。

"要我帮你再拍一张吗？"不远处，一个身着印有"龍"字样红色T恤、头发梳得发亮的中年男人笑着对我说。

原来他刚才在旁边目睹了整个过程，所以听到我发泄的不满，看到我不悦的表情。实在尴尬，我只好低头打量着这个陌生人，看着他手上的名表，腰上的"Boss"皮带，一双高级皮鞋，以及他那外交家般友善的笑容，警戒心也放下了一些，心想，有钱人应该不会想要害像我这般普通的中国女子吧？

"要是从那个角度拍的话，会更好看。"他指着马路边上的一角说。

"好啊！那你可以帮我拍吗？"我兴奋地问。

他笑着接过相机，给我拍了5张，每一张都有看头。简单的握手和自我介绍后，得知他叫Kenan，来自土耳其，两周前被公司调到巴黎总部。当得知我来自中国时，他表现得异常兴奋。"我非常喜欢中国，还有美味的中国菜，5000年灿烂的文化，都让我流连忘返。"我们的话题，就因"中国"而展开。

"为什么你一个人在这里？"我疑惑他身上没有相机或者旅行小包，不像一个旅客，但为何一个人坐在这游客密集的地方呢？

"我家就在附近，傍晚出来散散步而已。"他指了指凯旋门右前方的公寓楼，接着说："你待会要去哪里？"

"埃菲尔铁塔。"我指了指方向说。

"哦，那我们一起走吧，我的酒店也在那个方向。"他说。

话音一落，我对他的警惕性骤然提高。

"你的房子不是在那边吗？什么？酒店？"我一脸疑惑地问。

"新家在装修，现在住在酒店。我是两周前被调到法国，之前在马来西亚工作。"他平静地解释道。

夕阳仍在天边，跟一个陌生人走在巴黎的街头，并不可怕。然而一部好莱坞电影《飓风营救》里的情节突然出现在我的脑海里：两个美国女孩前往巴黎度假，被黑帮卖淫团伙拐卖，并通过毒品控制，逼迫她们去卖淫。虽然我没有那般姿色，但想到法国佬、德国佬都喜欢中国女生，背脊里一阵寒意。

他边走边告诉我，他是做建筑材料的，在马来西亚工作了八年，前两周被调到巴黎总部。凯旋门前的房子正在装修，妻儿在马来西亚打包行李，两周后一家人团聚。但即使他把妻儿都搬出来说，我还是警惕着，每隔半分钟就往后看，害怕路边突然停下一辆车，下来几个人，然后把我蒙面绑架……我的想象力很丰富，以至于忘记了我即将要看到全世界最浪漫的埃菲尔铁塔。

我们走过一条长长的街道，穿过斑马线来到一个广场上，被夕阳染成金黄色的埃菲尔铁塔骤然出现在我眼前，在没有半点心理准备的情况下我亲眼目睹她浪漫的风采，那真是醉了。广场在铁塔正北方的高台上，这里满是游客，或是在街头表演的年轻人。Kenan 拿着我的相机，我成了他的模特，摆出各种跟铁塔合影的姿势：有跳跃的，有大笑的，有一手把她捡起的。欢笑中我忘了时间，也忘了 Kenan 是一个应该时刻警惕的陌生人。

我们在广场附近，一个能看到铁塔全景的餐厅里共进晚餐。他分享他那精彩的人生经历，美丽的妻子，乖巧的孩子，这都让我放松对他的警惕。Kenan 年轻时在伊斯坦布尔当英文教师，后在一家美国公司任职，机缘巧合下在美国驻土耳其大使馆里工作，最后在一家世界 500 强公司上班，一做就是 10 年。10 年间，他从该公司的一名普通部门主管到亚太区主管，再到现在总部 CEO，这惊人的升迁速度，让我好奇其中的秘诀。

"机会总是留给有准备的人，"他认真地说，"你要抓住任何一个跟你上司，或者你上上司碰面的机会，准备好 30 秒的自我介绍。例如你们在电梯里碰面，千万不要害怕上前给他一个问候，一个简单的微笑会让人过目不忘。CEO 也并不总是高高在上的，就算是一个送信的快递小哥对他微笑，他也会感觉开心。"

我想，这也对，就算得知他是一名 CEO，我也不会感觉紧张，因为他对我而言，只是一个在旅途中认识的陌生人，我不需要通过他得到什么，只是一种简单的分享人生，分享故事。

"想要让高层知道你的存在，那么一定要在公司内部的刊物里刊登你的文章，要经常活跃在公司举办的活动里。除此之外，要进修哪怕在你职位以上的课程，告诉别人，你随时准备好了。"Kenan 接着他的分享。

"一般跨国大公司是如何面试人才的？"我问。

"Ella，你能告诉我你的三个优点吗？"他问。

我很容易说出了自己的三个优点，然而当他问"那你的三个缺点是什么"时，我说不清楚自己的缺点，更不能说出三个。

"很多面试者像你一样，优点很容易说，可是缺点说不全，这是对自己认识不够的表现。因此在面试一份职业之前，要先了解自己，优点是什么，缺点是什么。"Kenan 说。

"Ella，你觉得人在什么时候感觉自信？"他接着问。

"在我经济独立，财产能够自由分配时。"我说。

"哈哈，这么说，你现在就不自信了吗？很多人总认为，有钱有权后才会自信，其实不然，自信每时每刻都陪伴着你。自信源自内心，当你内心平静的时候，你才会表现得自信。两个争吵的人，都不自信，说话偏激，只好用高嗓门掩盖他们内心的不自信，所以当你处在这样的环境，你要把身子往椅背靠，让那颗悬挂的内心稳稳地靠在椅子上，让心平静，这时从你口中说出来的话，那才是自信的。"Kenan 双眼发光地说着，好像一位父亲在教育自己的孩子。

当得知我间隔年的故事，他激动地说："孩子，趁年轻，使劲折腾自己吧！给自己一个间隔年，去发现最真实的自己，知道自己想要什么，就不会被事情所困扰。"

Kenan 是一名成功的公司管理者，他把这些管理经验教授给其他人，一节管理课就收入 3000 美元。当我听到这个数字时，深感自己的幸运啊！他把过去如何在大公司里快速上位的秘笈，如何经营夫妻之道，毕业生如何应对公司高管的面试等等经验分享给我，就像一位父亲给将要踏进社会的孩子，上了一堂非常重要的社会人生学，并在迷茫中拉了我一把。

我跟他分享了过去四年的旅行经历，跟上海某一位歌唱家陆阿姨相遇相知的精彩故事，以及毕业前为贵州黔东南地区的孩子搞的那一次捐赠活动，这些都让他更加了解中国年轻人的想法，正好他第二天要面试的就是一名刚在法国拿到 MBA 学位的中国女生。

眼看快到晚上 11 点，沙发主所住的那一个区深夜出入比较危险，所以他千叮万嘱要我在 12 点前回家。我跟 Kenan 似乎还有说不完的话题，于是约了下周四继续在这里共进晚餐。

接着，周六我用一整天的时间把巴黎逛了个遍：在凯旋门跟一对中国情侣打招呼；在 Pierre de Montmartre 偷拍街头画家；跟球技出神入化的非洲男生合影；跟娶了笑容甜美的年轻菲律宾女佣的中年法国男人谈天说地；在圣母大教堂前跟一群在结婚前疯狂求吻的法国男生嬉闹；在塞纳河边跟迎面走来打扮得像 Strip 女郎的大胸老女人相互瞪眼。

在路上，会遇到无家可归的流浪汉，也会遇到像 Kenan 那样成功的 CEO。但不管他们是什么身份的人，都是有故事的。他们的故事对我而言，都非常有价值，值得我去聆听，去感受。

免费的"总统套房"

9月初的巴黎，晴空万里，空气凉爽，我在巴黎需要待两个星期，为了体验不一样的巴黎，我选择了三位不同的沙发主。第二位沙发主 Anthony，住在巴黎新金融区——拉德芳斯区。

周四晚我跟 Kenan 第二次见面，并约在之前的餐厅共进晚餐，快乐的聊天时光让我忘却了时间。晚上 11 点半跟 Kenan 道别后，我发现沙发主 Anthony 在 9 点半给我发了一条短信，说他已经到家，要是我回家时迷路了，就直接打给他。我立马回复他，说半小时后到家。

走出地铁站时，我仍没有收到 Anthony 的回复。于是我凭着记忆寻找他的房子，其间给他打了好几通电话，发了几条短信，但都没有收到回复。因前一晚都凌晨 1 点了我才拖着疲惫的身子到达他家，所以脑海里对他家记得不清，只记得我们经过一片竹林。

可是当我走到那片竹林时，记忆中断了，不知道他家在哪里。哦，糟了，我迷路了。我给他打了几十通电话，都转到了留言信箱，心想Anthony可能已经睡着了。我安慰自己，说不定他醒了看到我的留言，就会出来接我。于是开始在附近寻找他的房子。三更半夜的，我敲了好几户人家的门，但都不是Anthony的家。这时街上一群年轻的小伙子在烟酒过后，显得异常兴奋，不停地叫我过去跟他们"谈天说地"。看到他们的醉意，我实在不敢靠近，于是一直留在那片竹林的对面，光线最强的地方。

已经凌晨2点了，手机仅剩5%的电量，估计Anthony已经睡得很死，这时我必须进行B计划：找一家青年旅舍，暂住一晚。我看了导游书里的青年旅舍，但它们都不在这一区。我向前问了一位路人，得知附近酒店的位置。

在暗黄的路灯下，我走到附近的一家酒店。酒店位于塞纳河边上，它的门紧锁着，只见前台有一名接待人员，我赶紧向他挥手招呼，示意要进去。夜里寒意十足，加之长达2个小时的街头流浪，寒意已经入骨了，我浑身哆嗦地走进温暖的酒店大堂，跟他说明我的处境。他叫Hakim，一个30岁、高瘦的法国男生。

"请问还有没有房间？"我问。

"今晚只剩下一间房。"他说。

"请问多少钱？"我问。

"哦，因为是总统套房，要440欧元。"他说。

听到这个数目，我愕然了，想到手头上没那么多现金，信用卡跟护照都留在了Anthony家里，不能入住。再说现在已经是凌晨2点，第二天早上7点半之前就会退房（因为Anthony的闹钟每天早上7:30准时响起）。想到钱不够，又没护照，只能在这里待半个小时等Anthony的电话，毕竟手机还有5%的电量，没准他在半小时内醒来呢！

他答应了我的请求，领我坐在大厅沙发上看电视。过了15分钟，

Hakim 拿着毛巾，还有一些洗漱用品走到我跟前，一脸微笑地说：

"现在已经很晚了，今晚就住在这里吧！来，跟我过来，我给你开那间套房。"

我立马站起来，双手捂着嘴，不停地说："我的天啊！我的天啊！"此刻很感动，但又觉得好尴尬，我感觉自己像一个小乞丐，没地方去了，可怜兮兮的，只能这样有求于人。可是想到手机快没电了，Anthony 还没回复，在这种情况下最好、最安全的方法是在这里待一个晚上。

Hakim 打开了套房的门，然后小心翼翼地把给我洗漱的用品和毛巾放在书桌上。从柜子里拿出一张毯子铺在大床上，接着铺两张白色的床单，外面再盖一层毯子，这样方便第二天"还原现场"。我站在旁边一动不动，仍然不敢相信眼前发生的一切。直到他对我说明天 6 点前我必须要离开房间，然后轻轻关上门离开后，我才清醒过来。

我很感激 Hakim，却又感到非常尴尬——接受了陌生人的好意，但不是一件很爽的事。临睡觉前，我给 Anthony 发了最后一条短信，说明天早上 6 点，我会在那片竹林附近等他。接着疲惫把我拉进了梦乡。

第二天早上 6 点整，Hakim 打电话到房间叫我起床。我调了 5:45 分的闹钟没有响起，因为手机彻底没电了。简单洗漱后，我火速冲下楼，想直接跟 Hakim 握个手，然后迅速离开，结束这种让我内心不安的待遇。

"Ella，我给你准备了早餐。你的朋友不是 7 点半才起床吗？现在时候还早，外面也挺冷的，你还是吃了早餐再离开吧！"Hakim 指了指左手边餐厅靠门的那个餐桌，眼神友善地看着我说。

盛情难却，我只好吃完早餐再离开。可是这种不平衡的感觉逐渐增强，总觉得我一定要还他点什么。于是我给 Hakim 写了一张纸条，简述了我环游欧洲的目的，并告诉他我很喜欢认识一些当地人，了解一些当地文化。为了感谢他,我邀请他下周四(我离开巴黎的前一天)出来喝杯咖啡,并附上我的联系方式。

一个拥抱,一张"邀请卡",我跟 Hakim 火速道别。

我回到了竹林对面的早餐店点了一杯咖啡。半小时后,Anthony 气喘吁吁地出现在我面前,他还穿着昨天的衣服,头发凌乱,紧张兮兮的,这位邻家大哥的形象瞬间萌翻了。他连忙跟我道歉并解释说昨晚 9 点半回家后,躺在床上给我发了一条短信,然后就睡着了,一直到刚才才醒来。

我们走出餐馆,在餐馆旁边的一道门边,他利索地掏出钥匙开了门。看到此情此景,我脑袋里犹如晴天霹雳:妈妈咪呀,原来他的房子就在竹林的对面,早餐店的隔壁,也就是我昨晚站了一个小时,被对面的烟酒青年邀请"谈天说地"的地方。我敲了十几户人家的门,就是没敲我身后的。我在这儿着急地等待,他在隔壁睡大觉,这也够让我吐血的了。

然而不管怎么样,结局还是美好的。从意大利到巴黎,一路上经历了太多的"突发事件",我对它们已经免疫了,我发现只要继续往前走,一切都会好起来,一切都会往不可思议的方向发展,让路上的故事惊喜连连。没有什么比冷静下来的自信来得重要(这也是跟 Kenan 学的——心平气和,内心镇定,那是自信的基础),不管遇到什么事情,首先是要深呼吸,让内心平静后再解决问题。

几个小时后,我收到 Hakim 的短信,他接受了我的邀请。几天后的一个下午,我们相约蓬皮杜广场,在巴黎的露天咖啡馆聊了大半天。他把他最喜欢的书《一年在普罗旺斯》送给了我,我也把我看了好几遍、美国著名作家 Danielle Steel 写的书送给了他。交换书后,在梧桐叶飘落的巴黎大街上,我们道别了,这也算了了我一件心事,那种不安的心理终于消失不见了。在日常生活中,我是很粗线条并且大大咧咧的女孩,但"受人恩惠千年记"的道理是我们中国人的传统，而我没有这种好记性，只好在短时间内表达我的谢意。

独自旅行就有这种好处，对每一件事的体会，会比集体旅行来得更加强烈。

性爱巴黎

误闯同性恋 Party

受到法国文学以及爱情故事的影响，我对法国充满了浪漫的想象和极致的向往，而巴黎是个浪漫之都，不可避免会谈到有关性的话题。巴黎在性文化方面，尽管跟荷兰没法比，但在欧洲也是数一数二的。因为他以一种宽容的国际大都会姿态，允许同性恋结婚。

周末，我和巴黎的第三位沙发主 Linda 前往一个沙发客派对。

派对在一个小公寓内举行，众多俊男美女让我心跳加速，两个来自波兰的帅哥更是围着我聊个不停。本以为自己有着某种神奇的魅力，一下子吸引了两个帅气的"大卫"，没想到在跟他们聊熟络后，他们竟然会如此语出惊人。

"请问你的女朋友也在场吗？"左边的波兰帅哥问。

"什么女朋友？"我一头雾水地问。

"哦，这是同性恋派对，这里所有人都是同性或双性恋，他是我的男朋友。"他俩手牵手地对我说，此刻我脑袋里一片空白，瞬间被秒杀了。

Linda 没有告诉我这是一个同性恋派对。Linda 不是同性恋，27 岁美丽自信的她，身高1.75米，标准的模特身材，正在跟一个帅哥交往呢！

"哦，你不是同性恋，这里可不欢迎你哦！"他们开玩笑地说道。

我灵机一动，立刻说Linda是我的女友，然后就是一连串的"动人故事"。我在演戏方面蛮有天分的，因为他们都信以为真了。可是我的心在疼啊，这么帅气的两个男生竟然是同性恋，真不敢相信眼前的这一切啊。

他们开始分享他们的恋爱史，什么高中啊，大学啊，怕被父母知道啊等等。为了不让家人知道，两人借着来巴黎实现梦想的理由，在这里筑起了爱巢。

接着我被几个女生围起，讨论着一些特别敏感的性话题。她们都以为我也是同性恋，跟我分享起"行内"资讯。"蕾丝"们大胆地分享了她们的性爱经历，以及各种性爱技巧，看到她们满足的表情，我相当惊讶，眼睛瞪大、嘴巴张开，直到表情都僵了。她们开始怀疑我不是蕾丝，并且要检验我是否是个冒牌货，最简单的考验方式就是：亲吻在场的一个女生。

哦，天啊！我做不到，谎言被揭穿了，大家都笑了。全场30来号人，除了我跟Linda是异性恋，其他的不是同性恋，就是双性恋。一对年约55岁的情侣，他们倍感自豪地跟我分享了他们的同居生活，还有性爱的快乐。

他们说，同性恋的人，很少会出现背叛的行为，一旦他们认定了对方，就会对彼此坚贞不渝。他们的心声，对我而言，可是首次听到啊！虽然我在大学校园里，身边不缺乏同性恋的朋友，但没有一个会像他们如此赤裸裸地分享同性恋人的心声啊！

身份被识破后，俊男美女们对我这个乱闯进来的局外人不再感兴趣，我也只好一个人站在小小的阳台上，抬头远望高挂的明月，图一份安静。然而一个越南女生仍旧不停地给我灌输双性恋的思想："不要因为世俗观念，而阻止你去爱一个人啊！哪怕她是一个女生。"

回家的路上，Linda 说，同性恋的人，希望对方也是同性恋，并且加入同性恋的行列。对我而言，不会戴着有色眼镜去看其中的不同，同性恋也好，异性恋也好，每个人都有权去追求自己的爱情。

Linda 还告诉我，这次派对的主办者是她的同性恋朋友 Joe，36 岁的 Joe 每周举行一次同性恋派对，希望这样可以遇到他的真命天子。巴黎是一个包容性很强的大都市，允许同性恋结婚的法令也已经颁布下来。相信未来会有更多的同性恋恋人，在巴黎筑起爱巢。

没想到这次误闯同性恋派对，不仅了解到巴黎的"性"魅力，还能如此靠近同性恋者的内心。也许这就是旅行的意义：路上总会出现一些意想不到的事，让我们去看见，去听见，去感受。

巴黎妓女

结束了刺激的同性恋派对，凌晨 1 点回家的路上，我们在巴黎第 18 区（著名的红灯区）的街上遇到很多妓女。她们穿着朴素，都是一些普通的女生，是我看到过最"纯"的妓女。红灯区的治安不好，居民主要来自非洲，妓女们有的三五一群站在昏暗杂乱的人行道上，有的独自一人站在商店门前，或者拐弯处。

她们没有向过路的男人摆弄风骚，而是安静地、用略带委屈的眼神等待客人前来问价。跟《风月俏佳人》里性感妓女们的谋生手段有很大差别，跟墨西哥城的街头妓女穿 15 寸高跟鞋、性感网袜、丁字内裤，翘屁股挺胸部的造型，也有天渊之别。

无意中，我和一名妓女来了一个眼神碰撞，她居然委屈地、害羞地低下了头。看她只有十七八岁的样子，让人十分同情，这种复杂的感情很难表达出来。

"这里的妓女多数来自北非，都是被招募过来的，很少会背叛她们的皮条客。这几年，巴黎街头的妓女多了很多。尽管在 2013 年，时任法国内政部长的萨科齐推出一项新的法律，但是这种高利润的'行业'已经蒙蔽了很多犯罪集团的双眼。就拿这条出名的圣丹尼街来说，这些新来的妓女往往来自讲英语的非洲国家，加纳、尼日利亚和塞拉利昂。然而像今晚我们看到的，都是小规模的行动：一个妈妈，一个前妓女，控制四个或者五个女孩。"

"巴黎妓女中，这些北非来的女孩子，只是冰山一角，更多、更'高级'的妓女，在这一区还有一大把。她们都被一些卖淫集团，像东欧卖淫团伙给控制着。"Linda 边拉着我的手，边小声地跟我解说。

这些可怜的非洲女孩，她们到底用什么心态去面对这样的生活呢？像刚才跟我瞬间对视，然后迅速低头的那个女孩一样吗？是卑微，是委屈，还是无奈？这些被束缚、被迫卖淫的悲惨女孩，给我的巴黎印象留下一道血痕。

环游世界，不去会死

两个月的欧洲沙发客旅行，这种免费住宿、认识当地人、体会当地文化的旅游方式，给我带来了太多的惊喜和乐趣。同时也为这种旅游方式积累了一定的经验，像如何找到适合自己的沙发主，如何跟他们相处，如何保护自己等。旅费在最后一站巴黎时还很充裕，因此我打算取消回国机票，转去埃及，继续我的间隔年。

然而我却遇见他们了⋯⋯

那是一个下雨天，出门时犹豫着要不要前往凡尔赛宫。因为参观这个宫殿，以及背后 20 公顷的花园，最好选择在晴天前往。当我走进地铁站时，我对自己说：

旅途中，无论做出什么样的选择，都没关系，最重要的是我在继续往前走。每一个选择，都有不一样的故事发生，这就是旅行中的生活。所以，要抱着一颗满怀期待的心往前走，不管它是阳光普照，还是风吹雨打。

我期待着"下雨天前往凡尔赛宫"的选择，会有什么精彩故事发生。

凡尔赛宫位于巴黎西南郊外，需要乘坐 40 分钟火车前往。车窗外阴雨绵绵，车内环境舒适，坐在我对面的是一对年轻的中国夫妻，我们开始闲聊起来。寒宇和他的妻子在美国研究生毕业后，留在波士顿工作。当他们知道我的间隔年计划，都大为赞赏。

"年轻时，就该到处走走。不要像我们，每天就是工作和家庭，假期也好不容易才能凑到一起。可我不赞同你还花家里的钱，毕竟你已经毕业了，家里没有义务再承担你的旅费。再说，一年的旅行将会是一笔很大的开销。"寒宇语重心长地对我说。

"不如这样吧，"寒宇眉飞色舞地接着说，"你的英文这么好，去纽约打工怎么样？我认识一些在纽约读研的朋友。他们告诉我，在纽约求学时的生活费，甚至学费，基本都来自打工挣下的小费。要是在一家日本寿司店打工，一个晚上基本能赚到 100 美元。像周五周六这样的日子，甚至可以挣到 150 美元。同时，你也可以当中文家教。"

听了寒宇的建议，我的内心翻腾了很久，因为纽约是我做梦都想去的城市，而且只要做几个月，挣够旅费就可以让我穷游世界一整年。但这只是一个最初的想法，要实现它还要跨越很多阻碍，首先得说服家人并得到他们的支持，然后拿下美国签证。这个想法让我选择按原计划回国。

回家后跟家人朋友分享了前往纽约打工的计划，但这对于家人来说，是一个超乎常人、超级大胆的计划，毕竟我在纽约无亲无故，加上他们所期待的，是我能有个稳定的工作，继续年底的研究生申请，而不是漂泊在外。他们还认为两个月的欧洲旅行，我已经比其他人幸运很多了。

全家人都很反对，只有老妈支持到底："你觉得那是对的，就去做吧！趁着年轻，为自己而活。"妈妈的这番话，无疑是一支强心剂。其实我也明白，妈妈最希望我们三姐弟妹留在家乡，但她比任何人都了解我，了解我那颗追求自由的心。爷爷那一关最难过，但最后也跟他达成协议——让我出去赌一把，钱花光了就回家稳定下来。

朋友们的意见也是各种阻挠。好友海燕极力反对，她认为我这是在逃避现实，逃避工作，逃避压力。我们的共同好友，比我早两年毕业的则晓听到我这疯狂的决定，他也表示强烈反对，"什么？你还继续漂下去？Ella，你到底什么时候才能定下心来。香港大学可以明年再来，但前提是你要安定下来，找一份工作，然后增强你的专业能力。毕业后，初到社会，就得立马赚取更多的工作经验，才能不落人后啊！"

尽管得到妈妈的大力支持，但面对两位好友的好意劝导，一场爷爷不怎么看好的赌局，各种思绪萦绕脑海，我不知道该如何选择，第二天就要到中信银行缴纳美国签证的费用，那一晚我彻夜无眠。然而越是折腾，就越能碰触我的内心，越能听到它的呐喊：环游世界，不去会死，只是给自己一年的间隔，有什么不可以？梦想触手可及，只要我勇士般地迈出第一步，万一梦想真的实现呢？要是现在不走，我的人生，那将会有多少遗憾啊！不，我要出发，趁现在。在人生中最激情的岁月，去看看世界，开阔视野，去感受，去经历。

接下来的一周，我准备美国签证申请。面签时，我直接诚恳地告诉面签官：这是我的间隔年。结果她同意地点了点头，在看了我的意大利申根签证后说："你的申请被接受了。"我当时真没想到"间隔年"这个头衔，这么容易被人赞赏和认同。

2012 年 10 月 24 日，我再一次从香港赤鱲角国际机场出发，这次是前往纽约。

在飞机上，我一直在考虑这个问题：我在逃避社会、逃避工作吗？不，我只是首先选择了世界而已。

2 第二章
TWO ★

美国——
勇闯纽约的那些事

美国初来乍到

经首尔转机，12个小时横跨太平洋，我于2012年10月24日星期三中午，抵达纽约肯尼迪国际机场。机场很大，入境大厅排着长长的队伍，入境官们都瞪大眼睛，仔细对照着护照和旅客的样貌。

我遇到的入境官是一个黑人胖妞，跟电影里严肃且充满怀疑眼神的入境官不一样，她的脸上总挂着灿烂的笑容。她问：你为什么来美国？要待多久？然后根据行程相应地给签证时间：一个月、三个月、半年。要想再待半年，可以到位于纽约的相关部门申请延长逗留时间，或者出境美国，再次入境。

当她知道这是我的间隔年旅行时，跟签证官一样给了我一个肯定的眼神。我从来没有想过这"间隔年"的旗号，在国外也能受到如此的青睐。这无疑是内心强大的后盾：间隔年期间，无论我做什么，只要往我内心最想要做的事情前进，似乎全世界都在帮我实现，给我的行动和勇气点一百个赞。

10月末的纽约，凉意十足。从地铁窗户向外看，光秃的树干开始冬眠；远处暗红色屋顶的住宅区，孩子们在自家门前玩耍；天空阴沉，零星地飘落着雨滴。地铁开到法拉盛（纽约新唐人街），上来两位说粤语的老妇人，她们拉着购物小车，谈论着家常；左手边的几个黑人学生在讨论着学习情况；右前方一名印度男子跟一名白人青年谈起新工作……也许好莱坞电影看多了，我突然感觉自己坐上了一趟有故事的列车，然而，等待我的，却是一场"浩劫"。

沙发主 Ling 住在曼哈顿中城，地铁 E 号线抵达 42 街时代广场。出地铁站口，眼前的一切把我带入另一部好莱坞电影：紧凑的摩天大楼冲上云霄，让天空只剩一个很小的出口；巨大的 LED 广告屏幕铺天盖地，各自切换着镜头，闪闪的让人眼花缭乱；《变形金刚》里的大卡车，缓缓地行驶在 42 街上，真不知道它是否会因忍受不了这拥堵的交通，瞬间变成机器人奔走过去；艳黄色的出租车很吸引我的眼球，幻想着将要下车的人是"凯利"（美剧《欲望都市》的女主角）。

在纽约找星巴克，那是一件再容易不过的事情，街道上总能看见手拿星巴克咖啡的人向你走来。我走进一家位于 9 大道跟 42 街交界的星巴克，上网跟 Ling 联系，并约好晚上在她家公寓楼下碰面，随后我便开始在网上不停地寻找出租公寓，因为三天以后我要搬离 Ling 家。同时也做好 B 计划，继续寻找三天以后的沙发主；C 计划，找到便宜的青年旅馆。

傍晚 7 点，长发飘逸、皮肤白皙、身着黑色职业装、步伐轻盈、颇具成熟魅力的 Ling 向我走来。然而我脑子里，仍不相信这是照片里那个皮肤黝黑、衣着休闲的旅行者。Ling 今年 25 岁，是美籍华人，11 岁移民美国，2011 年毕业后她申请了美国驻南极考察队的志愿者。半年志愿者服务到期后，她前往新西兰，开始了长达大半年的澳洲、东南亚背包客和沙发客旅行。2012 年 7 月她回到美国，在华尔街做商业顾问，从一位旅行者摇身一变，变成我向往已久的"华尔街俏佳人"（俗称"华尔街白富美"）。旅行回来后，她也打开家门，迎接全世界的沙发客。

Ling 跟她的三位好友 Melvin，Leanne，Kelly 合租一套公寓。公寓有三个房间，公寓里唯一的男生 Melvin 住在大厅，他是一个 30 岁出头、性格腼腆、温文儒雅的印度人，在一家网站公司做网页编辑。斜分的长刘海，乌黑过耳的长发，外形很韩风，他也是我在美国认识的第一个"宅男"。他在家做饭，那辣味让我很提神，只是每次看他用手抓饭吃时，总想递给他一把叉子。虽然他平时话不多，但跟我展示他所编辑的网站时，就会滔滔不绝。

Leanne 跟 Melvin 是老乡，同样来自印度，30 岁出头的女生，是一个强大的 IT 高手。不过现实中的她，特别喜欢煮东西，喜欢创造各种美味，厨房就是她最爱的地方。走进她的房间，从她细心设计、摆放得井井有条、充满温馨的房间布置中，可以感受这位 IT 强人内心最温柔贤淑的一面，她的微笑，亲切得让人过目难忘。

Kelly 是我的老乡，来自中国广州，18 岁移民美国旧金山，现在还不到 30 岁，她是麻省理工毕业的硕士生，在一家世界 500 强公司当商业顾问。她的房间是主卧，租金最高，1600 美元一个月。这栋配有门童、位于时代广场附近的高级公寓，光一个月的租金就要 4900 美元啊！这个价位，颠覆了我原以为 400 美元就可以在曼哈顿搞定房租的想法。Kelly 的工作和生活，是真正的"白富美"生活，也是我所向往的。走进她的房间，门后鞋柜放着各大名牌的鞋子，衣柜里的衣服、包包都是她给自己的奖励。Kelly 很爱自己，只要她在房间，就会点燃让人舒心的香味蜡烛。但在我看来，她有时候又不够爱惜自己，回家后她经常把一些从便利店买来的食物放在微波炉热一下，便回到自己房间，对着两个电脑屏幕开始"工作晚餐"。

我的"沙发"是 Ling 房间床尾墙角的一个小床垫。窗外是哈得孙河，河的对岸便是新泽西州。公寓楼旁边是一个公交大巴公司，住在 Ling 家的那段时间，我总喜欢看着一辆辆长长的大巴从一楼的小入口驶进，好几分钟后，出现在顶楼的大型露天停车场上，然后"对号入座"。

Ling 的房间布置凸显她的活力：书桌墙上贴满了她旅行时拍下的

照片，一看便知她是一个充满青春正能量、开心快乐的旅行达人。其中有一张照片，让我注视了好久——她穿着一件白衬衫，蓬松的头发扎起一条马尾，脖子上挂着一台相机，双手翘着，身边两个澳洲土著人，每个人都欢乐地舞动着。她脸上荡漾的笑容，是旅行时最开心最自由的快乐。

纽约之行的开端有这帮朋友亲切陪伴，使这座城市并没有想象中的陌生。初来乍到，一切顺利，我的纽约生活正式拉开帷幕了。

在曼哈顿找工作

抵达纽约的第二天早上，12 个小时的时差补回来了，工作日里只有 Leanne 和 Melvin 在家工作，Ling 和 Kelly 早早出去上班去了。10 月末的纽约，天空仍旧闷闷不乐，阴沉着像要下雨。哈得孙河有点不安分，河水总在不停地拍打岸边，似乎预示着一场暴风雨即将来临。顶楼大型停车场上的大巴，只剩下一些"年老"的，其他的都去"开工"了。

我推开窗户，用身体去感受天空的温度，一阵寒风从西边吹来，吹散了屋里暖烘烘的倦意，吹醒了那颗来纽约为了挣旅费的初心，吹开了三个月以后开始环球旅行的憧憬——我醒了，要开始找工作了。

"从下午 2 点到 6 点，一般都是餐厅顾客比较少的时候，2 点到 3 点，容易见到经理。带上你的个人简历，虽然没必要，但可以让别人感觉到你的诚意。"这是布达佩斯的沙发主 Mate 给我的建议。

Mate 是一位传奇人物，27 岁那年他失恋了，伤心欲绝后买了飞往纽约的单程机票，在曼哈顿当了五年的餐厅服务生。回国后开始创立自己的事业，现在他是布达佩斯众多餐厅酒吧的老板，而且做得相当成功。根据他的建议，我用谷歌地图搜索了日本餐厅的位置，开始挨家挨户地询问是否需要服务生。

当时我是以一种什么样的心态去找工作的呢？害羞？内心有落差？感觉很没面子？其实都不是，反而是一种挑战自我、展现自我、超越自我的兴奋感。间隔年嘛，就要在自己所选择的人生中任性一次，什么都没有，凭着一股自信的勇气，这便是我仅有的资本。我知道只要苦干三个月，就会开始精彩的旅途生活，揣着这股子激情，我从42街到66街，走进所有的日本餐馆，并递给他们我精心制作的简历。至于走进了多少餐厅，我真的忘记了，但是看到的人和事，仍旧清晰地印在我的脑海里。

下午3点，我走进一家位于43街的高级日本寿司餐厅。经理接待我，并让我填写一份表格。在这同时，旁边几个日本女服务生正在用风一般的速度，尽全力地去擦餐桌以及椅子上的每一个角落，甚至连椅子的"脚跟"也要擦得一干二净。一张张椅子被快速地摩擦、翻起、打转，然后落地，远看这一系列动作，好像在玩杂耍。前面吧台的寿司大哥们，全部低着头在不停地切鱼生，摆放新鲜的食材。每个人都在专注自己的事情，似乎不知道餐厅里来了一个外人，并站立了许久。

填完表格后，我对经理诚恳地说，我没有日本餐厅的工作经验。经理皱了皱眉，说有需要再通知我，然后就没有然后了。

我又走进一家位于49街的日本寿司店，走上窄小的木质楼梯，二楼入口处摆放着一个小型的日式"高山流水"。推开帷帐后便是寿司店的前台，下午4点还没有开市，但里面已经开始沸腾起来，拖地的很快速，摆设餐桌的很利索。经理不在，一个正在拖地的男服务生走过来递给我一份表格。也许是经理不在，他跟我在前台闲聊起来。他说，在这个餐厅工作的所有服务生，都是日本留学生，日语在这里是必需的语言。因为美国的服务生是按小费结算工资的，以小时为单位，所以很方便大学生在空余的时间前来打工。在这里打工的大学生有好几十个，有的一周来一次，有的一周来三到四次，长工仅有两三个。男生还问我，我的日语是否 ok，我尴尬地摇了摇头。那么，我刚填写好的表格，也没必要递给他了。

在接近下午 5 点半的时候，我走进一家高级的日本餐厅。推开餐厅的门，便是一个小小的等待区域，这个区域展示着这家餐厅的历史。我往墙上挂着的那些黑白照片上仔细看，发现了一张熟悉的面孔——迈克尔·杰克逊，我的表情赫然夸张了起来。这时一位穿着得体、西装革履、个头不高的日本经理面带笑容地走过来，双手紧握着我的手，然后开始介绍这个餐厅请服务生的要求。当他得知我并不能满足他们的要求时，脸上的笑容并没有消失，而是很开心地花了几分钟跟我讲解他们餐厅的历史，以及一些精彩的小故事。他说，每当迈克尔·杰克逊抵达纽约，就会到这家餐厅品尝寿司。如果时间来不及，餐厅的老板会亲自准备好杰克逊喜欢的寿司，送到他下榻的酒店。

这两天找工作的经历，让我体会到纽约的分秒必争，每个人都在急速地转动着，都在跟时间过不去。因为我没有工作经验，又不会日文，对于高端一点的餐厅，我没有工作签证，所以工作仍没找到。

星期三抵达纽约，星期四五六一直在找工作，周六晚上是万圣节派对。本应周六早上离开 Ling 家，完成我们约定好的 3 个晚上的沙发请求。然而工作没着落，其他沙发主还没有回应，压力突然涌上心头，让我喘不过气来。为了体验纽约狂欢的万圣节派对，我向 Ling "申请"多住两个晚上，后天周一早上搬出去，Ling 开心地答应了，因为沙发客们都是分享快乐的生命体。

周六白天，除了 Ling 去当了志愿者，其他人都为晚上的派对而准备着，我继续挨家挨户地找工作。下午 2 点，街上出现许多穿着奇异的年轻人，他们或是豪气地走在大街上，或是三五成群在街头各种合影，抑或是几个朋友挤进街头的一个酒吧里狂欢。每个人都在欢乐着，却加重了我心里的负荷，那种"今天必须要找到工作"的念头，让我毫无心情去加入他们的快乐。

周六的找工作路线改成了42街以下的日本寿司店，我也忘记了自己一共走进了多少家日本餐厅。在33街，我走进了一家华人开的日本餐厅，跟一个来自马来西亚的男生（餐厅收银员）闲聊起来。21岁的阿威，11岁移民美国，个子高大，相貌俊朗，会说粤语，他的祖父辈来自中国广东江门。因为他们餐厅暂时不招人，所以他建议我去唐人街找介绍所（中介）。我们交换了电话，我就往唐人街走去。

曼哈顿的唐人街在下城，靠近华尔街，中间被纽约的市政厅隔开。当我走进唐人街，满眼的中文广告牌拉近了纽约与我的距离，缓解了过去几天紧张的神经，似乎我又回家了。唐人街上，鲜见高楼大厦，大部分是六七层的"唐楼"。唐人街的介绍所集中在伊丽莎白街上，我走进一家介绍所，被贴满橱窗的招工信息小纸条给看花了眼——"外洲炒锅3000""外洲中餐企台（服务生）2800"……透过一个小小的橱窗，我给前台一位华人阿姨留下我的简介和联系方式，以及我想要找的工作类型。先不付钱，找到工作后再付。傍晚，突然接到阿威的电话，说要我明天下午2点去试工。我放下电话，兴奋地想高声尖叫起来，紧绷的心一下子轻松了，但猛地又沉下去了，我下周一的住宿还没有着落呢。

晚上11点，派对开始。Ling的打扮是超性感海军装，Kelly是魅力的法式女仆，而我是不安分的蝴蝶孕妇。有她们的陪伴，我的压力暂时被搁置在一边，沉睡着，一整夜都没有被惊醒，而我们在纽约最著名的韩国酒吧里狂欢了一整夜。

飓风"桑迪"来临

狂欢节派对的第二天是周日,想到明天周一就要离开 Ling 家,我内心有种说不出的滋味。找不到工作的压力、居无定所的无助感,已经麻痹了我所有的正能量,时代广场上的寒风,让这份惶恐愈加强烈。广场上人来人往的游客,巨无霸式的 LED 广告屏幕,变形金刚里的大卡车,都不足以安抚我焦躁的内心,不足以让我停下脚步来欣赏这"快乐的事物"。

其实我可以搬去青年旅舍,可是这又能维持多久呢?旅费有限,加上今后还要缴纳第一个月的房租和押金,手头上的钱不可以随便花啊!我不想再问家里要钱,这场赌局我不能输……没完没了的想法,很快湮没了我第一次试工的喜悦。

下午 2 点,我走进了 33 街的这家日本餐厅,收银台里的马来西亚男生阿威不在,一位寿司师父认出我,便叫经理过来跟我聊。这位寿司师傅叫西瓜哥,来自中国福建,30 岁出头,个子不高,身材微胖,有点像潘长江,脸上带有亲切的笑容。过去三天挨家挨户地找工作,都没有碰到过一个中国人,当得知他是中国人,我兴奋地开始跟他分享我的环球大计。

西瓜哥说,对于一个菜鸟来说,在曼哈顿能够拿到试工的机会,已经是命运的眷顾。在纽约,不能把自己的真实情况和盘托出,不能告诉老板你只在他们的餐厅工作三个月,不能告诉别人你没有工作经验。西瓜哥的提醒,让我改变了原本准备的那套说辞,开始跟餐厅经理撒谎我的经历。然而不幸的是,我并没有立刻开始试工,因为飓风"桑迪"要来了，他们即将关门，直到"桑迪"过后下周三才开门营业。我们约了下周三晚上 7 点到 9 点两个小时的试工。

为了尽快地得到这份工作，我拿了这家餐厅的菜单，要在试工前熟记菜单里的内容，以及了解每种寿司所用的材料。这时我收到 Ling 的短信："Ella，快回家，飓风就要来了。"看到 Ling 喊我回家的短信，内心的重负轻了些许，然而明天周一我还是得搬出去。

回家路上，街上行人行色匆匆，商店、餐馆开始收拾关门。大街上还感受不到飓风即将来临的恐怖。也许是曼哈顿中城高楼林立，听不到天空的咆哮吧！狂风经过摩天大厦间的无数次碰撞，风力减弱，但也能让地上的黄叶舞动好几十米。一张白色的 A4 办公用纸，在第五大道上一栋蜡黄色的摩天大楼前，被风从地上拉上了高位，然后来了一个翻身，跳进了 32 街。

路过 42 街上的一家超市，只见人们大包小包地走出来，想到明天早上就要离开，没必要买这么多东西，于是我走进超市买了最后一袋面包。超市里挤满了人，货架上的东西被抢购一空，买一袋面包也要等十几分钟才能结账，仔细想想，这不是纽约的速度啊，这飓风有这么恐怖吗？对于这辈子只经历过台风，没经历过飓风的中国南方姑娘来说，是无法想象飓风的威力的。

晚上大家都聚集在大厅的电视机前，看着电视新闻，关注飓风的一切消息。晚上 8 点，公寓里的每一个人都异常兴奋，我们一会儿跑到 Kelly 的房间，看哈得孙河的河水是否涌上了河边公路；一会儿跑到 Ling 的房间，确定河水是否到达公寓的楼下。我们在 Ling 的房间里尖叫起来，迅速穿上大衣，四个"疯婆子"飞奔到公寓楼下，跟涌上来的河水来一个亲密的合影，纪念这百年一遇的天灾。

在疯狂的人群中，Ling 大笑着说："Ella，看来纽约很欢迎你，你这一来不仅遇上了万圣节，还撞上百年一遇的飓风'桑迪'啊！"

看到 Ling 那快乐的笑脸，真心不想让她们看到我的压力，便强忍住内心的不安，跟着大笑，跟着快乐，跟着兴奋。仅仅 4 天，就经历了这么多，看来纽约真的很"欢迎"我呀！

毕业后前往欧洲两个月的沙发旅行，那是快乐的、无忧的，用一种好奇的心态，去发现身边的一切美好，就算遇到并不美好的事情，也会幻化成难忘的经历。但是抵达纽约的短短四天时间，挨家挨户地找工作，加上穷途末路的窘迫感，这些生存的压力，这些"现实"，都让我喘不过气。

然而经历过去两个月的欧洲旅行后，支撑着我继续往前走的动力是：不管眼前有多少困难，都没关系，这只是我未来故事的转折点，也是新故事到来的前奏。想到这里，脑袋里满是意大利的灿烂阳光，维也纳金色大厅里莫扎特的音乐演奏，布拉格查理大桥上的那个吻……我在 Ling 房间的地铺上，睡着了。

在曼哈顿找房，那个悲催啊

周一晚上"桑迪"正式登陆纽约，曼哈顿部分地区变成泽国。雨水涌入曼哈顿下城的金融区，地铁站、下城街道被水淹没，雨水灌入隧道，街区大面积停电。没电、没水、地铁交通瘫痪，街上没什么行人，商店、餐馆仍然是关门状态。

曼哈顿 34 街以下的区域都停电、停水、停暖气；其他外州，像新泽西、康涅狄格等州，遭受严重的破坏。数百万人将会遭遇一周，甚至更长时间的供电中断，下城的唐人街、金融区更惨不忍睹。幸好 Ling 家在时代广场附近，没有遭此厄运。

原计划周一早上搬离公寓，因为可怕的飓风，Ling 并没有让我离开。这两天大家都在家里远程工作，我一个人待在 Ling 的房间里，在网上不停地找房子。我不怎么走出大厅，感觉自己是一个多余的、赖在这里不走的客人，是一个连工作、房子都没有着落的人，这种寄人篱下、居无定所的压力，让我喘不过气。在他们面前说话，我没有了以前的那股"霸气"，转而是沉默，底气不足。虽然肚子很饿，我也不会用他们的厨房，只是啃几块饼干就了事了。

在 Ling 家，洗澡是一个问题。大厅的卫生间是 Melvin、Ling 和 Leanne 共用的，Kelly 主卧有自己独立的卫生间。担心妨碍下一个上厕所或者洗澡的人，我都要用神一般的速度冲完，把掉落的头发捡起，擦干浴缸里以及溅出来的水，然后火速穿衣，火速离开卫生间。哦，我这辈子都没这么快洗澡过。

周一飓风来临，交通瘫痪，大街上没几个人，我也没有出去看房子。周二飓风开始减弱，在他们每个人都反对的情况下，我执意外出看房子。

朋友推荐了一个网站，跟一些屋主取得联系后，约好时间看房。找房看似很普通，但在曼哈顿找房是何其困难，何其悲催啊！

下午 12 点，公寓门童帮我开门，门后是一顿狂风的吹刮，身子要往前倾斜 15 度才能行走。大马路上鲜见行人和车辆，我可以大行其道。走到平日里人山人海的时代广场，只见硕大的 LED 屏幕下没有观众。在没有任何交通工具的情况下，从 42 大街走到 102 大街，足足走了一个半小时。从第五大道经过中央公园时，参天大树上枯萎的枝丫总会不小心砸到人行道上，让那些和我一样执着的游客吓破了胆子。

对方有意出租自己的房间，600 美元一个月全包。要知道，在曼哈顿没有 1000 大元根本不可能找到如此环境好、地段好的单间。环境是指安全度、干净程度、新旧程度等。那什么是地段好呢？一般中城（中央公园南端，59 街至 30 街）、上东区、上西区为好地段。我满怀期待抵达第 2 大道 102 街，这一区黑人很多，鲜见高楼大厦。我走进了公寓楼，一进大堂门口，扑面而来的动物尿骚味，顿时让我失去了看房的动力。

走进房间，只见大厅里放着扫把、拖把等清洁工具，显然黑人女房东 Pete 正在搞卫生。现在我已经忘记了 Pete 的长相，然而她那性感的事业线，无疑是她留给我的深刻印象。门的左边是厨房，一个黑人帅哥在煎牛排，厨房里没有抽油烟机，感觉黑胡椒的味道要在房间里爆炸了。大厅里一套黑乎乎的沙发，让整套房子的色调阴冷下来，再看 Pete 那性感的着装，更让我觉得此处不宜久留。穿过大厅，走进那间将要出租的房间，房间朝南，两个窗户，风景不错。一张大大的双人床放在窗户的对面，窗户旁是一张梳妆台，旁边还有电视机，门口南边有一个大衣柜。房间整体不错，然而房间里散发着一种很浓烈、难以名状的怪味，让人直想吐。推开衣柜门，里面乱七八糟地堆放着衣服鞋子，正冒着恶心的臭味。坐在床上，床垫发出咯吱咯吱的声音，翻开床单，大条大条的狗毛到处都是。房外厕所又窄又脏，下陷的浴缸基座告诉我，住在这里，世界末日就要来了。Pete 还要求一口气付 1800 美元（押一付二），要我在这儿受罪三个月，换谁都不干吧！

这间不行，那就下一间。第二间位于 56 街与百老汇大街的交界处，绝对的中城，好地段。房东是白人 Tyler，25 岁的年轻人，外形身材特别像《生活大爆炸》里的男主角 Sheldon，高瘦的身材，高宽的额头，乌黑的头发，但眼神却有点呆滞，并非 IQ187 的科学阿宅。暗黄的灯光下，我随他走了四层铺有红地毯的木质楼梯，感觉很温馨干净，然而推开门的那一刹那，所有的美好瞬间破灭了。大门的正对面是 Tyler 的房间，房间没有门，只有一张门帘。他的房间有一个阁楼，阁楼上有一个床垫，阁楼的下方斜放着一台钢琴，钢琴的四周散落着乐谱纸。

Tyler 的床在钢琴的旁边、阁楼的下方。房间里没有衣柜，衣服全部堆在床上，还有床脚的一张椅子上。难闻的气味扑面而来，一条大狗正在不停地舔 Tyler 的衣服，湿答答的，看了直让人恶心。他说出租的地方是阁楼，每个月租金 999 美元。我听了这个价位，心想，这绝对是一桩骗人的交易，住在这个地方，就算 99 美元一个月，我也要考虑一下。Tyler 的室友占据大厅，是一个胖乎乎的黑人。再看看他们的厨房，仅能一个人进去，用过的刀叉碟子似乎半个世纪没人洗过。旁边的厕所，比上一家的还要恶心，这真不是人住的地方，我果断闪人。

第三间位于 40 街 2 大道，离我将要试工的那家日本餐厅很近。这是一栋高级公寓，楼下有门童，房东是一位坐在轮椅上的白发老妇人。她的看护帮她打开家门，一进门，室内的香气飘出，大厅的落地玻璃窗外，便是东河。入口温馨的维多利亚装饰摆设，跟之前两家形成鲜明的对比。进门后的右手边，是厨房的入口，再往前走，右手边是一个木制小隔间，隔间仅有 6 平方米不到，一张不到 1 米宽的小床占据了隔间的一半位置，旁边并排摆放了几个木柜子，让房间的活动空间少得可怜。这是一间单身公寓，老妇人的房间就在大厅里。房间整体感觉很温馨，加上对前面两家的失望，尽管面对 1000 美元一个月的房租，仅仅是一个 6 平方米，没有隔音的小隔间，我也愿意选择这里。然而当老妇人得知我没有留美居住证时，表示只能爱莫能助了。

已经是下午 6 点，我拖着疲惫的身子回到了 Ling 家。跟他们诉说了今天悲催的找房记，他们都笑着说，在纽约找房不是一件容易的事情啊！虽然我们之间还可以开怀大笑，但是第二天就要试工，房子还没有着落，压力一下子从四面八方涌来，自信也被淹没了。

最初不了解纽约曼哈顿租房的情况，觉得 400 美元就可以租到房子。现在已经升到 800 美元了，感觉还是有点困难。纽约，真让人喘不过气！

可是不管怎么样，路还是要走下去，绝不能放弃。未来充满无限的未知，无限的可能，只有对未来有无限的憧憬，我才能暂时麻痹自己的压力，倾听自己的呼吸声，接近自己的内心深处。

咽下委屈

什么时候，你会独自咽下委屈呢？在家里，在学校，当有委屈或不快时，身边总有家人、朋友认真听你去倾诉，看你大哭一场。然而当一个人漂泊在异国他乡，我们唯一能倾诉的对象只有自己，面对委屈，只能独自咽下。

我住在 Ling 公寓里已经超出原计划的 3 个晚上，到周二晚上为止已经是 7 个晚上了，这让我感觉很不好意思。但曼哈顿城里交通瘫痪，短时间我也不知道要搬到哪里，这种无家可归、无处可去的感觉让我喘不过气来。为了减少我对大家生活上的打扰，我决定向 Kelly 求救，跟她合租房间半个月。Kelly 的房间是主卧，有独立的卫生间，同时我也有足够的时间找到合适的房子。为了挽回自己那仅存的一丁点自尊心，我坚持给 Kelly 一个月 600 美元的租金。

下午两点，我抱着紧张兴奋的心情来到 33 街的日本寿司餐厅门口，却被告知他们关门了。电话里西瓜哥说，飓风"桑迪"昨日（周二）离开，今日刚恢复平静，带来的却是曼哈顿 34 街以下的下城区域停电、停水、停暖气、地铁交通停运，餐厅也没办法开了。结果本来约好的今天下午开始试工，要延期至下周一。

听到这个消息我并没有沮丧，而是庆幸我还有几天时间去找房子，再加上跟 Kelly 合租房间让我感觉自己有了落脚点，也不会打扰到大家，心情也跟着轻松起来。晚上第一次睡在 Kelly 的房间，原以为跟她同睡在一张大床上，为此我还花了 7 美元洗干净我的绒毛睡袋。然而事情的发展出乎意料，Kelly 把一张大大的充气床垫放在她的房间，她走动很不方便，这让我觉得很不好意思，反而变成打扰她了。

念及我的 600 美元相对 Kelly 1600 美元的房租也是一部分，我想我应该得到一个小小的放衣服的空间。毕竟我不是借住在她房间，而是跟她合租半个月，总该有属于我自己的可用空间吧？我在内心歇斯底里地呼喊后，冷静下来。从 Kelly 的角度考虑，突然来了一个人跟她分享私人空间，换了是我，也会觉得很不自在，无所适从。其实我是捡了便宜，这几天只能委屈她一下了。

在这个家里，我和 Kelly 单独聊天时，都会说粤语，这样我跟她的感情更加深入，她是一个很体贴、特别会替人着想的广州女生。她一边铺睡垫一边跟我说："Ella，希望这样子不要让你觉得委屈。"然而就是因为她的这一句话，一下子打开了过去一周以来，我内心深处最压抑、最委屈的记忆。泪水强压不住，我在 Kelly 的卫生间里，用一条热毛巾捂住脸，张开嘴巴，无声地哭泣起来，把心里的委屈全部哭了出来，都忘记自己是谁了。

搬进 Kelly 的房间后，我尽量少出大厅，因为大厅是 Melvin 的房间。这种寄人篱下的生活，却让我的感情越发细腻敏感，空气中的一丝不安、一丝不快，我都能很快速地捕捉到。

离家的每一天，我都会通过网络电话打给老妈，并告诉她，很喜欢这里的美式英语；曼哈顿很时尚；什么时候也带她去一趟百老汇；飓风"桑迪"很凶猛，这辈子都没见过；很幸运朋友住在曼哈顿中心……不知道从什么时候开始，对老妈报喜不报忧，也许她在话语间感觉到我的压抑，但她会选择沉默，因为她知道，我需要的不是安慰，而是加油："好，等你安顿好了，我要去纽约投奔你。"人生中有一位能如此懂我、了解我、支持我的妈妈，是我这辈子最大的福气啊！

既然当初选择这一条没有人指点，每一步都由自己走出来，不断折腾自己的人生道路，那么她可以相当精彩，也可以黯淡无光，但这一切全凭我的心里是否住着阳光。其实"压力和寄人篱下"的感觉都来自自己的内心，不是别人给的，而是自己给自己的一道关卡。毕业后首先选择世界，是对自己极限的一次挑战，我的对手不是别人，而是自己。有委屈，那就一口气咽下去吧！会没事的。

找到房子，在唐人街挥霍

为了能尽快找到房子，我一连几天吃饭都是在街边解决。这些由小货车改装而成的小型移动厨房，无疑是我们这些美漂族的大恩人啊！差不多6美元就能买一份咖喱炒饭，或者一个风味十足的汉堡，味道足而且分量大，一餐相当于两餐。

在9大道与40街的交界处，有一家1美元披萨店，老板、员工都来自墨西哥，他们的音乐很劲爆，节奏感特别强，震耳的声音能够带我暂时逃离现实。1美元的披萨是原始番茄芝士披萨，其他的像蘑菇芝士披萨、色拉芝士披萨等等，一小块就要1.5美元。我连续吃了一个多星期的披萨，牙龈上冒了很多小泡，就连Leanne的印度神茶也不能解救。

Kelly建议我周六去曼哈顿下城的唐人街碰碰运气。这场百年一遇的台风，导致下城仍旧停电，地铁不通，我只好乘坐巴士前往。没有地铁，可想而知大巴的拥挤程度，一位坐在巴士中部，满头白发的老妇人大声抱怨，想让我们这些站在车门边的人全部下车。这时，旁边一对中国夫妻用粤语说"疵线"（粤语骂人的话），表示他们的"反抗"。我冲他们笑了一下，便开始闲聊起来，聊聊这糟糕的飓风，糟糕的公车，糟糕的外州没电，糟糕的难以给汽车加油。

这对中国夫妻，男的叫俊哥，30年前从广州移民到美国唐人街，几年前搬去新泽西州。他的妻子群姐7年前来到美国，现在在新泽西的一家华人开的美甲店上班。俊哥比我老爸还大，搞不懂为何要叫他俊哥，大概是因为我们广东人都希望被叫起来年轻，像阿姨、大叔之类的称呼，都不太受欢迎。

俊哥身材不高，80年代的斜分刘海下，是一张50多岁的脸，却仍保持着年轻人的心态。俊哥在美国有一子一女，妻子早逝，现在孩子们长大了，有了各自的生活，他就可以放下负担，开始寻找他的第二段婚姻。群姐接近40岁，面相友善，有一个12岁的女儿，7年前因为亲戚的关系，移民到美国，不会英文，便在亲戚开的一家美甲店当美甲工。他们因朋友的介绍而走在一起，尽管他们还没有结婚，但有一点可以看出的是：俊哥很爱群姐。在公交上，俊哥的左手从未离开过群姐的肩膀。

他们了解了我的故事，也非常支持一个年轻中国女孩的美国闯荡之旅。"但是你不能相信《星岛日报》和《世界日报》里面的房源讯息，或者贴在街边路灯柱上的广告"，他说，"唐人街的房子都很旧，一个女生还要考虑个人安全和财产安全。这些唐楼很容易遭盗窃，加上跟一些陌生人合租的话，还要更多地考虑安全因素。"说完，俊哥打电话给他在唐人街的朋友，问是否有人愿意空出一个房间短租给我。

我们在唐人街的香港茶餐厅里会见了俊哥的好友May姐。May姐也来自广州，移民美国30多年，在唐人街上有自己的麻将馆，认识的人比较多。May姐得知我的情况，电联她的好友西姐。西姐正好有房出租，而且就在唐人街，看房的时间约在第二天周日晚上。

在纽约的餐馆，服务生在穿着上都有严格的要求：衬衫，西裤，黑色防滑的鞋子。周日俊哥带我去唐人街曼哈顿大桥下的商场买了一件10美元的黑色衬衫。这个商场跟国内的地下商场一样，多半是卖衣服、鞋子的小店，店主们大多来自福建。俊哥说，来美国的中国人，有钱的，多半是开餐馆，开仓库做贸易；没钱又没身份的，多数在餐馆打工。商场里面的东西，绝大部分来自中国。

俊哥还讲述了当年唐人街的风云史，什么鬼影帮、古惑仔、收陀地、井水不犯河水……岁月流逝，过去的精彩故事，都成了他们那一代人的回忆。随俊哥来到了May姐的麻将馆。麻将馆位于Bayard街边地下，街上有楼梯下去。俊哥笑着说，Bayard街牌上，还标有中文街名"摆嘢街"，这条街以前是给流动商贩摆摊的地方，故名"摆嘢"。看到这个粤语的街名，可想当年的移民，大多来自我们广东省啊！

走下一条窄小的楼梯，便抵达一家理发店。理发店很窄，仅容得下两张理发椅子，椅子都是上世纪80年代的老古董。两位身着白袍的广东老理发师正为两个男顾客剪头发，此情此景，让我瞬间踏进了星爷电影《功夫》里面。

穿过理发店，里面便是广东味十足的麻将馆。麻将馆不大，仅有6张麻将桌，放眼望去，黑压压的全是人。走进理发店的左手边是麻将馆老板强哥生火煮饭的地方，强哥是一个中年发福的胖男人，1997年来到美国，他13岁的女儿正在看香港的TVB电视剧。眼前的一切都是那么熟悉，熟悉的环境，熟悉的声音，仿佛我回到了中国，回到了家。

身材矮小、短头发、特有骨感、50多岁的西姐，晚上7点出现在麻将馆。早在12年前，她跟着丈夫、带着女儿移民美国。他们的房子位于Mulberry街的尽头，旁边有一个小公园，公园对面就是纽约的政府区以及下城的金融区，离华尔街只需10分钟的步行。

唐人街的唐楼都有好几十年的历史，楼下的入口很小，只有一扇门。进门后，便是与门同宽的走廊，尽头的右手边是窄小的楼梯。西姐的房子在二楼，走进那铺有地毯、收拾整齐的客厅和厨房以及干净卫生的卫生间，舒适的环境、安全便捷的地理位置，让我不禁心想，就是这里了。

公寓一进门左手边是卫生间，20平方米的大厅没有窗户，大厅左边是厨房。正前方有两个房间，一个是西姐和她丈夫陈大叔的房间，一个是我的小房间。左前方是两个房间的入口，一个房间空着，另一个被西姐的同事、刚大学毕业的马来西亚男生Setven租了。Steven是一名基友，虽然那天晚上没见到他，但西姐告诉我这个舍友的背景，确保我住得安心。

西姐和陈大叔来自上海，20年前通过关系来到纽约打工。西姐在一间马来西亚著名的服装设计工作室里做裁缝；光头，个子矮，典型居家性格的陈大叔，是家务、煮饭全包的上海好男人，陈大叔在中城一家大型服装店里做杂工，一天工作8个小时有72美元的收入。他们在布鲁克林区有新房子，不经常回这里居住。

我的房间很小，仅有6平方米，只适合一个人活动。房门的左手边有一个小书桌，书桌右手边是一个小衣柜。衣柜的背后是一张小床，床的尽头是一个热炉，热炉背后便是窗户，窗户的外面是防火楼梯。床的旁边，还有一个小柜子。西姐开价450美元一个月全包，每月月初交钱，不需要押金。她把他们家的棉被、床单都借给我，这样安顿下来的开销低于我的预期。

找到房子，第二天又开始试工上班，感觉不再居无定所，心也跟着安顿下来。为了感谢Ling他们，我在唐人街最出名的粤式烧腊店里，豪气地跟老板说：

"老板，来两条叉烧，两肋排骨，两条烧肉，半只烧鸭……"

来纽约这么久，从来没这么豪爽过，过去10天的压力一下子释放了，也不太在意口袋里的美金。这种释放，这种在唐人街挥霍的心情，比高考完后还要来得激动。

回家后跟 Ling 他们分享了喜讯，分享了食物。这一晚，是我到达纽约以来，最开心、最自信的一晚。

生平第一次被炒鱿鱼

周一早上搬离 Ling 家，飓风过后，他们也恢复飓风前的状态，早早地上班了。我独自锁上门，感慨过去十天所发生的事情，内心的煎熬、压力、委屈，都是我这辈子承担得最重的一次啊。本想我的好日子就要来了，但事情并不是往好的方面发展，而是不停地使劲折腾。

约好试工的这家日本餐厅环境整洁，餐厅布局长条形，进门后便是长长的寿司吧台，走过吧台是厨房的出入口，再往里面走是容纳 10 多张餐桌的空间。餐厅老板是福州华裔，寿司师傅多为福州人，然而服务生和厨房杂工多为印尼人。

老板娘是一位 30 多岁、身材发胖、神情冷漠、高傲的福州华裔。在她身上我感觉不到我们中国人的那种热情、亲切，却感觉到一种文化上的距离感。加上我完全没有在美国当服务生的经验，对她而言，我并不是一个受欢迎的人。

在这里试工，我只能看，不能去帮忙，因为服务生每月基本工资仅有 600 美元，大部分收入来自当天的小费。在纽约，客人一般会给 15%～20% 的小费，服务生是打"共产"，那就是小费平分，一个服务生一天可以分到 150 美元以上。如果我没有工作经验，不能独立完成每个服务生都会做的事情，就不能分到小费。

我的出现无疑给其他服务生带来噩耗，因为他们将要跟我分享每天的小费。在美国这个付小费的国家，服务员们都乐意跟他们能力相当的人平摊每天的小费收入，不愿意跟比他们差的，甚至没经验的服务员分享小费。所以在第一个星期的试用期，我不但没有工资，还得不到任何其他服务生的帮助，甚至不能插手他们的工作。一天都在旁边"观看"，没有机会让我去给客人下单、端菜，甚至连收拾桌子这种没有技术含量的粗活都有专门的人在做。就算餐厅里忙翻天，我的帮助只会引来其他服务员一句充满敌意的话："请你别多管闲事，站在一旁好好看就行了。"

结果5天过去了，我并没有真正积累经验，在一周最忙的周五晚上，还帮不上忙。尽管我下了单，并100%确定没错，他们还是会走过来，"啪"的一声，抢过我刚写好的单，双眼发狠："谁叫你去下单的？"然后回去跟客人确认。第二天周六，老板娘就无情地把我炒了鱿鱼。

"在曼哈顿，人情味这个东西不是东西。任何只要跟钱，以及最大利益发生冲突的事情，都没有人情可言。"老板娘对着墙皮，面无表情地说，此时我站在她的左边，感觉到她冰冷的内心，真的一点人情味都没有。

"纽约很现实，曼哈顿的体制就是这样，不会给你上岗前培训，有经验就留下，没经验就离开。这是资本主义社会，没有人情可言，一切都以利益最大化来衡量。"她接着说，语气越来越冰冷无情，震撼了我的小心脏。现实给我的这一"巴掌"，打得还真够响啊！

我不甘心，还期待老板娘会回心转意，所以我留下来坚持把手上没叠好的餐巾叠完。这时西瓜哥走过来，很遗憾地说：

"你还是离开吧，她真的不需要你了。"

看到他对我的同情，我真想找一个地洞钻进去大哭一场。走出餐厅，11月的纽约天空，跟我的心情一样阴沉。我强忍着泪水，因为痛苦、压力、辛酸、委屈，在前一段时间已经受够了，现在我唯一能做的就是继续走下去。分岔路上，我选择了往上走，继续挨家挨户地找兼职，而不是一个人回家哭泣。

那天下午，也记不清楚自己拜访过多少餐馆，有多少餐馆是重复拜访，终于在47街的一个日本乌冬面餐厅找到了一份服务生兼职。

没想到自己的内心变得如此强大？哦，不，我只是不能输。当初选择走一条不同寻常的路，我赌上了自己的青春，赌上了安逸平凡的生活，毕业后首先选择世界，去看见、去探索、去感受世界的每一个角落，不管眼前发生什么事，都不能停下脚步去抱怨、去痛苦。我深信，在这一场赌局中，只要筹码还在我手上，我都有底气和信心赌赢。

纽约曾经是我梦寐以求、想要亲身体验的城市。她华丽梦幻，极具包容性，是拥有远大抱负的年轻人扎根成长的国际大都会，然而她也是世界文化汇聚的"大熔炉"。但曼哈顿给我的这一巴掌，打破了这梦幻般的泡沫：纽约，她还是促人成长的"大炼炉"，在这里经历千锤百炼，把自己往死里折腾，从而翻开人生新的一页。人生第一次被炒鱿鱼，还是在这国际"大炼炉"里被炒，火候也是足了。

我到底有多喜欢旅行

11月的纽约，初冬降临，中央公园的树叶已凋零，刺骨的寒风让公园的人气下降了不少。但你总会发现他们的身影：拉二胡的中国大叔仍旧坚守岗位；演奏《卡农》的两位街头音乐人，继续用音乐震撼着行人；制造泡沫的年轻人，还在配合着音乐舞动出让人惊叹的巨大泡泡……

Kelly说，曼哈顿大街就是一个走秀T台，每个人都在展示着自己，因此每个人出门前都会精心打扮自己。我的化妆技术也从此突飞猛进，更快、更精致，淡雅不着痕迹。在47街的日本餐馆工作，每周仅有周三、周五晚上上班。不想把自己关在仅有6平方米的小房间里，每天上午我不是到中央公园闲逛，就是到附近的华盛顿公园听来自茱莉亚音乐学院的学生街头演奏，又或者到林肯中心，听一些交响乐团的练习。下午2点回到唐人街的介绍所里等候着，看是否能在曼哈顿找到合适的工作。然后下午3点半回到中城，继续挨家挨户地找下一份工作。

有一天，母亲电话里头问我，那些大学期间的衣服是否可以都捐出去。

"你到底有多爱旅行啊？你冬天的大衣来来回回就那两件。"她笑着说。

大学四年，因为国际青年旅舍这种便宜的住宿，让我成为了新一代"女侠"——这是大学同学给我的封号，不在学校，就在旅途中，四处飘荡。我喜欢在旅途中的自由，喜欢结交来自世界各地的朋友，喜欢倾听他们的故事、他们的人生。大学的寝室，都被淘宝客服"叮咚叮咚"的短信提醒声占据了，室友们都是新一代的淘粉，而我为了省钱去旅游，支付宝这东西在迫不得已的时候才开通。开通后也不经常淘宝，也不会动不动乱花钱。就这样，大学四年便成了穷游的开始。

四年的穷漂，对家人的影响也很大：妈妈为了体验我的生活，跟着我从北京—上海—西塘—杭州，穷漂了12天，从那以后，她变得特别支持我的旅行，因为她也喜欢这种住在青旅、结交各方好友的旅行方式；妹妹按照我给她的攻略，第一次一个人背包去旅行，独自游历了华东五市，便一发不可收拾，她带着老妈前往海南，还去了一趟泰国；弟弟也加入了穷游的行列，在香港的青年旅舍认识了他有生以来的第一位美国朋友，然后跟一位阿根廷友人把中国的大部分城市玩了一圈，从那以后，他总是跟我说：姐，英文很重要，你是对的。

穷游并不是说旅行的生活过得很苦，苦到连吃饭都成问题。它只是除去了一些不必要的开销，用更多的时间和金钱去寻找那些旅行之最，去制造难忘有趣的回忆。

毕业后环游世界，不是去休闲、去度假，而是身体和灵魂都在路上，去感受、去体会。趁年轻，还没结婚生孩子，在没有家庭和事业的压力下，去做自己最想做的事，把长期以来的梦想，一次实现吧！

第一桶金

离开 33 街的日本寿司店时，我强忍着泪水，因为我知道不管眼前有多么大的困难和委屈，也都将是下一个故事的前述跟铺垫。

从 11 月 14 号开始在 47 街一家日本餐厅工作到现在已经半个月了，在这里工作很开心。这家餐厅从老板、服务员到厨师，都是日本人，他们愿意去培训一个新手，让我下单，让我去端菜，让我分摊大家的小费，不像之前的那家寿司店，没有半点插手的机会。

然而在这里工作，最要命的是每周我只能工作两个晚上。一个月下来，挣到的工资也只够交房租的，还有那 104 美元的交通费以及 100 美元的电话费还没有着落呢。过去几个星期里，我一直矛盾着要不要去新泽西州的一些日本餐厅工作。

通过唐人街的中介公司，一般能找到外州（纽约州以外的都叫外州）的餐馆服务生工作，包吃包住，工资一个月 3000 美元，的确很诱人。然而，Ling 很果断地打破了我的想法，激动地对我说："Ella，你来纽约不是为了挣钱，而是来体验纽约、体验曼哈顿的生活，这里机会很多，只是还没有遇到而已，再坚持一下，好事情总会发生的。"

Ling 的话，无疑是一支强心剂，打进我的心里，我的血液里。离开繁华的曼哈顿城，那将错过很多无法想象的故事，我最终还是选择留下。我开始恶补日文，每天拿着一本简单的日文餐厅情景对话小册子，对着镜子在小房间里叽呱一个半小时。

终于，我拿到来纽约的第一份正式工资，个中的委屈和辛酸，是不管过去多久都不会忘却的。这一个月的经历，是我从大学校园走向社会的一堂必修课，人生转折的一个非常重要的时期。

我拿着工资，步行到 34 街一家耐克专卖店，像土豪一样走进去，来到女鞋部，直接拿了一双我之前看了 N 次、试了 N 次的新款运动鞋走到收银台，一甩就是 100 美元，然后提着鞋子就离开了。在纽约第一次用自己挣来的钱犒赏自己，那种感觉，那种自信，那股力量，真不是盖的。

借着在纽约挣到的第一桶金，我对今后的自己说：没什么大不了，继续往前走。

我们每个人的生活，都是自己选择出来的。毕业后有的人喜欢安逸平稳的生活，也许是家人的美好安排，也许是自己找到的一份舒心工作，两三年后，遇到对的人结婚生子，从两人世界变成三人世界，甚至四人世界，生活美满而幸福；但有的人却喜欢变化，追逐变化，体会变化，他们就像是被放入天空的风筝，去飞翔，去探索，他们的前方有很多未知，也因此有无限种可能，但都会因为每一次新的发现，新的创新而激动得泪流满面。

我属于这两者中间，既渴望安逸，又喜欢体验变化。毕业后，家里不急着让我挣钱，贴补家用，因此我并不需要带着枷锁活着。间隔年期间，年轻就是我的资本，青春就是要挥霍，选择自己喜欢过的生活，做自己喜欢做的事情，不顾一切地为自己而活，就算使劲折腾，也要活出精彩。等我老了，可以给自己的子孙吹嘘年轻时，那段不顾一切追逐梦想的美好故事。

间隔年之后，我比谁都渴望安稳的生活，像 Kelly，Ling 一样，有自己的事业，有自己的家庭，有三个可爱的孩子，有一个爱我疼我，能陪我继续爱上旅行，爱上变化的另一半。

第一桶金的魅力，不仅让我土豪了一把，似乎未来的一切，也渐明朗化。

中文家教

在欧洲旅行时，在布达佩斯认识了一对纽约夫妻 Mark 和 Veronika。我前往纽约之前，他们给了我很多鼓励与支持，也告诉我了一些相关的找房找工作信息。

12 月初的一天，Veronika 把我介绍给她的外甥 Nicky 当中文家教。周六的下午，我在唐人街的香港超市买了一些粤式的核桃酥当作见面礼，然后前往布鲁克林区的 Brighton Beach。从曼哈顿的唐人街到这里要坐 1 个小时的地铁，这里鲜见高楼大厦，普遍是 8 层楼以内的红墙公寓，地铁轨道穿行在高空，并非埋在地下。

我按时抵达 Nicky 家，开门迎接我的是 Veronika 的大姐 Olga，Nicky 的父亲在大厅里跟他的小儿子 Josh 玩耍。Nicky 刚午休起床，满脸通红，一脸倦意，胖嘟嘟的他正从厨房里走出来。每个人都笑迎我这位来自中国的中文老师。

他们家大概 80 平方米，上课的地方在厨房，厨房是开放式的。为了了解 Nicky 的中文水平，我用简单的中文跟他对话，发现他的发音不准，每个字的音调都是第四声，认识的词汇量并不多，有些简单的字词会说却不会写等等。大三的时候，我给一位美国朋友免费当过中文老师，因此面对这个小学生，还是完全可以应付的。

12月份，只有周末两天上课，到了一二月份，变成周一到周五每天两个小时。Olga知道我来纽约是为了挣旅费，所以工资上也给得非常合理，25美元一个小时，外加5美元的交通费。

Nicky一家，是我接触的第一个美国家庭。在纽约期间，我当了三个月的中文家教，慢慢地对这个家庭有了更深入的了解。妈妈Olga 42岁，来自俄罗斯，13年前在莫斯科认识了Nicky的父亲，相恋相爱，并随他来到了美国。到达美国后，她重新回到学校，学习法律，现在是美国的一名律师。Nicky的父亲是一名工程师，是Nicky心中的偶像。Nicky是麦当劳、可口可乐、爆米花、热狗的忠实粉丝，11岁的他，肚子好像怀孕5个月，在私立学校上五年级，中文是他的外语课，学了两年，有一定的基础。

美国私立小学的学费，真让我看傻了眼，36000美元一年，合计整整22万元人民币。弟弟Josh今年5岁，有专门的保姆Hayete每天照顾，从早上9点到晚上7点，时薪7美元，一天70美元。每天下午5点，早教老师上门给Josh上课，学习简单的逻辑数学。掐指一算，美国父母们的家庭压力也不比我们中国家庭轻啊！

在美国有免费的公立学校，但是大部分有一定经济基础的父母，更愿意花钱把孩子送到私立学校。以前我们总是赞许美式的教育：自由、开放，让孩子在兴趣中学习，但是接触了这个家庭后，我才发现其实父母们都希望孩子在学业上有好的成绩，这样孩子的未来更具有社会竞争力。Olga认为学中文能给孩子带来多一份的就业保障，尽管Nicky想学的是西班牙语。Nicky除了我这位中文家教外，还有英语、数学家教。

Nicky总是开玩笑地说，Ella, you Chinese students are learning freak（学霸），你们中国人怎么这么会学习？每一门课的最高分都是你们中国人，尤其是数学更是把我们拉开很大的距离，你们都是怎么学习的呀？每次听到 Nicky 的小抱怨，心里都会感到遗憾。我们中国的孩子，是手把手教育，填鸭式的学习，在需要记忆力的课程上，必然有一定优势。

不仅 Olga 对 Nicky 的学习很关心，连对他的老师也非常负责任，她会主动联系我，沟通 Nicky 的学习情况，根据他课堂的表现，列出一个更具针对性的辅导方法。经过 2 周的辅导，他的识字跟写字能力成为班里前茅，但他用简单口语表达自己的想法还是比较吃力，我的做法是让他一边吃爆米花喝可口可乐，一边跟我对话，最后的口语考试，他也轻松地通过了。

这是我在纽约的一大转折，两份工作加起来，让我在纽约的生活开销可以完全独立。但我的目的是要挣旅费，两份工作还远远不够，我需要继续寻找第三份。

加油，继续往前走下去。

第三份工作

第一次家教完后，下午 4 点我继续回到曼哈顿找餐馆兼职。正如寒宇告诉我的，在纽约当餐馆服务生是挣钱最快的门路。经过一个月无数次的被拒绝后，这一天我在中城的一家日本餐馆找到了一份新工作。

我刚到纽约找工作时，已经拜访过这家餐厅，当时我直言说只工作三个月，填了表格，留下电话号码，然后……就没有然后了。时隔一个多月，再次走进这家日本店，一位身穿白色厨师服装的日本人，坐在寿司吧台。他是这家店的老板，年约 50 多岁，头发花白，好像日本的武士，表情严肃。

刚到美国时，面对着餐厅的经理都会说实话，说自己只工作三个月，来纽约才一个月等等。在经历了无数次的拒绝后，为了得到一份工作，我已经达到"满口胡言"的境界，学会了"包装"自己，要让老板知道我会在纽约呆很长一段时间。我跟老板说我来自香港，留在纽约一年时间，要去调研中央公园等等。就这样，老板雇用了我，并且接受我那很一般的日语水平，两天后周一晚上开始工作。说我来自香港，那是因为美国给香港人的签证是 10 年有效期，而大陆的有效签证仅有一年。

试工的第一个星期，我的工资仅占平均工资的 70%，一周后再决定我是否留下来。刚开始以为老板需要查看我的护照，或者让我出示其他证件，但让我吃惊的是，他不需要我任何资料，只知道我叫 Ella 就行了。

这家位于 45 街的日本餐厅，一扇门进去后便是一个小的等候区，第二扇门后是餐厅的 C 区——寿司吧台区；再往里面走，经过厨房出菜的窗口便是餐厅的 A 区，能够容纳 15 张二人餐桌；连接 A、C 区的，是一些小包厢——B 区包厢区。进门左手边，有楼梯直达二楼的酒吧吧台，以及 KTV 的包房。这是一家传统的日本居酒屋，前来消费的客人大部分是中城写字楼的白领，例如 55 街 Sony 公司总部的员工。80%的客人都是日本人，连菜单都是日文，客人点餐用日文，服务员写单也用日文，厨房也是按照服务员写下的日文纸条出菜。在这个餐厅里，我的日文是最跟不上节奏的，唯一能做的，就是每天晚上狂啃日文，熟记菜单和菜式。

工作的第一天认识了一位中国大姐——陈姐，她在这家店工作了一个月，谙熟这餐厅里的钩心斗角游戏，嘱咐我小心，要特别防着一个台湾女生。陈姐来自中国福州，扎着一条马尾，戴着学生眼镜，瘦小的个头，真看不出她已经 42 岁了。她早年到日本工作，也是做餐厅服务生，

8年前通过关系，来到美国。在美国打工的餐厅里，认识了现在的中国厨师老公，两人在布鲁克林买下了房子，准备着造人计划。在纽约，很多人不只有一份工作，陈姐也不例外，她白天在餐厅当服务生，其他时间可能还有第二、第三份工作。

第一个星期，我的工作时间安排在下午6点到晚上8点，为了在老板面前表现我的勤劳，洗厕所、刷马桶这些粗活我都全包了，在老板面前拖垃圾出去，也是我博取大家认可的秘笈——其实新来的菜鸟都做这些。

晚餐时间，我主要的工作岗位在出菜窗口，使劲把日文的菜单跟它们对应的菜式记熟，然后端菜给客人。我不能出现任何差错，在纽约找一份工不容易啊！平时尽量博取大家的喜欢，因为这家餐厅的服务生们最喜欢的事情，就是在老板面前打小报告。

我在这家日本餐厅试工一个星期，老板爽快地把我留下了，并且工资升到85%的小费。在这里工作，我们没有基本工资，所有收入都来自当晚的小费。每天晚上平均一个小时的小费如何计算？那就是当天晚上餐厅小费的总额，除以每个服务生工作时间的总和，这便是一个小时的小费。然后再根据你工作的小时数，以及占有小费的百分比，这样可以知道自己当晚挣了多少钱。

但其实老板请我这个日语很一般的中国人，是因为人手不足，12月份是整个美国的消费旺月，感恩节、圣诞节、新年都挤在这个月份。

在这家餐厅工作虽然很辛苦，很吃力，但挑战性很强，旅费增长得也特别快。在这里工作一个晚上，便得到100美元左右的小费。工作时间为一周五个晚上，所以我把47街的兼职辞了，专心在这家餐厅打工。12月末，距离2013年2月份离开纽约、开始我的环球之旅的计划仅剩下一个月，为了在短时间内挣取更多的旅费，白天时间我继续寻找第四份工作——一份白天的工作。

在纽约这座快节奏的城市，每个人的神经都是紧绷的，特别是我们这些在餐厅打工、工资按小时结算的人，因为休息就等于没钱赚。很多时候我在想，为什么这么多人都希望来到纽约，实现他们的纽约梦呢？纽约比我想象中的还要现实，但更为现实的是这里存在着无限成功的机会吧！

我每天下午 6 点上班的第一件事，就是把自己关在厕所刷马桶，并对着镜子里面那个扎起马尾的自己说，我能行！成功的机会一定就在前面，我要坚持往前走下去。

让人呕吐的日本餐厅管理模式

这家 45 街的日本餐厅，老板是日本人，所有员工都会说日语，菜单是日文，80% 的顾客也都是日本人，这对我来说是多么大的挑战。但是看在那丰厚的小费分儿上，再难啃的日语，也要啃下去。餐厅很大，厨房 + 寿司吧 + 餐厅服务生就有 30 多个员工。

在这里工作了一个月，再次验证了"纽约很现实，一切跟利益相冲突的事情，毫无人情味可言"。简单介绍一下这家位于曼哈顿市中心"纯正"的日本餐厅，以及它那让我呕吐的管理模式：这是一家多元化的餐厅，一楼有三个区域，20 多个餐桌，6 个包厢；二楼有一个酒吧以及 8 个 KTV 房。这里供应午餐、晚餐，还有通宵 KTV。午班从上午 11 点到下午 3 点，晚班从下午 6 点到凌晨 4 点。

晚上的班次比较复杂，你可以选择早班（晚上 6 点上班），也可以选择晚班（晚上 7 点上班）。想要多挣点钱，就要选择晚班。因为早班从下午 6 点连续工作到晚上 11 点，有时客人少，10 点钟老板就让你下班。晚班一般通宵或者直到凌晨四五点，这要看 KTV 房客人的情况。不管你做早班还是晚班，平均每个小时的小费都是一样的：当天晚上餐厅小费的总收入，除以每个服务生工作时间的总和，便是一个小时的小费。然后再根据你工作了多少个小时，以及占有小费的百分比。

这家餐厅在纽约的日本人群中很出名，前来就餐的日本人大多是在附近日本公司上班的白领，例如 55 街的索尼总部。他们出手阔绰，小费都在 15%～20%。一个小时的小费，基本上在 20 美元左右，周五周六的话会更高。

每个服务生的工作时间都不一样，老板会根据餐厅的客流量来决定你晚上几点下班。餐厅的老板是一个 50 岁，满头白发，精打细算到极致的日本人，神情严肃，威严得像一个日本武士，每天站在餐厅的入口统帅着"千军万马"。他每晚上 12 点离开餐厅，之后服务生的管理权就落在"元老"手中。餐厅里有 6 个"元老"，她们在这里工作超过 6 年，经验老到。服务生的工资都是那些小费，按照新老员工的情况，工资所占的比例不一样。像我这样的新员工，我的小费只占平均小费的 85%，那些元老级人物，每个小时的小费就超过 100%。可想，她们拿了我那 15% 的工资啊！

为了多挣小费，每个服务生都希望可以晚点下班。可是老板离开后，这些"元老"会想尽办法让新手尽快下班，免得分摊她们的小费。有一次，老板要培训我，接管一个月二楼酒吧的吧台，晚上 11 点后安排我跟一个日本服务生由美子学习调酒。我从 6 点上班，理应 11 点离开，但是学习调酒花了 2 个小时，这 2 个小时内，楼下的"元老"每隔 15 分钟便差人上来，问我是否可以离开。

老板通常在每周四安排下一周上班的服务生名单。如果你某一天没有空，就要在周四前在对应的日子下，画一个叉叉，然后老板根据这份表格，安排下周服务生上班情况。一般元老级人物都会有 4～5 个晚上的工作时间，而新人只有 2～3 个晚上，或者更少的上班时间。这里服务生大部分都有其他的工作，有的晚上在餐厅上班，白天可能有她们的正式工作，有的也可能在其他餐厅工作。

你能否上班，工作时间的长短，这些全部由老板一个人说了算。老板很精明，餐厅 15 名服务生中，仅有两名是要报税的，其他的都是黑工，不需要跟政府报税。他不会给服务生半点工资，所有工资都是客人给的小费。在唐人街的超市，买菜买鱼都不需要交 8.875% 的消费税，以前我总认为我们中国一些人的偷税漏税技巧很厉害，但现在才知道，日本人在这方面做到了"极致"啊！

厨房里的员工，有的负责炒菜，有的负责出菜，有的负责打杂。他们有来自中国大陆，中国澳门，还有越南和缅甸的，工资 100 美元一天，有的从早上 11 点上班到晚上 11 点，有的从下午 6 点到凌晨 3 点，他们工作时间固定，流动性不强，一个月能赚 2500 美元以上，大部分都是不需要报税的黑工。寿司吧里的员工，仅有一名是日本人，其他全是中国人，他们的工资，相比厨房的要高一些，流动性强，他们可能在其他餐馆有第二或第三份工作。

每天晚上 6 点上班的服务生，搞完清洁后，都会列队听老板的安排。老板用日语给大家下命令，安排人员负责不同的区域，或者今晚的特色菜是什么，最后服务生大声说一句"是"，解散列队，各自开始负责被安排的区域。晚上 7 点到 9 点，客流量很大的时候，老板会根据不同区域客流情况，局部调整服务员所负责的区域。晚上 9 点后，老板有顺序地安排人员去吃晚餐，每个人仅有 15 分钟的晚餐时间，一个服务生吃完饭后，要跟老板报告，老板再根据情况安排其他人去吃饭。我们吃饭的地方在地下制冷室，有时候当二楼 KTV 房没客人的情况下，也可以上去舒服地吃。

晚上 12 点，老板下班后，餐厅的管理大权落在"元老级服务生"手上，她们有权重新调度你的工作岗位，有权让你提早下班，以维护她们的利益。她们都是30岁以上还没结婚的女子，也许是日本的女孩子长得不着急，她们表面温柔可爱，声音嗲嗲的，但内心非常强悍。10多年前，她们抱着各自的美国梦，以学生的身份来到纽约。如果她们要留在美国，方法只有两个，一是嫁给美国人，得到美国绿卡；二是以学生的身份，报读一些课程，以留在美国。

嫁给美国人是多数"元老"们的终极想法，但也有些女生，只想在美国多挣几个钱，然后回日本生活；还有一些女生，她们抱着梦想，历经折腾留在纽约。这其中包括"假女人"由美子，35岁的他，白天是一名舞台剧的演员（学生），晚上在二楼的酒吧当服务生。他身材高挑，很有骨感，高挺的鼻梁，鹅蛋型的脸蛋披着长长的假发，浓妆艳抹下，活像一个泰国"人妖选美大赛"中的冠军。

在二楼酒吧吧台工作很容易得到额外的小费，餐厅里每个人都觊觎着。一月份是整个美国的消费淡季，吧台的"大姐大"洋子和其他女服务生请了一个月假，回日本过日本农历新年。老板在12月的最后一个星期，让由美子教我调酒，以及如何胜任这份油水最多的职位。吧台服务生主要负责给前来喝酒的顾客调酒，或者记住VIP顾客的名字，以及他们所存放酒的位置，并熟记他们的爱好。

30多岁的洋子，是这家餐厅的"头牌"，身材不高，短发齐刘海下，是一张可爱的脸。她长得很一般，但巨大的胸部，修长的双腿，嗲嗲的声音，为她积攒了人气和顾客。她的工作服跟我们的不一样：低胸的白色衬衫下，是一条黑色超级迷你裙，黑色性感的鱼网丝袜，再配一双露指的高跟鞋，直让男人流鼻血。她有时靠在客人身边，陪他们喝酒；有时陪他们在吧台前唱KTV，客人们给她额外的小费，她都会很随意地塞进围裙兜里。

餐厅里每一个人的"美国梦"都不一样，因为我是新人，也因为是中国人，难以穿越他们的表面，走进他们的内心，去了解真实的他们，聆听他们的梦想。在纽约，好像每个人都很会保护自己，不轻易让别人知道自己的想法、背景、过去的故事。在这家餐厅工作了一个月，每当穿上工作服后，就感觉走进了一部电视剧，而我是这部电视剧里的一个小演员，故事的陈述者。每天进来的顾客，每天发生的小故事，每天的心理感受，在纽约这个文化大熔炉里，通过这让人呕吐的日本餐厅管理模式，我体会到了不一样的纽约。

奇葩女郎

想写写这个人物，透过她，我才知道过去四年半的旅行让我改变了那么多。

我在这家日本餐厅摸爬滚打了三周，已经了解各种菜式，以及它们的日本名称，并且尽力做到最好。然而像一般的餐厅一样，新来的菜鸟总被欺，我也无可避免地被别人骂，被人指责：你不应该这样，不应该那样。面对她们无情的"教导"，我都是点点头，笑一个，说声谢谢，然后转身离开。

人群中总有一些奇葩，他们的一些行为是你无法用言语去形容的。Hansan 是一个样貌 OK、个头不高、36 岁的上海女生。她扎起头发，感觉像学生，样子也长得不着急，刚开始，我以为我们同岁。她在纽约六年，在这家餐馆工作了两年，以前在日本待过好几年。六年前她抱着一个"美国梦"，以学生的身份留在美国，为了让自己能在美国多待一年，她就要花一万多美元的学费，在一些学校报名上课。过去六年，从会计到酒店管理，什么都学过。然而她现在仍然没有找到如意郎君，只能继续用学生的身份留在美国。

餐厅里加上我，一共有 4 个来自中国的女服务生，在陈姐口中，Hansan 是一个不错的女孩。第一次见到她，我心都乐开花了，心想，又来一个同乡，然而事情的发展并不如我所愿。

有时候我没有按时给茶壶加水，她的责骂声从不会迟到，她直接冲到我的面前，当着所有人的面，大声吆喝："Ella，按时加水，是你唯一能做的事。"有一次在二楼酒吧吧台旁边，洋子很忙，让我自己给客人倒一杯扎啤，却被她从后面进攻，对着吧台的洋子说："Ella 什么都不会，你这不是给她机会添乱吗？"有一次餐厅来了一群台湾人，台湾人点了餐前的寿司，我看寿司快来了，但是放酱油的小碟子还没准备，就在我给客人加碟子的时候，Hansan 在继续下单，没想到，她却当着这帮台湾人的面，用中文大声骂我多管闲事。

其实我并不讨厌 Hansan，但是搞不懂为什么她总是跟我过不去。很多事情都是小事一桩，没必要动不动就出口骂人，可想她每天都过得不开心啊！我不喜欢跟她正面冲突，所以很多时候我都在躲避她，离她远远的。然而不管我怎么躲，事情总会有爆发的时候。

有一次在寿司吧出菜时，我不小心把菜名直接划掉。这时她在后面大声向我吆喝，瞪大双眼，一脸凶相地指着出菜单说："这个菜已经出完了吗？这里有一个 2，表示有两道菜。出第一道菜时，只要把数字划掉就好，知道了吗？"

她的声音很大，把我的心都震翻了，她的态度让人透不过气，这只是小事一桩，为什么就不能好声好气地说呢？一个晚上东奔西跑，笑脸迎人，已经够疲惫的，脑袋都不知道该怎么运作了，于是我没有理会她，转头就走。她猛地拉住我的手，指着那个被我划掉的单子，继续吆喝："Yes or No，你要回答我。"看到她那凶狠的表情，听到那震耳欲聋的斥骂声，我像受惊的兔子，拔腿就逃。

可是怎么逃，都逃不过她的连番攻击。接着老板让我负责 C 区寿司吧台的客人，这也是她当晚负责的那一区。12 月末的曼哈顿，外面下着大雪，街上积雪很厚，行人都在雪中缓慢前行。然而餐厅里的暖气，让人仍有夏天的感觉。寿司吧台靠近餐厅入口处的一位日本客人吃完饭后站起来，穿上大衣正准备离开。这时我走过去，习惯性地说道："Thank you sir, have a good night."然后把桌上的茶杯和纸巾收走。在拿起茶杯的那一瞬间，Hansan 突然从我后面冒出来，大声用英文吆喝："客人还没有离开，你就把他的茶杯收走，你的行为非常无礼。"

好吧，让我解析一下当时的场面有多尴尬：客人还在，一位服务生当众批评另一位服务生，身后的老板目睹全程，Hansan 的声音之大，让我们瞬间成为餐厅里的焦点。我脑袋一片空白，都不知道要怎么做，只好惯性地，诚恳地向顾客道了歉，转头离开。脑子里已经忘记了 Hansan 其他的谩骂，老板的反应，顾客的反应，其他人的反应。随后看见 Hansan 从厨房走出来，我像愤怒的小鸟走到她前面，压抑着愤怒的内心，假装心平气和地对她说：

"Hanshan, we need to talk. 你对我的态度可以好一点吗？"

"如果你能把事情都做好，我就不会用这种态度。"她红着面，怒气冲冠，双唇抖动，像气炸的皮球。不知道什么原因，就在那一瞬间，我感受到她那翻腾狂躁的内心，那堵为了保护自己在心里筑起的围墙，同时觉得她很可笑，我的委屈、愤怒、不满，我内心积压的所有不快，过去一切不顺利的事情，瞬间被冲走了，心也跟着轻松起来。

就在那时候，我领悟到原来很多事情，很多委屈，很多不满，很多所谓的寄人篱下，这一切感受都是我们自己给自己的，都是我们在不同环境中，给自己内心的一道坎。过不去，是因为我们没有正面去看待事情，总是以自我为中心，去放大自己的内心感受，而忽略了更多本质的东西。也许过去纽约的打工生活，让我慢慢学着独自承受所有的压力，在读懂自己内心的同时，去读懂事物的本质。

想着想着，面对这张怒气冲冠、满脸通红的小脸，我在心里开始对 Hansan 感到抱歉，她的生活一定过得很压抑。其实在这场闹剧中，可怜的人是她而不是我，在客人面前上演这场"骂剧"，这种行为本身就很无礼。面对这样的事情，正常的做法应该是私下找我聊，要开骂的话，也可以带我到没人的地下室，或者下着雪的大街上。

Hansan 在 24 岁就离家前往日本打工，日本女生说话、做事都很直接，她刚到日本，一个人在异国他乡的餐馆做服务生，所受到的委屈，不是我能想象的。我想她的行为并不是针对个人，而是针对这件事情。她通过这个机会，把过去压抑在内心的痛苦，过去所受到的委屈、辛酸，全部发泄出来，发泄到我身上。

老板看情况不妙，把我领到二楼吧台，让由美子教我调酒。想到 Hansan 刚才歇斯底里的愤怒，不管谁对谁错，我都不喜欢去讨厌一个人，这样自己会很累，对方也累。出于想要营造一个和谐的工作氛围，我给她写了一张道歉纸条：

"嘿，Hansan。刚才的事我很抱歉。如果你有空，我们出去喝一杯怎样？到时给我短信：347******，Ella。"

这是很有诚意的道歉。不管谁对谁错，起码我退一步，心里感觉平静。但她的行为却一如既往，继续做一只愤怒的小鸟。

如果旅行是一个探索自己的旅程，那 Hansan 便是我人生旅程中的一位贵人，是她让我更好地了解自己，了解事物的本质，了解人可以充满正能量地去体会事物给人的感受，去体会生活的美好。人生短暂，很多事情真的不需要去计较。

人生旅途中，还会出现这种奇葩性格的人，我会好好地去体会他们给我的生活所带来的故事。

形形色色的客人

忙碌的 12 月过后，二楼吧台的女酒保请假回日本过农历新年。老板看我英文好，形象不错，于是安排我暂时接管吧台，成为吧台的临时酒保。为了能够尽快接手这份工作，她们离开前对我进行了细致的培训，让我深入了解日本的酒水文化。

当餐厅里的酒保很容易挣到额外的小费，晚上 12 点过后，吧台变成一个 KTV 场，客人可以拿着麦克风对着吧台上方的电视机唱歌。有时候，我只需要把客人的麦克风从别人的手中拿过去给他，便可以得到 20 美元的额外小费；有时候当 VIP 客人坐下，我给他们倒上他们所寄存的酒，会有 5~20 美元的小费；有时候，KTV 包厢的客人开心，出来分享他被调到纽约总部的喜悦，也会给我和另外一个服务生每人 20 美元的小费……

我在吧台工作了一个月，发现有酒就有故事。在形形色色的客人当中，有一个人给我的印象很深。他叫藤本，35 岁左右，是日本航空的一名机长，负责由东京到纽约的直航。他外形俊朗，身材魁梧，是名副其实的帅气大叔。第一次看见他的情景，仍旧清晰地浮现在我的脑海里。那天晚上，曼哈顿下起入冬以来的第一场雪，藤本推开二楼酒吧的门，门口的灯光洒在他满头的雪花上，俊俏的轮廓背后，雪花轻柔地在夜空中飘落。那画面好像电影里男主角出场时的情景，故事就要开始了。

藤本抖掉黑色大衣上的雪，把大衣挂在入口的衣橱里。他神情自若地坐在吧台一角，好像这个地方他经常来。他点了一些寿司和一壶清酒，看见吧台没什么客人，便邀请我小酌一杯。他一开口就是日文，我当时愣住了，我是这家日本餐厅里唯一一个不会说日文的中国人啊！

"很抱歉先生，我不是日本人。"我尴尬地用英文回答道。

"你是新来的吧？"藤本说。

"是的，我来自中国，你叫我 Ella 吧！"我说，"你是这里的常客吧，看你的动作很娴熟。"

"是的，每次在纽约短暂停留，我都会到这里喝一杯酒，"藤本说，"我负责的航班每周抵达纽约一次，第二天飞往旧金山，然后飞回日本。"

"那你是很喜欢这家餐厅吧，不然怎么会每次都坚持到这里歇歇脚呢？"我说。

"是的，在纽约这座繁华的国际大都会，有一个能如家乡一样亲切的地方，就会感觉世界是平的，是点到点的，"藤本一脸幸福地说，"我们大半时间在云端行走，没日没夜的。哪怕来到一座新鲜的城市，也想找一个熟悉的地方，卸掉工作中的面具。出门在外，如果有家乡熟悉的味道，才不会让人觉得孤单。"

藤本的声音越说越低，但我还是听见了，听见了他的孤单。

纽约这座不夜城，车水马龙，灯火辉煌。刚到纽约时，我感觉这一切都是那么新鲜、那么梦幻。然而随着日子一天天过去，在这里开始有我自己的工作和生活，我才发现身边的一切都是再普通不过的。每天穿梭在曼哈顿中央车站，流连在凋零的中央公园，好像我一出唐人街，就走进了一部纽约电视剧，在这里扮演着一个为了生存而奔走的小角色，可这些地方都不是让我心里舒服的地方。只有回到唐人街，我才能找到熟悉的味道、熟悉的语言、熟悉的面孔。

我在吧台工作的那一个月，每周六午夜 12 点，总会有一位来自菲律宾的大哥到这里喝酒唱歌。他是一个非常豪爽的人，一坐下来，就会先给我 20 美元的小费，说："今晚我点的歌，记得帮我把麦克风拿过来。"菲律宾大哥年仅30多岁，但他稀少的头发，让人误以为他40出头呢！

他总是拿着麦克风唱歌，我们没有时间交流，所以我并不了解他具体的职业和他背后的故事。他第一首歌总会唱美国女歌手Kesha的 *Die Young*（《英年早逝》），这是一首非常活泼、表达年轻人无所顾忌的流行歌曲。但这首歌从他的口中唱出来，会让人感觉特别不和谐。他很大方，有时候连送菜上来的服务生，也会给她们5美元的小费。他这么豪爽的作风，每次都好像在派钱的行为，让他在餐厅的人气也很高。

一个周六晚上，他亲自带了一个蛋糕过来，希望我们给他庆生。我一直好奇，这么重要的日子，他的家人呢？朋友呢？为什么他总是一个人？我并不懂他的世界，可能他是孤独的，或者在他平常的日子里，他是一个被周围忽视的人，所以到餐厅里用最直接的手段，找到他在纽约的存在感。

有人说，在纽约，要不活得像蚂蚁，要不活得像巨人。这是两种不同的极端，不同的生活态度和能力。在我身边想要找到一个安于现状的人并不容易，街上行人的步伐都是急促的，这里很物质，很现实，在激烈的竞争中人们不停地找寻自己的存在感。

有一天晚上10点左右，餐厅吧台来了一位美国人，听他的口音，应该来自美国西海岸的旧金山。他一个人坐在吧台上，连续喝了五杯烧酒，脸和手臂都变得火红，眼睛好像烧了起来——他醉了。当时吧台没有几个人，他邀请我跟他喝一杯，接着说："为什么你们日本女人这么犯贱，为什么拿到绿卡后就一脚踹开我们这些美国人？"

他火红的双眼疲惫地看着我，语气气愤并带着悲伤。其实他长得很不错，健壮高大，是很受女人欢迎的类型，能让他如此心碎的女人，应该也是国色天香的美女吧？美国男人接着说："我跟她结婚两年，才帮她拿到了美国绿卡，可是她为什么这么绝情，跟我提出离婚呢？"

他越说越伤心，我在感情方面不是什么高手，也不知道该如何安慰他，只好举杯跟他喝第二杯，然后就走开了。其实像他这样遭遇的美国人，我也听说过。一位在洛杉矶南加州大学读书的朋友曾经告诉我说，很多人都有一个美国梦，可是他们的第一个关卡是美国绿卡，有的人为了快速拿到美国绿卡，或骗婚骗嫁，或娶了美国人，两年后拿到绿卡就立马离婚；有的双方都默认这是一种协议结婚，绿卡到手就离婚；也有的人一直以学生的身份留在美国，例如餐厅里来自上海的女生Hansan。

在吧台工作的那一个月，在大雪纷飞的曼哈顿，这些形形色色的客人让我体验了不一样的纽约。他们每个人都有不同的故事，但他们都是孤单的，迷失在这座繁华的国际都市里。对他们来说，我只是一个吧台服务员，一个对他们没有威胁、没有压力的陌生人，一个可以倾诉的对象。纽约，真的让人既爱又恨，爱是因为她对任何人、任何想法都有包容性；恨是因为她太现实了。

纽约时装周

2月的纽约分外清爽，尽管月初的时候下了好几场大雪，但对一个一辈子都没怎么见过雪的中国南方人来说，这无疑是一份浪漫的礼物。在旅行中，我喜欢给自己确定一些任务，像在布拉格的查理大桥上亲吻一个男生；在看完《欲望都市》之后，我定下了在纽约必须完成的三个任务：一是认识一位好基友；二是参加纽约2013年的时装周；三是跟在华尔街工作的西装男约会一次。

刚开始不知如何拿到纽约时装周的门票，毕竟我不是媒体人，也不是什么明星大腕，更不是奢侈品牌高级定制的潜在客户。在毫无头绪的时候，舍友 Steven 出手相助，帮我拿到了纽约时装周四张 VIP 入场券。

Steven 来自马来西亚，去年在美国研究生毕业后，在曼哈顿找到一份服装设计师助理的工作，而西姐是设计师的裁缝。25 岁的 Steven 是一个皮肤白净、个子不高、身材瘦小的小男生，他会说普通话，那"娘娘腔"的语调，兰花指般温柔的肢体语言，让我知道，我已经完成了"纽约任务"中的前两个：有一个基友相伴，出席纽约时装周。

女生们都有一点小小的虚荣心，希望穿着漂亮的裙子出席一些时尚活动。为了参加某个品牌的服装发布会，我可是放弃了赚钱的机会啊！在纽约，休息就等于没钱赚，因为我们的工资是按小时结算的，然而能够在世界最大的都会，去体验世界顶级的时尚盛宴，就算给我一天 300 美元的工作，我也会毫不犹豫地放弃。

纽约时装周在林肯中心举行，发布会 7 点开始，我们怀着激动的心情提前抵达等候区。等候区相当于一个小型商场，有众多时尚品牌在做展示，例如：三星、美宝莲、Dior……男女穿着十分时尚性感，他们或交头接耳，小声说话大声笑；或举着杯子坐在沙发上跟朋友闲聊；或一个人盯着大屏幕，等朋友的同时打发时间。媒体工作者没有停下来的时候，要是在等候区看到一些时尚大咖，就走过去跟他们做一个简短的采访。

聚光灯下，好像眼前的一切都变得梦幻而不可思议。在场的男男女女都表现得自信满满，尽管不是明星大咖，但他们内心散发出来的自信和自我，在电视里是看不到的。Kelly 曾跟我说过，纽约曼哈顿就像一个走秀台，每个人都打扮精致出门，跟这座梦幻的城市来一个美丽的邂逅。

Kelly 既兴奋，又紧张，她一身紧身黑色晚礼服，脚踩黑色高跟鞋，配上红色的香奈儿手抓包，非常性感迷人！Leanne 穿着一件简单大方的墨绿色紧身裙子，她身材丰满，绝对成为等候区的焦点之一。Ling 刚下班，从华尔街直接赶过来，她那干练的职业装，配上宝蓝色的露趾高跟鞋，还有那对珍珠耳环，凸显她的魅力与自信！我穿着好友海燕设计的红色麻布裙子，配上一双露趾高跟鞋，戴上一枚戒指，简洁大方。

时装发布会秀场来了很多人，VIP 的席位是留给这个时装品牌潜在的客户，或者跟这个品牌有合作的人。我们旁边的一位大叔是这个品牌的狐狸毛供应商，他们家族世代做狐狸毛生意，现在已经第五代了。每次模特走在天桥上，他都会很兴奋而自信地指着那件衣服说："它用的是我们家的狐狸毛。"

秀场的座位呈阶梯形，整个秀场可以容纳 1000 多人。前排坐着众多电视明星，Ling 激动地告诉我，他们是谁谁谁。白色的直条型 T 台尽头等候着众多媒体记者，闪光灯从音乐响起到模特儿走完全场都没有停下来过。

也许会场音乐具有强大的穿透力，模特身上的服装奢华绝伦，让我的感情瞬间放大，眼眶湿润了，舞台的灯光开始拉长了身影，脑海里浮现了过去在纽约发生的一切。没想到能在短短的三个月内，从初到纽约的无助，到现在的独立自强，能在这座魅力大都会里，有好友相伴，体会纽约的生活和时尚，好像走进了美剧，在这里尽情演绎我们的《欲望都市》。这一切的一切，都让我特别感谢那些支持我、帮助我的朋友们：Kelly，Ling，Leanne 以及 Melvin！

我喜欢 Kelly 总是分享她新买的包包、新买的鞋子、新发现的熏香蜡烛，什么好事情她都会第一时间想到我，第一次在国外过新年，连年夜饭也是她早早预定的；我喜欢 Ling 的爽朗，喜欢她为了朋友两肋插刀；喜欢 Leanne 的贤惠大姐风格，有什么新的创意菜式，我们一定有口福；喜欢 Melvin 快乐地分享他的网站创意设计，还有那些在我脑海里他用手抓饭的搞笑回忆。

我们一起经历了百年一遇的飓风，一起度过了疯狂的万圣节、温馨的感恩节、美好的圣诞节，第一次在国外度过的农历新年，还有激动不已的纽约时装周，这一切，缘起于我到纽约打工的那份勇气，是缘分让我们相识，并且这份感情将延续一辈子。

在日常生活中，三四个月的时光稍纵即逝，我们的感情并不容易有很大的波动，也不容易有很深刻的回忆发生。然而在间隔年去体验外面的世界，在未知中探索着，在每天的旅行生活中细细地体会着生活给我们带来的每一份惊喜，体会着缘分天空下美好的相遇、相识、相知。想到这里，眼泪很不坚强地落下了，还好并没有被她们发现。

持续20分钟的时装秀，以一件美丽、奢华的皮草长披肩结束。我们仍意犹未尽地留在现场拍照。我们相拥成一排，自信而快乐，把出席纽约时装周这段美好的回忆记录下来。

旅行久了，人也变得敏感而感性。纽约在我心里，并不仅仅是一座国际大都会那般简单了，她给了我太多太难忘的经历，太多的感动和惊喜，我已经开始爱上她了。

我，征服了纽约

2月份那过膝的积雪，再也找不着痕迹了，天空湛蓝湛蓝的，偶尔出现一道白痕，划过天际。

唐人街的中国人依旧每天勤劳地开门做生意，小超市里那个帮我砍鱼头的大叔不在了，听说他回中国探亲去了；曼哈顿大桥下的蔬菜小摊贩也早早地开工了，买菜的人依旧排着长长的队；楼下那家卖煎饺的小店，生意也红火起来了；门前的小公园，打牌唱戏的中国大叔大娘们，寒冬过后全部出来了。冬日里凋零的中央公园，在温柔的春风伴随下，清新的草香味，泥土的芬芳，一阵阵扑面而来，它们小声地告诉我：春天来了。

我知道，是时候出发了。

经历了1月份狂猛吸金，一天打三份工的日子，我的纽约打工之旅已经接近尾声。过去3个月积攒下来的旅费，足够我穷游世界一整年。原计划2月份离开纽约，开始我的世界环球之旅，然而回想过去的纽约生活，只想着挣钱，找更多的兼职，省吃俭用，从来没有"放纵"一下自己，自信地体会一次"纽约客"的生活。

为了庆祝"熬出头"的日子，我预定了3月5日飞往旧金山的机票，推掉了餐厅白天的工作，晚上的工作从原来的一周6个晚上变成了4个晚上，我要用一个月时间去"约会"纽约。

白天我溜达在曼哈顿大大小小的博物馆里；到42街的纽约图书馆计划未来一年的旅行；到中央公园看嬉闹的孩子，听街头的音乐表演；又或者到小意大利区吃一个披萨，回味意大利的美好时光。下午4点过后仍旧是Nicky的上课时间。不需要工作的晚上，在百老汇可以看到我的身影。我特别喜欢百老汇的《歌剧魅影》，连续看了好几遍都不觉得腻。

日子慢下来了，每天都在寻找和期待纽约带给我的惊喜，这种轻快休闲的感觉，好像回到几个月前的欧洲之旅，自由自在，不急不缓。我每时每刻都在为自己而过，不再是三个月前的彷徨和无助，为工作，为生存，在黑夜中使劲挣扎。

三个月过去了，我已经完成了任务，就要轻松离开了。然而身边的朋友，日本餐厅的陈姐还在为挣更多钱，继续找第三份工作；Hansan在拿到绿卡前，仍旧以学生身份继续留在美国，她报读了其他专业，从会计、酒店管理，到旅游管理，这六年，她为了支付高昂的租金和学费，每天晚上在餐厅通宵工作；日本餐厅的老板依旧穿着白色的厨师服，站在餐厅的门口招揽生意，每天如此。

为了能在纽约生活下去，他们的日子一如既往地紧张急速。他们可能没有时间去发现，2月天空中的那一道白痕吧。

2月的某一个周末，我前往波士顿拜访寒宇和他的妻子。感谢寒宇当初在巴黎给我的建议，促使我前往纽约，为自己的梦想努力一把。他们的公寓在波士顿市郊，温暖的大公寓外，白雪皑皑，道路都被湮没了。寒宇的妻子怀孕了，在中国的父母将要过来照顾她。为了方便家人，他们准备搬到离市区近一点的地方。美国的房价很高，纽约是最夸张的。他们看了我在纽约那6平方米的小房间，立马说，纽约不是他们待的地方。

"纽约生活压力太大了，要是在纽约工作，说不定每天晚上我都要到中餐馆做兼职，才能应付得了那高昂的租金和生活开销。"寒宇有点庆幸地说。

可是相反的，纽约让我感受到如此彻底的自信，那么踏实，那么发自内心，我觉得纽约才是适合我的地方，那里有我的住处，有我的工作，有我的朋友。因为我在这座城市，真实闯荡过，知道她并不总是拒人千里，而是用一种包容的心态，容纳一切，见证蝴蝶破茧而出的全过程。

回首初到纽约的日子，好像那些挫折和委屈，都变得可爱了，现在我可以面带着微笑跟别人分享了。因为，我征服了纽约。

但是我不属于纽约，我知道，我要的梦想在远方，我是属于这个世界的。

西瓜哥曾对我说过："你最好在纽约多待几个月，甚至一年半载，尽量多挣点钱才开始舒舒服服地环游世界，就不用穷游啦！"然而我有我的梦想，我有我的追求，挣钱不是目的，而是过程。穷游只是一种方式，就算现在我有一百万美元，我也会选择穷游，当一名沙发客，坐大巴，跟别人讨价还价，用最热切的心，去拥抱这个世界，去闯荡，去探索最真实的自己。

其实我比谁都想安定下来，我真心羡慕 Ling 和 Kelly 的生活。她们有钱，有工作，有朋友，独立自信。但现在对我来说，环游世界的时机来了，这个梦想比任何事情都来得重要。我要出发，不要继续停留。

离开纽约的前一晚，Kelly 在她们的公寓里为我举办了一场温馨的欢送派对。我在纽约的故事，从这里开始，也在这里，在他们的怀抱中，温暖地谢幕了。纽约对我很重要，因为有他们：Ling、Kelly、Leanne 和 Melvin。

离开时，我走到 Ling 房间，窗外的哈得孙河依旧不安地翻腾着，楼下的大巴开始列队回来了，夜已深了……这一切都没变，是我变了，世界还是这么大，但我的心，比任何时候都能容纳全世界。

离开纽约后，我游历了旧金山，然后一路向南，体会了热情的墨西哥。我知道，我已回到旅行时候的自己了，那个为了看见世界、探索自己，去感受生活、贴近彼此的旅行者。

3 第三章
THREE ★

中美洲——
满是华人的世界

古巴人到底是怎样生活的

从美国直飞到墨西哥，在游历了玛雅文明的历史遗迹、在加勒比海边把全身晒成金黄色后，我动身前往古巴首都哈瓦那。为了方便旅行，我把行李留在坎昆的沙发主家，只带着一个腰包、一顶帽子和一台相机。在排队拿登机牌时，所有人都看着我的超简单装束，以为我排错地方了呢！

古巴是一个物资缺乏的国家，没有一个人不是大包小包前往的。网上搜索古巴的旅游攻略，很多人建议给古巴男人带一些牛仔裤；给女人带一些唇膏、香水；给孩子们一些文具。因此我的腰包里也塞了20支铅笔。

1962年，美国引发"导弹危机"，随后宣布对古巴进行经济、贸易、金融的封锁。50多年过后，经济封锁给古巴人民的生活带来了什么影响？

从墨西哥坎昆乘坐古巴航空，飞行1个多小时成功着陆古巴首都哈瓦那。哈瓦那的一切，都触动着我的神经，这里跟我到过的所有城市都太不一样了：大街上除了新型的双节公交车，其他的多为上世纪50年代的老爷车；破旧的西班牙民居建筑上，窗外挂满了刚洗过的衣服；旧城区的大街小巷里，满是人力拉车的汉子；铺沥青路仍需要人工完成，烈日下，汉子们脱下上衣忘我地工作，油光的身子很是吸引路边的行人，特别是像我一样花痴的游客。

古巴实行双货币政策：本国人使用的货币叫古巴土比索，而外国人使用的是可兑换比索，又名红比索，红比索兑土比索的汇率是1∶24，1美元=1红比索。同时游客们也可以使用土比索。

在前往古巴前，墨西哥坎昆的沙发主便告知我，古巴人均收入少得可怜，一名心脏外科医生的月工资仅有30美元，约为30红比索；家里的保姆、清洁阿姨月工资仅有12红比索。因为是计划经济，跟当年中国的粮票配给一样，古巴人的日常开销如蔬菜、柴米酱醋盐等基本生活用品，售价极其低廉；在国营餐馆吃饭、买小吃、乘公共交通等，用的都是土比索，例如在国营餐厅吃一顿饭，价格仅为24土比索。

逛了很多国营商场，我发现偌大的商场空空荡荡。货物大多数是进口商品，价签上标的都是红比索。一台普通的、设计简单的儿童推车就要100红比索，相当于人民币610元。小孩子的一件衣服也要14红比索，这对收入低微、每月工资10～30红比索的普通民众来说，是何等的奢侈啊！

在古巴的双货币政策下，买一些进口的产品如冰箱、洗衣机等家电，或者女孩们的饰品、化妆品等都要用红比索结算。就拿我在商店看到的由中港合资的"理想牌"酱油，就要2红比索，价格比国内还贵一点，也许是漂洋过海的缘故吧！但是这对于收入低下的古巴人民来说，是多么的昂贵啊！不仅进口的酱油，其他的进口商品，总体价格较我们国内的也要高出一倍以上。

不仅商品价格偏高，商品的种类也很少。在鞋类专区，我被眼前的一幕惊呆了：一排鞋柜，摆满了鞋子，可是样式只有三四款，每款旁边并排摆放着同款但大小不同的鞋子，在鞋架的尽头，有一对黑人年轻情侣在挑选着鞋子。女生犹豫着是否要买手上的那一双跟她脚上款式相同的坡跟鞋。此情此景，内心顿生对古巴女孩子们的同情之感。

为了让高价的进口家电寿命长一点，哈瓦那城内有很多家电维修店。从窄小的维修店门口往里面看，油黑的地面上堆满了一些简单的维修工具。一位妇女谨慎地解释着电炉失效的原因，眼睛紧紧地盯着正在检查电炉的维修人员。满手机油的小伙子紧皱眉头，似乎在维修着一件价值连城的珠宝。

在吃的文化上，因为穷游的缘故，我们每天在用土比索结算的国营餐厅吃那些平民食物。国营店销售的食物，价格虽然低廉，但种类少，质量差。比如一个国营店的披萨，10土比索，没有任何营养成分可言，更不能去要求它的可口程度了。这个问题迫使我跟朋友小天（我在哈瓦那青年旅舍认识的中国男生，然后我们结伴前往古巴其他城市旅行）在古巴中部沿海城市西恩富戈斯吃足了苦头。

傍晚时分，街上行人很少，人们都在自家门口乘凉。我们走进一家制作披萨的国营小店，高大油黑的天花板下，火炉里的火正烧得通红。一个健壮的男子用长臂铲子把烘炉的披萨铲出，门店外已排好了六七个顾客。披萨都是简单地在上面放了一些番茄酱和芝士。小天咬了一口，实在没办法咽下去，直接扔进垃圾桶。然而这些食物，是当地居民每天品尝的"快餐美食"啊！

我们偶尔到那些用红比索结账、面向游客的餐厅用餐，食物都非常不错。一般古巴人民极少有机会到这种餐馆就餐，因为这里的一顿饭，花掉的是他们一整个月的工资啊！在这样的餐馆工作，小费挺高，成为每个古巴人眼中的肥差。就连一些医术高超的医生，也愿意脱下白袍，前来端盆子。

自己烧饭吧！但菜市场里的食材少得可怜，来回只有几种。我们在西恩富戈斯的一个菜市场看到：简陋的半露天菜市场内，只有简单的几种蔬菜在卖——很多苍蝇喜欢的木瓜、南瓜、瘦扁的青椒、弱小的西红柿以及偏瘦的芋头，鲜见绿叶蔬菜。肉类的话，只见猪肉，少见其他肉类及鱼类。国营的蔬菜肉类虽然便宜，但种类奇缺，普通居民想吃一顿好的，真不是一件容易的事啊！

古巴的信息网络非常落后，想要上网，需到指定的网吧，6红比索一个小时，而且网速非常慢，刷微博也要有足够的耐心才行。普通的宾馆没有网络，只有一些大酒店才有。到达古巴的第二天，我急着联系家人，必须要用网络。于是我来到哈瓦那国家大酒店，那里有WiFi，但是要7红比索一个小时，10红比索14个小时。高昂的通信费用，以及昂贵的进口手机，造成在大街上、公交车上，很少会看到有人拿着手机打电话。

想尽办法挣外国游客的钱，是古巴人获取外汇、提高生活质量的好办法。开一家用红比索结账的、面对外国游客的餐馆是不错的选择，但是启动资金以及税收很高。不过大部分古巴人选择成本相对低的方法——把自家变成民宿。古巴法律规定，家里不可以接待外国游客，就算是外国朋友、外国亲戚也不行，除非把自家的房子改成民宿，每个房间每个月向政府上缴最低200红比索的税收，才能合法地对外国人打开家门。

有市场，就有竞争。来古巴一周，发现同城的民宿之间竞争激烈，异城的民宿个别联合。在我们离开上一站西恩富戈斯时，民宿主给我们推荐了一家在特立尼达的民宿。一到达特立尼达的汽车站，就看到出站口围堵着很多当地居民，他们在不停地拉客。我们被联系过的民宿主接上，离开车站时还被其他人死死地拉住，我们的民宿主见此情况，一脸杀气地大喊着："他们是我的！"多么霸气的一句话啊……

从哈瓦那机场到达市区，没有公交车，只有那每人25红比索的出租车。城际大巴也有两种，有专门给游客乘坐的、用红比索结算的大巴，也有当地的廉价巴士，但外国游客不可以搭乘廉价巴士。古巴也有火车，但是给游客的价格跟给当地人的完全不一样。就拿我从古巴圣地亚哥坐火车回哈瓦那那段路程来说,坐在我旁边的一位古巴妇女的车票是100土比索,约为4红比索,而我的车票是30红比索,票价是她的7倍啊!

在这种双货币政策下,古巴人民想尽法子去挣取游客口袋中的红比索。但他们骨子里也有傲气,他们不需要得到别人的怜悯,而是希望靠自己的付出,得到更大程度的回报。只有这样,才能买得起那高昂的进口货啊!

我很想知道,他们的生活,快乐吗?

蔗糖之国的华人访问录

我初到古巴时,只想探访雪茄的制作过程,然后在海明威最喜欢的小酒馆里抽一根。可是一本《华人在蔗糖之国——古巴》给我的那些触动,那些对过去170年契约华工悲惨遭遇的怜悯,让我的爱国热情瞬间提升。两周的古巴之旅,最后也变成了寻根之旅。

自鸦片战争后,1844年首批契约华工抵达古巴岛。一个世纪过后,1959年卡斯特罗政府上台,很多华人离开古巴。那些留下的,没有离开的华人生活得如何?他们生活得快乐吗?

47岁的中古混血儿柏莲,是我在圣地亚哥的民宿主,她个儿不高,巧克力色的肌肤,一双炯炯有神的眼睛,是一位快乐的大姐。柏莲在一家国营酒店里工作,她的英文不错。她老公是一位"纯种"华裔(祖父来自广东,其父亲与母亲都是当地的纯种华裔),不会说英文,也不会说中文。

柏莲从没去过中国,对亲人的所有印象都来自那张看了千百遍的照片。柏莲有三个同父异母的哥哥、姐姐,他们之间从来没有任何联系。

只是 1982 年的时候，柏莲的父亲病重，在香港的小女儿前来探望老人家，却不愿意跟柏莲她们母女三人见面。也许这都是历史的错误啊！

古巴人常挂在嘴边的话是：虽然穷，但我很快乐。这也是柏莲的口头禅。

"革命时父亲的杂货店全部归国家所有，生活没有以前富裕，革命后很少见父亲继续往香港寄钱。尽管物质缺乏，可是古巴人民拥有终身免费医疗，以及免费教育。像我的大儿子，现在在大学里，国家提供所有东西——食宿以及定时发放的衣物。儿子每 25 天回家一次，待在家里一个星期。这对我们做父母的来说，感觉轻松很多。儿子毕业后国家会分配工作，但也要自己租房子，或者买房子。不过在古巴，很多年轻人会选择跟父母住在一起。"柏莲说。

"要是家里缺什么，例如：酱油、花生油、洗发水、锅碗瓢盆等，我会到市中心的进口超市买。一些基本的生活物资，如大米、盐、糖、菜肉等，在国营商店里以低廉的价格就可以买到。所以生活在古巴，还是很轻松的。"柏莲自信地说。

柏莲的家境不错，她父亲留给她的大房子，其中一个房间变成民宿，税后每个月也能挣上 100 红比索，相当于 100 美元。她家的清洁工，每个月只用支付 10 美元工资啊！

整个交谈中，柏莲自信满满。可是环顾他们家那陈旧不堪的厨房，那些用了很多年的厨房用具，那张坏掉的桌子，那盏暗黄的灯，我内心有种说不出的感觉。

从圣地亚哥回到哈瓦那，在离开古巴的前一天，我走访了哈瓦那的唐人街。

唐人街在老城中心，国会大厦附近，是我去过的唐人街中最萧条的一个：陈旧的西班牙式建筑，肮脏的街道，稀少的行人，很难遇到一个亚洲面孔。唯一能让我们辨认出这里是唐人街的，是主街上的"中国城"

牌坊，墙上的中文，以及街口的两座石狮子。

我和一个会讲西班牙语的朋友来到唐人街的一家中餐厅门口。餐厅设在二楼，一位亚洲面孔的老人引起了我们的注意。他的装束简单大方：白衬衫、西裤，配一双皮鞋，坐在餐厅门口，客人来了就前去接待。我们向他说明来意，他非常激动地紧握着我的手，说他的爷爷来自中国广东。"广东"二字是他唯一能说出的中文。

他告诉我们，1959年"革命"爆发前后，大部分的华人离开。剩下的，是当时没钱离开的华人，黄爷爷一家就在其中。黄爷爷今年69岁，在1927年，他的爷爷携着家眷，在哈瓦那的唐人街上开了一家杂货店。他的爸爸娶了一个古巴女人，现在他的妻子也是古巴女人。黄爷爷育有3个儿子，孩子都成家了。3个儿子还有他们的家眷在三年前移居到美国迈阿密。

"在美国的儿子有往家里寄钱吗？你们怎么联系呢？"我问。

"我们用电话联系，他们会托人把钱转交给我，因为美国和古巴是断绝任何邮政交往的。"他说。

"以后会回去中国走走吗？"我问。

"不去了，跟中国的亲戚很早就断了联系。再说，去中国的机票很贵，付不起啊！"他说。

老人家很友善。餐厅门口只有一张椅子，采访时他坚持让我坐在椅子上，而他自己却坐在台阶上，当我翻译的朋友一直跪在黄爷爷跟前。虽然在一家中餐馆当门童，但从他的快乐笑容中可以看出，他很满足现在的生活。

这里有一个小插曲：在交谈结束后，我们一起拍照。拍照时我将手中的5红比索偷偷地放到黄爷爷手中，然而他立马把钱放回我手上，笑着说："Friend, Friend."

那一瞬间我顿感尴尬，但这更显黄爷爷的友善，因为在他的骨子里，仍有中国人的传统美德。

在唐人街有一家老人院，里面住着一些无亲无故的华人。但因为警卫的关系，我们不能进去采访。离开唐人街时，那死寂的街道没有路灯，很少行人。刻有"中国城"的高大的牌坊，只能静静地回忆昔日车水马龙、热闹繁华的日子。

离开圣地亚哥的前一天，正好遇上年度音乐舞蹈节。一个黑人口中吹着170年前从中国传过来的喇叭。中国跟古巴的亲密关系，千丝万缕，难以割舍啊！

经过这次古巴华人访问录，我真切了解到：古巴人民，他们开心、自在，他们的快乐是真正的穷开心。

最危险的国家和最安全的人

我离开古巴回到墨西哥，在墨西哥的边境城市切图马尔顺利拿到伯利兹的签证，在伯利兹城成功申请了中美四国CA-4签证。我于5月中旬抵达危地马拉的Flores，游历了世界著名的玛雅遗址——Tikal。

危地马拉是传说中相当危险的国家，首都危地马拉城犯罪率很高。我在Flores的一家超市偶遇在古巴认识的小天，他跟我大吐苦水："我从危地马拉南部北上，历经了一次抢劫，两次偷窃。"

前几天，小天为了节省交通费，从南到北，从一座城市到另一座城市，选择乘坐当地人的小型客车。在危地马拉中部，他坐上了一辆载有6个人的小客车，车上只有他一个外国人。车行了一半，司机把他们载到一个院子里，从驾驶座的旁边拿起大刀，快速下车把院子的门关上。车上的乘客很机警，见此状况立马拿起行李往外逃。司机还没来得及关上门，乘客都已经全部逃离院子。

司机对他们穷追不舍。小天抱起拉杆箱，拼命往前奔跑。

"你当时干嘛不扔掉你的拉杆箱？要是被抓到了，可能连命都没有了啊！"我说。

"我当时认定是不会被捉到的，因为我身后还有抱着孩子的一家人，以及老弱的妇女，尽管司机的目标是我这个外国人。"他说。

他们跑了一大段，司机没追上来。回想当时的经历，小天虽故作镇定，但仍是心有余悸。他抵达 Flores 后，下榻的旅馆里，保险柜被撬锁两次。遗憾小偷们白干了，因为小天拥有多年旅行经历，任何贵重的物品都是贴身保管。从此，这个国家的安全指数在小天心中大大地降低了。

"我去过这么多国家，危地马拉跟洪都拉斯一样危险啊！"他说，"我这里还有一个惊人的消息。几年前，从 Flores 前往玛雅遗址 Tikal 的巴士上，游客被当地的土匪半路抢劫，他们把车上的外籍女游客强奸并杀害。后来政府为了防止此类恶性事件再次发生，安排了大量的警察、军队日夜巡逻。"

小天还千叮咛万嘱咐，让我千万不要在危地马拉乘坐夜班车，因为被抢的概率也很大。然而我的路线是南下，必须途经危地马拉城，抵达世界最美的 Atitlan 湖，欣赏湖面日出，并在湖边上的 San Pedro 小镇学习西班牙语。

联系了在危地马拉城的沙发主 Ariel，他向我推荐了当地安全系数和性价比最高的巴士公司。当我凌晨 5 点抵达这座世界著名的罪恶之城后，我一直留在车站等 Ariel 过来，按照他的叮嘱，我一步都不敢踏出这个车站。车站门口不仅围堵了一大群在吆喝着的的士司机，还有一些卖早餐和推销宾馆住宿的人。

虽然有各种友好提醒，但我还是想亲眼看看这座危险的城市，想了解当地人们是怎么生活的。

Ariel 在 6 点过来接我，晨光下的他，一双大大的眼睛，身材矮小却健硕，是一个年龄比我小的大萌娃。我们穿梭在危地马拉老城区，路上的建筑比较旧，除了一些古老的失去了当年华丽外表的西班牙式建筑，还有很多像中国上世纪六七十年代的楼房。起伏的街道，脏乱的门店，卖水果的人虽然早早上班了，可还在档口前贪睡。

Ariel 告诉我，危地马拉城分好几个区，老城区是相对比较危险的地方。他家所在的区域，治安也不好。他们一家人出门都是开车出去，开车回来，不在中途停留很久。他们全家都有汽车，我每次出门都是他们亲自接送，Ariel 的母亲在我每次出门前都会千叮咛万嘱咐，下午 6 点前一定要回家。这无疑提高了我对这座城市，这个国家的自我保护意识。

我们前往老城区中心，我正要拿出相机拍照，Ariel 立马挡在我的面前，神情严肃地说："你要找一个空旷的地方拍照，在这样的街头转角，很容易光天化日下被人抢东西，或者偷你的相机。"

Ariel 的这一动作，让我感觉到，在这个危险指数很高的国家里生活的人们，他们的自我保护意识非常强。例如小天当时遇到的汽车打劫，车内的乘客就及时意识到了，并做好随时逃跑的准备。

在危险的危地马拉旅行，沙发冲浪这种旅行方式给了我安全感。因为在这个国家里，有我的朋友。

华人在哥斯达黎加

在危地马拉拿到了智利和秘鲁的旅游签证，我便乘坐飞机前往中美洲最发达的小清新国家——哥斯达黎加。中美CA-4签证包括危地马拉、洪都拉斯、萨尔瓦多和尼加拉瓜。然而由于尼加拉瓜跟中国台湾建立了所谓的"外交关系"，尼加拉瓜不承认CA-4签证，对我们中国游客紧闭大门。我不能陆路穿越中美洲，也不想前往世界最危险的国家之一洪都拉斯，只好选择从危地马拉飞往哥斯达黎加。

首都圣何塞位于哥斯达黎加的中心盆地，在这里只有两个季节：冬季和夏季。12月到次年4月份为夏季，炎热、阳光明媚；4月到11月份为冬季，阴霾、超多雨。

哥斯达黎加跟其他中美洲国家一样，和美国联系很紧密，美金能在国内流通。为了省事，人们直接把1美金兑换成500科朗。早上抵达圣何塞的沙发主Pedro家，被这位来自洪都拉斯22岁的美男子接待，弥补了我没有去洪都拉斯的遗憾！Pedro在圣何塞上大学，跟一对兄弟Danile和Pablo合租在学校附近。

家里突然来了一个东方女子，他们连牙都没刷就跑到Pedro的房间。有关中国的一切，他们都很想知道。他们兴奋地告诉我，前几天国家主席习近平到访圣何塞，为唐人街的建成剪彩。早知道习主席会来圣何塞，我应该提前几天到达！

他们还说，哥斯达黎加跟中国的关系非常紧密。市中心一座刚建成的体育馆，就是来自中国的礼物，中国政府还派了很多工作人员来这里修建一些基础设施，如公路、网络等。记得之后在游览圣何塞时，在市中心的一座商业楼下，我就遇到了一群来自中国华为的员工。

Pedro带我走访了唐人街，大多数华人都偏爱开餐厅、杂货店、美甲店等等。说到杂货店，在Pedro家附近有一家小型的杂货超市。一天，圣何塞大雨倾盆，结果一屋四人都着凉了。为了减缓大家的痛苦，我拿出了家传秘方——生姜可乐，给大家驱寒。我在这家杂货超市，买了一小块生姜，得知老板是一位中国人，而且还是广东人，我们二话不说先来个握手。

老板是广东台山人，十年前来到圣何塞。他初到哥斯达黎加，在各种中餐馆打工，挣到钱后就开了一家属于自己的杂货超市。说到生活在这个小清新的国家，他说，这里的社会福利好，空气干净，这十年他已经习惯并爱上这个国家了。

在前往拥有美丽日落的冲浪胜地 Santa Teresa 的渡船上，我遇到了两位来自台山的大哥——40 岁的浩哥还有 33 岁的华哥。十几年前，他们通过美国的旅游签证（拥有美国有效旅游签证，可以免签逗留在哥斯达黎加 30 天）抵达哥斯达黎加，随后的十几年，他们一直没有离开过这个国家。前几年通过关系，搞到了哥斯达黎加的"绿卡"，成为该国的公民，并享受该国的福利。

他们爱上了哥斯达黎加的生活，并爱上了这个福利高、政府清廉的国家。虽然这里的娱乐场所很少，例如 KTV、麻将馆、沐浴桑拿中心等，但这里简单的生活方式正是他们梦寐以求的，这在国内是很难达到的。

"在美洲的中国人都很勤奋，他们用辛勤劳动从美洲人的懒惰中获利，这没什么不可以的。"浩哥看着远方的大海，略有所思地说道，好像过去十几年的经历一下子涌入脑海。

走了这么多个国家，我发现几乎每个国家都有中国人的身影。他们都用勤劳的双手，勤俭持家，建造美好的异国生活。想起伯利兹的一位中学校长告诉我，不仅在伯利兹，甚至整个拉丁美洲的人都没有储蓄理念。在伯利兹，人们会把到手的一周工资花掉，及时享乐，这也是为何少数的中国人足以影响伯利兹的经济的原因。

跟伯利兹一样，哥斯达黎加的华人们用他们勤劳的精神，一周 7 天没有休息地工作，给当地人的生活带来了方便。

在国内，我们很少想去了解国外的中国人都在做什么，没想到那为期两周的古巴之旅，却激起了我想要了解海外华人生活的欲望，并付于行动。希望未来的旅行，我可以更多地去看见、体会、倾听每个国家华人们的生活与思想。

3天非凡的海岛生活

离开哥斯达黎加，我来到了巴拿马北部著名的 Bocas 岛，被沙发界著名的沙发主 Jim 接待。来自美国德州，皮肤黝黑、身体健壮、55岁的 Jim，曾是一名 IT 公司的老板，三年前退休后，为了让两个儿子方便前来度假，加上巴拿马跟美国的密切关系，政策优越，他在 Bocas 岛附近的岛屿上买下了两栋别墅和一个度假村。

晚上9点半，繁星做伴，海豚相随，Jim 开着他的快艇，载着我和一位巴西女沙发客回到他的别墅。Bocas 岛是加勒比海上的岛屿，被周围的小岛包围，四周海面平静如画。

别墅位于 Bocas 岛东面的一个岛屿，Jim 的快艇停靠在私家码头，百步阶梯后，抵达山上的木质别墅。别墅两房一厅一厨一回廊，凌驾在岛上，周围丛林环绕。这里没有公共交通，没有邻居，与世隔绝。唯一的邻居，就只有整夜叫个不停的蟋蟀和青蛙了。

第二天早上，Jim 开着他的快艇带我们前往他的度假村岛屿。30分钟的海上飞驰，我们遇见海豚，穿越狭窄的丛林道，这一开一合的景色，迷幻了我的双眼。度假村是四个月前 Jim 从一名富人手中买下并重新装修的，将于两个月后恢复营业。岛上枝繁叶茂，四周临海，私密性强。面向大海有许多被架起来的白色木房子，度假村内的各种建筑简约而低调。

我们来到度假村里最贵的白木房子，一室一厅一厨，里面是维多利亚式的装饰，温馨舒适的五星级度假小屋。躺在回廊的吊椅上，远处平静的海面让人忘却世事的烦嚣。两个月后，这间别墅的身价将是800美元一个晚上啊！Jim告诉我们，顾客们都是财阀大亨、明星、大官，孤岛别墅足够隐蔽，能够满足他们的私密要求。

傍晚，为了答谢Jim的热情接待，我在Bocas岛上的超市里买了一些食材，准备做一顿中国晚餐。Bocas岛是众多岛屿中的商业中心，岛很大，犹如一个小城镇。岛上有许多中国超市，大概每走20米便是一个中国超市。为了买到新鲜的甜玉米，我把岛上所有的中国超市都走了一遍，但没买到。

这里的华人多数来自中国广东，超市是家族经营，里面货品丰富，商品大部分来自中国。服务员都很年轻，一般都是老板的小亲戚。15岁左右的孩子，在国内初中毕业后就来到这个小岛，在这里打工。他们不会西班牙语，到这里也不会继续念书，因为他们的社交圈子还是以中国人为主。

"你们中国人，几乎垄断了巴拿马一半的经济。"Jim笑着说。

天空艳红的云霞做伴，Jim开船载我们到他的朋友Matt居住的岛上。Matt是一位英国人，高大英俊，如电影《闰年》里的男主角，黑发大眼，满脸胡茬，颇有英伦范。见面时他刚洗过澡，换掉了农夫的装束，一身素白出现在他的海边红树林里的房子中，远看仿佛是古代隐居森林的文人骚客。三年前他退休后来到巴拿马，买下这个岛，独身一人经营着这个小岛。

当Jim告诉我他已经60岁时，我真不敢相信自己的眼睛。岛上种了很多菠萝，Matt说巴拿马是热带雨林气候，水分充足，土壤肥沃，随便扔下一颗菠萝种子，不需要打理都能生长得很好。

岛上有不少山丘，Matt在岛边上一处红树林密集的地方搭起了一间房子。房子虽小，但五脏俱全，房子前面的平台面向红树林，远处一片绿色，鸟鸣蛙声一片。平台上有一张藤椅，一张铺着白色桌布的桌子，桌子上还有一束鲜花和一本书。可以想象 Matt 刚才是多么惬意地在享受着大自然。

岛上每次下雨都不是小而温柔的绵绵细雨，而是咆哮的倾盆大雨，于是 Matt 在另一个更高的山丘上建造了一个雨水收集蓄水池，可以作为生活用水。临走前，他友好地当场摘下两个菠萝送给我们，为了答谢他的好意，我邀请 Matt 晚上到 Jim 家中品尝正宗的中国晚餐。

两个小时后，Matt 带着一瓶朗姆酒和一瓶橙汁，开着快艇前来赴宴。我们在凉爽的夜里，谈天说地和欢笑，在一片蛙声的陪伴中，结束了精彩的一天。

第三天，大雨中午才停下来。Jim 和巴西女生早餐过后开着快艇出去了，于是我独占了这个大房子。别墅前的海景美不胜收，海面由两个长岛分割，中间是两个小岛屿。在这里住了两天，我算是摸清了它的天气规律：每天早上倾盆大雨，午后阳光明媚，一直延续到那美好的日落。

我在走廊上写作时，听到海面上鱼儿跃水的声音。于是走下百步木梯，看到码头边上聚集了好多鱼，我回到房子里，用衣架、旧衣服制作了一个钓鱼工具。在衣服上放一点米饭，然后把它放进水里，静待片刻，在鱼儿吃第二口米饭时立马收起渔具，这效果比钓鱼竿还给力。

我独自一人独占整座海岛，那感觉是前所未有的激动，感觉自己在生活，而不是在旅行。

傍晚 Jim 带我们前往另一个岛屿，探望他的朋友 Jack。Jack 是一名美国退休飞机制造师，八年前来到巴拿马，一共买下了附近五座岛。如果把这些岛都卖掉，能值四百万美元。跟 Matt 的岛不一样，这整座岛都是参天的大树，Jack 只好把他的太阳能发电板放在岛岸边上。岛上还有一辆弃用的美国战斗机，机体生锈，不知道是何年建造的。Jack 希望有一天把它修好，继续冲上云霄。

这两天遇到的岛主都是来自欧美的退休老人，而且大多都是单身，离婚几年或十几年的。Jim 的情况也是如此，对他来说，孩子都长大了，没有了生活的负担，退休后就得找点活干。在人生的最后几十年，他只想简单地做自己，做自己想做的。再结婚？他说，这个已经不重要了，现在只要顺其自然，听从内心，珍惜今天、期待明天地活着，这会比以前每天为了生活而工作的日子，更加踏实。

从 Jim 的眼神里，我看到了财务自由后的自在和潇洒。那是他经历了大半辈子总结出来的心声：我们要为自己而活。

离开的时刻，是一个满天红霞的早晨，我们坐在走廊上喝着咖啡，Jim 两眼发光地看着我，好像一位父亲叮嘱和鼓励即将远行的孩子，他说："Ella，你还年轻，有资本、有时间去做自己想做的，去为你自己而活，加油！"

我被他的临别赠言深深地感动了，在世界的另一头，在一个三天前还是陌生人的家里，听到这种真心的祝福和鼓励，我内心翻腾着，发现原来世界这么小、这么近、这么美好。

抵达这个群岛，每走进一扇门，就开始一个新的故事，体验别人不一样的人生，我能在毕业后做这件事，何其幸运。

巴拿马人娶不了中国人

我的旅行没有详细计划，只有从一个国家到另一个国家的线路。至于如何玩转一个国家，我会参考路上认识的背包客，或者当地人的建议，旅行就是生活，这样才能让疯狂的旅行更接地气。

旅途中，除了沙发主可以提供地道的旅行咨询，还可以在当地人的咖啡馆、餐馆，甚至在街上询问，只要开口问人，他们都很乐意把自己眼中的城市佳处，推荐给你去体验一番。

离开 Bocas 岛，Jim 建议我前往 Volcan 火山，他没有让我欣赏照片，只是给我一个 amazing 的形容词。从巴拿马的东海岸横穿到西海岸，一路的景色至今依旧清晰地印在脑海里。我坐在小型客车的副驾驶上，客车在蜿蜒、被绿意包围的路上行驶。时而到达山崖边上，眼前烟雨蒙蒙；时而驶进一条明亮的绿廊，让人仿佛走进了异度星球；时而眼前突然开阔，远处平原上的阴影随着空中的云儿移动，这不就是《哈尔的移动城堡》里的景色吗？

夜幕降临，由于是临时决定来 Volcan，我没有做好功课，没有提前找好旅店。在国外，我见过很多唐人街，但 Jim 告诉我，巴拿马没有唐人街，因为唐人散布在整个国家，不管是繁华的城市，还是偏远的乡村。在巴拿马哪里有超市，哪里就有中国人。

到达 Volcan 后已经是傍晚 7 点，我走进一家面包超市寻找中国人帮忙。超市的收银员是一个中国女生，5 年前移民巴拿马，现在已经 20 岁了。

"我刚来这里，不知道这附近有没有旅馆？"我问。

"这样啊！那我要问问我的老公。"她说。

"什么？你结婚了？你才 20 岁而已。"我惊讶地看着她，赫然被震住了。

当得知我已经 24 岁时，她用同样惊讶的表情说，"噢，我的天啊！你还没结婚啊？"我霎时不知如何回答是好。她接着说："早结婚是巴拿马的传统，二十三四岁在这里算是老女人了。"她说完，我一脸尴尬，没想到我在巴拿马竟然变成了"老女人"，这称呼比国内的"剩女"还来得残忍。

　　她会说一口流利的西班牙语，跟员工、顾客交谈毫无障碍。我拜托她帮我写下 Hostel 的西班牙语，让我好问别人，可出人意料的是，她竟然写不出。Volcan 镇上只有几家旅店，在女生的帮忙下，我找到了一家旅馆，议价 10 美元住下。

　　第二天早上那个女生不在了，换了一位中年妇女站在收银台后。她是女生的婆婆，她的儿子今年才 21 岁。十多年前她的老公到巴拿马经商，几年过后陆续把家人接到巴拿马。这位中国婆婆还跟我强调，他们会保持子孙的血统，绝不允许儿子娶一个非中国裔的女子，或者让女儿嫁给当地的巴拿马印第安人。这跟我在美国看到的不一样，在纽约街头，经常可以看到华裔女子嫁给白人，甚至黑人。疑惑为何巴拿马的中国人会有如此传统的想法。

　　当地人给我指路，我单枪匹马来到一座火山山脚下，奇怪这里没有入口售票处，没有游人，只有一群正在训练的救援队伍。因为我要坚持上山，他们的队长 Abelardo 就派了一名年轻的、只有 18 岁的队员带我上山。这里没有山路，更没有游客，看来我是来错地方了。我们在山上转了一下，就下山了。

　　我独自一人走在回去的路上，四周烟雾缭绕，蛇形的大路上，只有近处火山石散布的田园和站在栅栏上的秃鹰与我做伴，再也找不到其他人影了，此情此景如同亲临仙境。我后知后觉地发现，这才是 Jim 推荐的 Volcan 美景，而不是山上的热带丛林啊！

　　我走了大概半个小时，救援队长 Abelardo 的车停在我的身边。因为顺路，加上他是巴拿马国家政府人员，应该是正直人士，于是我上了他的车。Abelardo 正要前往 David，于是我回到旅馆拿着背包，继续搭他的顺风车。

　　Abelardo 是一个身体健壮、肤色黝黑的印第安人，八年前结婚，育有一子一女。28岁的他在事业上已经很有成就，国家经常派他到世界各地学习并交流救援知识。当聊到巴拿马的中国家庭，聊到为什么中国人不允许他们的子女嫁给巴拿马人时，他略有感伤地说：

"十年前，当我还是18岁的时候，跟镇上一家中国超市老板的女儿谈恋爱，到了谈婚论嫁的时候，女方的父亲极力反对，并把女儿送去了美国。"

"相爱的两个人因为种族的不同而被拆散，虽然非常不甘心，但现在看来这一切好像是他们的传统。在巴拿马的中国人，他们生活在自己的群体里，很少跟本地人交流，为了保持种族的血脉，都不愿意儿女跟当地的巴拿马人结婚。"Abelardo说完，翻开Facebook，给我看了他十年前的女友，还有她刚刚跟一个华裔在纽约结婚的照片。

他沉静下来了，脑海里在思索着什么。

过去，我游历了欧洲和北美洲，发现中国人跟当地人结婚的现象并不少见，但到了中美洲，我惊讶地发现"当地人不能娶中国女人"会成为巴拿马人口中的一种"中国传统"，这跟当地人的收入水平有关系，还是与这个国家的强弱有关呢？我没有强大的数据去验证，但是有一点我是了解的，那就是我们中国人有一种群居式的生活习惯，特别是在国外，中国人跟中国人会经常走在一起。

抵达巴拿马城后，我前往了世界著名的巴拿马运河（运河连接太平洋和大西洋，被誉为世界七大工程奇迹之一的"世界桥梁"）。巴拿马是世界贸易的重要集散地。在巴拿马城城郊，有一个小镇大小的自由贸易区。在贸易区内，我遇到很多中国人，他们批发鞋子、包包、电子产品等任何你能想到的东西，这些货物都来自中国。这些中国人，他们有的是来自中国的华人，有的是出生在巴拿马但祖父辈来自中国的华裔。在他们当中，我没有遇到过一个中巴混血的华裔。

在中美洲的中国人，仍旧保持着中国人的生活和传统，群居是他们最重要的社会生活模式。为了保持家族血统的纯正,他们坚持中国人跟中国人结婚。所以巴拿马男人娶不了中国女人,因为他们难以打破中国人的"中国传统"。

不走寻常路的 David

如果你在 23 岁前走遍了世界,是会发现更好的自己,拥有第二个梦想,还是会开始觉得人生无趣呢?

在巴拿马城,我认识了一个男生 David。他是沙发主 Marcelle 的一个沙发客。Marcelle 的公寓在市中心,可以俯瞰整个巴拿马城夜景,胖乎乎且友好的他来自多米尼加共和国,是一家石油公司的经理。高挑瘦小、腼腆害羞的 David 拥有一艘帆船,周末免费带 Marcelle 出海,以此换取他豪华公寓里的一个小房间。

16 岁时,David 离家开始环游世界,没钱了就跑到加拿大,在油田里开采石油。日出而作日落而归,一天就可以挣下 1000 美元。挣够旅费继续旅行,就这样,他在世界的各个角落生活了 7 年。一年前,他开始对世界没有了好奇心,最后用他的全部财产买了一艘二手帆船,接送来往巴拿马和哥伦比亚的背包客。

巴拿马和哥伦比亚之间没有陆路,只能走水路或者坐飞机。很多旅行者为了体验海上冒险之旅,会乘坐帆船,在海上漂荡五天五夜抵达哥伦比亚的 Cartagena 港口城市。David 的帆船接待这些旅客,每个人 400 美元船程,一次可以运载 5 人。到达哥伦比亚后再运送另一批旅客回到巴拿马,来回赚两笔。

周日上午,David 当水手,我们乘坐他的帆船出海。他一脸的稚气,让人真不敢相信他是一个航海技术老练的水手，他脱掉上衣，身上满是肌肉，真人不露相啊！他一人掌控全局，我和 Marcelle 只管懒洋洋地躺在甲板上晒太阳。

海上的风狂烈起来，这气象万变的热带雨林地带，雷鸣大雨是不需要预先打招呼的。我们听从 David 船长的指挥，Marcelle 负责掌舵，我负责躲在安全的地方。David 在船头用力地解开帆船的绳索，抛下锚。外面横风横雨，我们在船舱内喝啤酒，这股爽劲，人生第一次体验啊！

David 的生活非常休闲，每月只需出海一次，便挣够好几个月的开销。加上他不需要给 Marcelle 交房租，生活完全没有压力。他每月仅工作 10 天，剩下的时间都待在家里上上网，看看视频，东搞搞西搞搞一天就过去了。他告诉我，他去过很多地方，现在世界对他已经没有太大的吸引力了，不知道自己想要的未来是什么，也不知道去哪里寻找。

休闲的生活让他变得特别情绪化，很容易把微小的事情扩大。有一晚他负责下厨做晚餐，Marcelle 因为工作原因没法按时回来，他便开始唠叨不停，表现得异常恼怒，异常失望。

在整理这篇文章的时候，我离开巴拿马已经有一段时间了。有一天 Marcelle 在 Facebook 上告诉我，他为了让 David 出发寻找人生的第二个梦想，把他"赶走了"。David 回到了哥伦比亚，租了一个高级公寓的楼顶套间，开始了创业之旅。在创业前期，他和友人做了一次市场调查，发现美国新发明的一种叫"悬浮船舱"的休闲 SPA 仪器还没有在哥伦比亚市场上出现。于是他花了 5 万美元买了两台仪器，放在他的顶楼高级公寓里。请来几个性感女郎到一些高级酒吧派发传单，吸引了大批图新鲜的高级白领，前来体验这种悬浮在盐水中，在失重环境里冥想的经历。David 告诉我，开业仅仅一个月，便收入 8000 美元。不得不说 David 非常有商业眼光。

"那你未来想做什么？"我问。

"我要到你们中国，找一家工厂，并大量生产这些仪器，再卖到欧洲甚至美国。你们中国有 13.5 亿人口，也是一个很大的市场。"他激动地说。

David 说出这番话时，年仅 24 岁。在我表达各种羡慕的同时，他已经回到海上，孤身一人漂荡了一个月。他说，从繁杂的社会抽身出来回到大自然，清空脑袋里的杂音，可以让自己更接近内心。

我很惊讶他的改变，而且这种改变仅仅隔了一年。他变得不再抱怨，目标明确，行动力强。

"兄弟，你这一年变化也够大的，怎么会这么给力？"我问。

"我恋爱了，爱上了一个哥伦比亚女孩。"他一如既往，害羞地说。

David 的人生道路非一般寻常，是一条属于他自己的道路。他高中毕业后没有上大学，也没有做过一份正式的工作。他迷失过，折腾过，但他是迷失在这个拥有无限可能的世界里，在他最风华正茂的年代里使劲折腾自己。也许，他的快速成长，不仅仅是因为恋人的出现，而是一旦目标明确，他会走得比别人更快，更远。

| Kenan 拍的埃菲尔铁塔一条线。

| 这个在米兰周末的野兽派对，是一个女生的生日派对。她在 Facebook，以及 Couchsurfing 上发出请柬，任何人都可以前来这家小酒馆里狂欢。

| 佛罗伦萨的街头艺术，画者从早上开始画，直到下午，画完后把地面清洗干净再回家，第二天又重新画。

罗马的沙发客聚会，当地沙发客推荐这家老城区中的著名餐厅，一份美味的萨拉米，仅需8欧元。

在维罗纳，传说中只要真心触摸朱丽叶的右胸，就预示着一段美丽的邂逅即将到来。

在意大利，男人四十结婚很正常。

| 纽约街头这些由小货车改装而成的小型移动厨房，无疑是我们这些美漂族的大恩人啊！6美元左右就有一份咖喱炒饭，或者一个风味十足的汉堡，味道足而且分量大，一餐等于两餐。

| 飓风要来了，纽约街上满是急忙赶家的人。

| Ling（左一）温暖的大家庭。

| 纽约时装周。

| 在纽约，他们每个人都有不同的故事，但他们都是孤单的，迷失在这座繁华的国际都市里。

每年圣诞节前的一个月，曼哈顿洛克菲勒中心的大圣诞树会吸引无数心中满是浪漫的旅人。

纽约这座城市，既远又近，是一座无法用语言来描述的城市，但我们可以在这里生活一段时间，去体会她的国际魅力。

旧金山的沙发主 Josh 带着我们，寻找他眼中的阳光之城。经过 4 天的朝夕相处，我对沙发主暗生爱慕，然而这只是旅行的开始，我不能给予太多承诺，再说，我有我的原则。最后，在离别的清晨，我献给他一个告别的吻。

抵达古巴的西恩富戈斯，午后孩子们出来乘凉，嘴里叼着一根棒棒糖。对我而言，古巴是一个神秘的国家。为期 2 周的古巴之旅，揭开了传说中的那些神秘。

哈瓦那的古巴人在铺沥青路，烈日下，汉子们脱下上衣忘我地工作，油光的身子很是吸引路边的行人，特别是像我一样花痴的游客。

危地马拉的仙境，Atitlan 湖上的日出。我跟青年旅舍的其他朋友，凌晨 3 点起床，爬上"印第安之鼻"，欣赏美丽的日出。

Bocas 岛，别墅前的海景美不胜收。

到达山腰，俯瞰山下蜿蜒的道路。

在摄像头前的嬉闹回忆，是永恒的。

这座城市是西班牙殖民时期的一个重要根据地，走在市中心广场 Plaza de Armas，四周的西班牙式建筑仿佛带我回到欧洲。

Cuzco，经过反复的"劝导"，重复涂了好几次，才让每个女孩子都保持着靓丽的唇色，我也终于拍下了一张"上口红的印加女孩"。

| 拥有湖光美景的度假胜地 Villa La Angostura。

| 一名年轻的农夫在细心耕作，他背后是阳光与阴影分割的群山，蓝天上飘着一丝丝白云。

| 在乌斯怀亚，人生第一次免费拥抱能够成功，全依赖这帮为我打气、来自世界尽头的陌生人。

| 带着唇盘装饰的奥莫山谷女性，在 Jinka 周六的集市里遇到，遗憾的是她没有带上木质的圆盘。

| 来到埃及，我要在 5000 年历史的金字塔的见证下，跟世界"结婚"。

| 小李是孔子学校的中方负责人，戴着一副眼镜、文质彬彬，两个月前被派到这里担任孔子学院的校长。

| 等船开到尼罗河中央，才开始喝酒狂欢。

| 鱼儿上来后，妇女们一字排开，神速地把卡在渔网的小鱼"救出"，然后放在各自的桶里。

| 嫁给世界。

| 在坦桑尼亚旅行，我们走出马汀家拍照，遇到个子高瘦的马塞族男子。

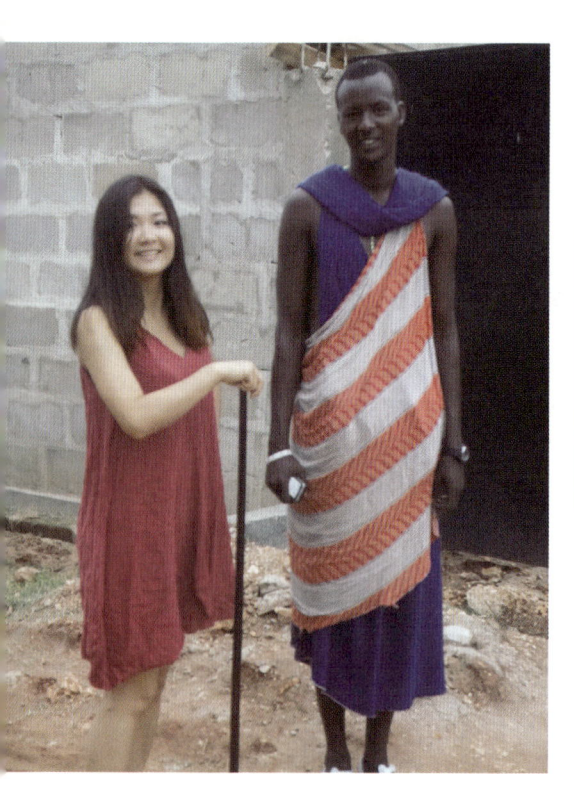

| 世界上独一无二、具有神奇地貌、宛如童话世界的卡帕多奇亚。

| 以弗所古城。

| 三月初的土耳其，冰冷冰冷的，我和沙发主 Baran 在他家的土耳其地毯店外喝咖啡。

旧德里。　　阿拉格的泰姬陵。

深入极度混乱的旧德里，在烟雾滚滚中寻找印度最著名的炸鸡啤酒。

晨曦中的查理大桥，轻雾缭绕，桥上高大的圣人石柱似乎在守卫着什么，见证着什么。

贴满了爱情的宣言，长年累月，朱丽叶之家的入口就成了用爱编织成的艺术之廊。

维多利亚夫妇带我游览他们眼中的纽约。

塞多纳，全美最受欢迎的景点。但我来这里并不仅仅是看风景，还有更重要的任务在身，那就是寻找美国乡村的爱情故事。

危地马拉的妇女们，日常生活中依旧穿着传统。

这是我在纽约最自信的笑容，因为我马上就要开启环球之旅了。

沙发主 Michele 是一个法国老头，留着白色的长胡须，戴着一顶鸭舌帽，是一个很休闲的老船长。

世界上最性感的海滩之一——里约伊帕内玛海滩。

小男孩接过 Johnson 的足球鞋，激动地马上换下他们的黑色橡胶鞋。

埃及富二代。

环球归来，内心比任何时候都清楚地知道，我要什么，我是谁！

4 第四章
FOUR

南美洲——
世界尽头的拥抱

现实版《幸福终点站》——被困厄瓜多尔机场

在中美洲没能申请到厄瓜多尔的签证，最后我只好跳过这个美丽的国家，乘坐飞机从巴拿马直接飞往秘鲁首都利马。

我在天巡网买了最便宜的机票，虽然要转两趟飞机，但只需500美元，这比正常的机票要便宜100美元。飞行的路线是：巴拿马城—瓜亚基尔—基多—利马。下午3点抵达厄瓜多尔的一个港口城市瓜亚基尔，我即被入境人员拦住，原因是我没有签证。他们告诉我从瓜亚基尔转机前往基多属于国内转机，而不是国际，我必须要在瓜亚基尔入境才行。

经过45分钟的谈判，我们引起了入境厅全体人员的注意。最后，一名航空公司工作人员把我带到了候机室，又经过两个多小时的等候，航空公司的经理走过来告诉我一个噩耗：

"我们明天早上会把你遣送回巴拿马城，然后我们的任务就完成了。你需要重新购买其他航空公司的机票，从巴拿马城飞往利马，我们不会支付该票或把钱还给你。还有，今晚你要待在候机室，直到明天上午8点的飞机回巴拿马城，期间会有人看守你的。"

面对这个突发事件，我的第一反应就是要镇定。我查看了所有的文件，发现自己没有足够的证据优势为自己辩护。因为这的确是我的失误，在天巡网站上买机票时，没有仔细查看相关条文就下单了。条文上显示：

必须确认有终点国家以及中转站的相关入境许可。

面对即将要发生的惨重损失，我心里已经做好最坏的打算，也就没什么好担忧的。可是我也有一个很重要的论据给自己辩护：

上午在巴拿马城机场拿登机牌时，他们只给了我两张登机牌，并告诉我要在瓜亚基尔机场拿我的行李然后转机到基多。因为语言不通，我与 Tame 航空公司的工作人员"谈判"了半小时，再三跟他们强调，我没有厄瓜多尔的签证，到达瓜亚基尔后不可以出境拿行李，然后转机前往基多。但是他们坚定地告诉我，我不需要入境转机，行李在入境前到手。然而当我抵达瓜亚基尔机场时，却被告知必须入境后才可以转机前往基多。

我拿着这个有力的证据，还向他解释了我的旅游情况，以及在中美洲不能申请厄瓜多尔签证的情况。经理做好详细笔记，再次和航空主管进行商榷。这时已经是下午 6 点半，原本应该在基多机场转机飞往利马了。为了保障我的权益，我要求联系中国驻厄瓜多尔大使馆寻求帮助，并向航空公司的经理提出了以下我能接受的条件：

1. 派遣一位警察随同我到基多，并且确保我登上从基多飞往利马的飞机（他们不能做到这一点，因为这是非法的）。

2. 明天遣送我回巴拿马，然后再安排其他航空公司的飞机送我到利马，晚上安排我在机场内住宿。

3. 安排其他航空公司，把我直接从这里送到利马。

4. 遣送回巴拿马，并退钱。

一个小时过后，经理回来告诉我好消息：Tame 航空公司和边境人员都认为，我的经历如同电影《幸福终点站》里，男主角被困纽约肯尼迪机场的故事情节，所以合力说服了入境官员和航空公司的主管，让我顺利去利马，而不是遣回巴拿马城。这些为我声援的声音改变了航空主管的想法，她查找整个航空航线系统，看是否能找到任何可能性。

最后她找到了一个从瓜亚基尔飞往基多的国际航班，可以在基多的国际候机室等待飞往利马的飞机。我不用入境厄瓜多尔，就停留在这两个机场的国际候机室，一切都是合法合章。条件是当晚我必须留在候机室直到第二天早上6点的飞机飞往基多，期间他们派遣一名工作人员24小时监看（监视+看守）我。这位贴身保镖，24小时全天候地贴身监看，连上厕所也跟着。

其实我并不害怕被遣送回巴拿马，旅行久了，知道下一个转折点就在前面。只要耐心等待，同时心里做好最坏的打算，一切都会好起来的。

是的，我是幸运的。不过没有下次了。

第二天早上6点飞机从瓜亚基尔飞往基多，7点到达基多国际候机楼，随后我一直等到下午6点半飞往利马的飞机。在基多候机室遇到两个被监看的男人，一名来自南非，另外一名来自巴基斯坦，他们都是因为没有有效的入境文件或者签证而被困在机场将近一周。

南非的那个男子，两年前拿着旅游签证入境厄瓜多尔，在基多娶了老婆生了子，两周前前往伯利兹旅行，返回基多在入境时被入境人员拦住，因为他没有签证，又不是当地居民，将要被遣返回南非。可是机票昂贵，需要3000美元，他没钱买机票，结果被困在机场一周。在我离开时，他告诉我好消息：航空公司愿意替他的机票买单。

在瓜亚基尔机场，坐在旁边的一个非洲人也是同样的情况，看来非洲的朋友们出行是一件多么困难的事情啊！回想自己的经历，我是幸运的，毕竟我可以转机去利马。

在旅途中，有太多意想不到的遭遇。就像一位朋友所说的："一个人的行走范围，就是他的世界。"随着旅行时间越长，经历越丰富，我的内心变得更加宽广和包容。对于身边发生的故事和遭遇，开始学会享受故事的发展，享受旅程，享受这个世界给我的任何惊喜。

利马九人餐

山村露营

"孩子,被困机场够可怜的,晚上我去机场接你吧!"被困厄瓜多尔机场两天,我已经筋疲力尽了,利马的沙发主 Marvin 好心来接机。

Marvin 一头中分刘海,憨厚的笑容如邻家大哥般亲切。他是一位户外爱好者,在我抵达利马的第二天,他组织一行 9 人两天一夜的露营活动。露营地址在利马东边 200 公里的一个山上村庄,村庄四周被光秃的群山环绕,山上融化的积雪让这里绿树葱茏,植被繁茂,有一种高山流水小桥人家的安逸与自然。我们扎营的地方在村庄的足球场,足球场往上是村庄,往下是空中田园。

柔和的晨曦洒在对面的山头,山上村庄的炊烟安详地升起,小溪流过田野边上的玫瑰花,经过一头驴子吃草的园子,流到悬崖边上的田园。一名年轻的农夫在细心耕作,他背后是阳光与阴影分割的群山,蓝天上飘着丝丝缕缕的白云,他那伟岸健壮的身体,让我驻足独自欣赏了好一会儿。此情此景,只要我向前打个招呼,故事将如电影一样,会是一个浪漫的邂逅。

经过两天的露营,我和 Marvin 的朋友们也拥有了一段难忘的回忆,建立了深厚的友谊。临别前一晚,我邀请他们到 Marvin 家吃一顿丰盛的中国晚餐。

利马唐人街

为了准备这顿九人餐，我当天中午几经波折来到利马市中心的唐人街。唐人街入口牌坊写着"中华坊"，主街大概 150 米，地上铺着中国十二生肖的图案，两边都是中国餐馆和商店，它们都有很多年的历史。这里的华人大多是第二代或者第三代华裔，很多不会说中文。

我走到街上的一家小摊前，这里卖有关佛家的东西，像小佛像、佛链、日历、春联等。老板相貌很中国化，扎着长长的马尾，特有艺术家风范。摊档围满了挑选饰品的秘鲁人，我无法靠近跟老板交谈。客人付钱后，老板会用一个铃铛在物品上"开光"。在佛烟萦绕的小摊档里，老板闭上眼睛，嘀咕了好一阵子，看老板的诚心"祈祷"，我想，那物件没准真的会"显灵"呢。

等了十分钟，我终于有机会跟老板交谈。上场第一句话便是："Hola, Are you Chinese? 广东人（用粤语）？"老板尴尬地直摇头，说他父亲来自中国，自己是土生土长的秘鲁人，不会中文。我走到旁边另外一家也卖佛家小饰品的摊档，老板也是外貌很中国，却是土生土长的秘鲁华裔，也不会中文。

说到中国人在秘鲁的历史，那要追溯到 19 世纪西班牙殖民时期输入秘鲁的契约华工，即苦力。1849—1874 年，就有 10 万契约华工乘坐 4 个月的轮船，从澳门出发来到地球的另一半。其中 95% 的人来自广东，几乎所有的人都是男人。在契约结束后，大部分人接受他们的西班牙姓氏，一些被释放的中国苦力跟秘鲁女人结婚（西班牙白种人、非洲黑人、秘鲁本土印第安人）。他们以及后来的移民，建立了许多小型企业，其中包括 Chifa（是指秘鲁的中国餐厅，这个词源于拼音 Chifan，"吃饭"之意），而利马唐人街也就是这个时期建造的，成为西半球历史最早的唐人街之一。

1912 年孙中山临时政府成立，第二次世界大战期间，还有 1949 年新中国成立前夕，在那些政治敏感、社会动荡的年代，大批华人移民秘鲁，其中 85% 的移民来自广东。

近代的移民多来自中国香港、中国澳门，他们是在回归前移民过来的，还有在东南亚的中国人，像马来西亚、菲律宾等等。现代移民主要来自中国大陆，广东人仍然占首位。当下秘鲁的华人们，就有 130 万，是整个南美华人最多的国家（资料参考自维基百科）。

主街尽头，丁字路口往左拐，这条街有很多中国超市、商店。老板们、员工们大部分来自广东番禺，也有来自香港的移民，他们移民秘鲁将近十年。谈及在这里做生意如何，他们异口同声，都说这里钱好赚，因为秘鲁人非常尊敬中国人，不像美洲的其他国家，有严重的排华现象。

我在一家杂货店认识了 27 岁的欣姐，她十年前跟随父母移民秘鲁，现在会说一口流利的西班牙语，跟前来购物的秘鲁居民们有说有笑的，看来他们在这里已经扎根了。谈到年纪，问到欣姐是否有男友或老公的事情，她很轻松地回答道："入乡随俗，这里的人都习惯晚婚。"我转头看了看欣姐的母亲李阿姨的神情，她也表示同意欣姐的看法。

超市里来了一位四川男子，他告诉我们他是汶川人，在汶川地震后，中国政府跟秘鲁移民局签订了合同，把灾区里的一些灾民送到秘鲁工作，合同两年。这位大哥在利马附近的工厂工作。因为时间的关系，遗憾没有跟大哥多聊几句，我买了广式腊肠，就匆匆离开了。

中国文化、中国食物已经深入民心，就像 Marvin 告诉我的，Chifa 就像秘鲁人的饭堂，便宜大份又好吃。有一次我跟 Marvin 到附近一家 Chifa 吃晚餐，9 新索尔（约合人民币 20 元）包括一碗馄饨，一份麦芽糖油炸馄饨皮，这也是秘鲁人的开胃小吃啊。

九人餐

我从下午 4 点开始准备晚餐，晚上 8 点大伙准时到达 Marvin 家。九人的晚餐一共 6 道菜和一份腊肉糯米饭，甜品是广式凉粉。

大家不约而同地给我带了礼物，有巧克力，有我喜欢的饼干，还有我没尝过的炸馄饨皮。他们知道我在旅行，太重的礼物带不走，唯有吃的最实际。

从毕业后旅行到现在，将近一年了，我忘记了一共煮了多少顿中国晚餐，有多少人尝过我的手艺。每到一个家，跟大家分享美食，分享快乐，在饭桌上建立友谊，对我来说，是一件很自然的事。没有刻意去做，也没有觉得浪费时间，而是一种发自真心的分享，真心的感谢。我带着一颗感恩的心，想让那些对我好的人快乐。

这一刻，我深切地体会到，我的旅行意义不仅是看见这个世界，而且是要生活在世界的每一个角落，融入当地朋友的生活，在他们的记忆里留下我的影子。我们共同经历的故事，都被印在我的心里，值得我一辈子去回味。

上口红的印加女孩

给利马的朋友做了一顿中国晚餐后，第二天我前往了秘鲁的葡萄酒故乡 Ica，沙发主 Berly 带我还有其他沙发客前往各大酒庄，探索秘鲁原始的葡萄酒酿造工艺，在 Huacachina 沙漠绿洲中见证大自然的鬼斧神工——高耸的沙漠下，神奇地出现了一片绿洲。随后我便前往了秘鲁东西部的 Cuzco。

Cuzco 是印加帝国的首都，印加帝国在西班牙殖民者到来前已经繁荣了一百年，其领土包括秘鲁、玻利维亚以及智利北部的大片土地，是当时整个南美洲最大的帝国。从 Cuzco 到 Puno 一带，有很多印加帝国留下的遗址，马丘比丘就是其中一个代表。

这座城市是西班牙殖民时期的一个重要根据地，走在市中心广场 Plaza de Armas，四周的西班牙式建筑，仿佛带我回到欧洲。附近的村民保留着传统生活方式，日常生活中女性穿着传统服饰：服饰色彩艳丽，宽松的长裙，上身一件绣花外套，肩上搭着一块长布背袋。

Cuzco 的露天市场是不得不去的地方，这里聚集了附近几个村落的妇女们，她们销售自家的农产品。如果你是摄像爱好者，这里绝对是你寻找色彩的地方。我要买一些羊肉做中国餐，走进露天市场的那一刻，一张张淳朴的笑脸迎面而来，也许她们不经常在这里见到游客，又或者这就是她们热情好客的习俗。

露天市场在拥挤的街道上，有水果区，有蔬菜区，也有肉区。秘鲁人很喜欢吃羊肉，这里的羊肉都是自家的牲畜，卖羊肉的妇女挑着扁担前来，一边挂满了羊头，另一边装满了羊肉。我向一个笑容满面的大娘要一斤羊肉，在我还没反应过来时，她挥起长长的屠刀砍在羊身上，羊身瞬间对半，我被吓得目瞪口呆，在原地一动不敢动。大娘见此情景，大笑起来，继续把肉砍开，切成几小块。

尽管言语不同，但溜达在这民族色彩浓厚的市井之地，他们的欢乐、他们的喜悦，比在华丽的歌剧院里看到的还要真切。他们的眼睛，是那么的干净没污染。如果说要找一个地方旅居，让心舒坦好几个月，Cuzco 是一个不错的选择，除了高原昼夜温差大、难以冲一个热水澡以外。

在中心广场附近，有许多穿着传统服饰、牵着一头雪白羊驼的妇女，在等待游客们前来合影，当然这不是免费的。一整天的站立，使她们的笑容也开始僵硬了，也许这笑容里面还掺杂着金钱的味道，看上去也变味了。

我走到 Cuzco 著名的印加遗址 Sacsayhuaman（因为发音长，游客们简称"Sexwoman"）。景点门口不远处，金黄色的田野上，三个穿着艳丽色彩民族服饰的女孩跃进我的视线，她们快乐地在回家的路上嬉闹着。不知道是什么魔力，我飞奔追赶她们。

不会西班牙语，说了几句 Hola（你好），我来自中国之类的话后，就无法再用语言交流了，剩下全是肢体语言。手舞足蹈地自我介绍后，我让她们坐下，分享 Marvin 和其他朋友们送的饼干、巧克力。蓝天白云下、金色的田野上，大家坐下来分享食物，这是一件多美好的事情啊。

她们都是 13 岁的小学生，大好天气出来放小羊驼 Jessica。慢慢地跟女孩们熟络起来后，我把包里能分享的都一一掏出，她们开始喜欢上我，喜欢上我的镜头。我把相机交给了其中一个女生，她一下子成了疯狂的小摄影师，开始给我们狂拍。原本害羞的女孩们，在镜头下变得特别自信。

干燥的气候，寒冷的天气，使女孩们皮肤粗糙，嘴唇干裂，没有血色。为了让她们更加上镜，我建议给她们涂上口红。但是她们都特别小心翼翼，担心被坐在村口的老人看到，那躲躲闪闪的表情超好笑。

我给一个女生涂上口红后，她紧张得立马低头擦掉。经过反复"劝导"，重复涂了好几次，才让每个女孩子都保持着靓丽的唇色，我也终于拍下了一张"上口红的印加女孩"。她们非常纯真，眼神里是一种可爱的纯洁，镜头前的笑容是真心的欢乐。

这种用真心换真心，贴近彼此的旅行，让我感触很深。

旅行是去看见世界，开阔视野；再深一层，那是去感受生活，贴近彼此。

穷上马丘比丘

在路上，你永远能找到最省钱的旅行方式：问人，Google，百度一下，或者从当地人口中得到第一手资料。

相比花 200 美元的火车来回马丘比丘，那么 50 新索尔（大概 20 美元）一天的车程，外加两个半小时的步行会不会更加吸引你？

我把我的大背包放在 Cuzco 的沙发主家中，轻装前往马丘比丘。前往马丘比丘除了火车，没有汽车能够直达。一般穷游者的路线是：Cuzco（Pavitos 车站）—Ollantaytambo（2 小时汽车，10 新索尔）—Santa Teresa（5 小时，40 新索尔打一辆的士）—Aguascalientes（沿着火车轨，步行 2.5 小时前往马丘比丘山下的一个小镇）。

汽车下午 1 点到达小镇 Ollantaytambo，同车乘客都在这里转搭火车，只有我选择这种非主流的方式前往。得知前往 Santa Teresa 的巴士下午 3 点才出发，考虑到时间，我坐上了一辆出租车，司机直接送我到沿着火车轨的步行入口。

司机 60 岁，面相和蔼，老人家要价也合理，5 小时的山路只需要 40 新索尔，相当于 80 元人民币。道路盘山而行，时而到达山顶，烟雾缭绕让人感觉置身云端；时而到达山腰，俯瞰山下蜿蜒的道路，一片绿色，那是湖水。远方云雾缭绕的雪山会勾魂术，面对这些美景，我都词穷了。小汽车在蜿蜒的山路上行驶，让我感叹：在路上的感觉，真好。

虽然我上了老伯伯的车，但毕竟是黑车，担心他会使坏，担心也许在路上的某个点有他的同谋等候着。不过旅行就是一场冒险，我要相信自己是最幸运的人，就算身边的人想要害我，也要散发自己的真善美，

>>> 就这样，
我睡了全世界的沙发

让那些原本想害我的人，不忍心动手。

要如何散发"真善美"？答案是——分享。在车上，我跟老人家分享食物，分享故事，分享人生。偶尔撒撒谎，告诉他我的朋友在终点站等我，这是在冒险中保护自己的一个好办法。让别人真心喜欢我，而不忍心去伤害我？这个办法是有点美好，也有点幼稚，但这是在跟陌生人独处时保护自己的第一道防线啊！

要是别人真的要害我，该怎么办？答案还是——分享。跟他来一张合影，然后上传到朋友圈，并假装打电话给某个人，说我在哪里。其中一个终极方法是跟家人朋友视频，让家人跟司机打招呼，这样的话，谁都不敢动我一根寒毛。现在科技发达了，环游世界变得更加简单、安全。这些旅行中保护自己的小技巧，以及那颗随时警惕的心，都可以在旅行中慢慢培养。旅行久了，它们会自然而然地成为你的一种习惯。

5个小时的车程，从原本高原上的金黄干旱，到山底下的碧绿流水，一路上惊喜连连。下午5点半我们抵达步行入口，入口是一条火车轨道，四周是丛林，没有任何道路可以行驶。眼看天色已暗，我打算明早再出发，这时正好来了一对瑞士情侣，Lucas和Joy。于是我们结伴同行，在黑夜中沿着火车轨前往马丘比丘山下的小镇。

Lucas留着如《流星花园》道明寺的凤梨头，"乌黑的卷发是他的与众不同。"女友Joy笑着说。他们骑行玩转南美洲，在瑞士打工半年，剩下半年游荡在世界的各个角落。

哦！那黑夜里的两个半小时是多么地惊喜、惊险、刺激啊！火车轨环绕马丘比丘的山脚盘旋前行，黑夜丛林中，我们遇到黑狼蛛；给予大自然体内的肥料；遇到不停下小火车的小气警察；碰到往回走的背包客，分享一杯热咖啡；走进一间诡异的青年旅舍……

期间我们还做了一件很傻的事：步行了一小时后，我们来到一座桥上，黑夜里因不知道桥的右边是一条人行路，我们只能沿着火车轨上的木头，小心翼翼地一步一步往前走。木头与木头之间有空隙，一不小心就会掉下去，木头下面是险恶奔腾的河流，凶险的激流声冲击着耳朵，撞击着我们的小心脏，这个时候要是火车开来了，真不知道要躲到哪里去。不过这刺激的探险，甚是过瘾。

星光时而洒在山谷的火车轨上，时而隐蔽在丛林之上，星空一开一阖，好像它的笑容都是有节奏的。

"Ella，抬头，你告诉我那是空中的云雾吗？"Lucas 兴奋地叫。

"是云朵啊！白色的不是云朵是什么？"我说。

"傻瓜，这是星云，黑夜里怎么可以看到白色的云朵呢？"他们看着我笑了起来。

"夜空中没有月亮，让我们看见更多的星星，而星星们聚集的地方很亮，是星云。"Lucas 说，"在日常生活中，我们有多少时间抬头仰望星空啊？就算看见了，但生活的烦琐让我们无暇欣赏，只有旅行中自由舒坦的心，才会更好地发现身边的美。"

Lucas 跟 Joy 刚刚开始他们的旅行，今年在南美，明年到非洲，他们说："年轻就是任性，30 岁之前不考虑存钱生娃，不考虑买车买房，只想用最年轻的体魄，玩转世界。"他们的生活态度，也是我所追求的人生啊！在 30 岁之前，在自由自在没有太多牵挂的时候，做自己想做的，让自己的青春，无比潇洒。

我佩服他们的想法，他们活在当下，活在梦想中，对未来要求简单，过得轻松自在。回想我们过去的日子，大三就开始没日没夜地考研准备、出国申请、公务员竞争，总是对自己说熬过了这些日子，就会看到曙光，就能走上人生巅峰。然而当我们得到想要的，前面还有更多欲望让人无休止地追赶。倘若我们的付出没有得到回报，我们很容易向"现实"低头，搁置甚至遗忘自己最初的梦想。

幸运的是我可以在这惊险的夜里，在世界的另一头抬头仰望星空，第一次发现空中的星云，思考着我是谁。旅途中用心去装下这美丽的世界，去聆听他人的故事，并不停地寻找自己。羡慕 Lucas 和 Joy，他们知道他们是谁，他们想要什么，对生活的要求简单而清晰，对梦想执着而坚定。

晚上 8 点半我们抵达 Aguascalientes，买好了第二天前往马丘比丘的门票，饥肠辘辘地走进一家将要关门的餐馆。15 新索尔包括前菜、主食还有甜点。结账时，账单上写着每个人要付 4 新索尔的服务费，那实在是太坑爹了，明智的我们每人只放了 2 新索尔。不爽的服务员把 30 块用 0.1 新索尔的硬币找给我，哈哈，他这种发泄不满的方法，我在美国当服务生的时候也应该学习一下。小镇上什么东西都比外面的贵 3 倍，菜市场的大娘开口闭口都是 Money，Money。

第二天凌晨 5 点爬起来，坐上了 5 点半出发前往马丘比丘的大巴，我们爬上山上的太阳之门，欣赏温柔的阳光洒在这座山顶之城，这座 600 年前人类史上的一大奇迹。

这种非主流穷上马丘比丘的方式，你是不是也想来体验一下？哈哈，希望你也能在这里看到星云。

五个智利沙发主

智利，好遥远的国度啊！那里有什么？安第斯山山脚下的圣地亚哥？南太平洋的复活节岛？还是南部三文鱼之乡的蒙特港？

你来智利，是在世界最干旱的阿塔卡玛沙漠看流星？在浪漫温暖的海港城市瓦尔帕莱索轻吻你的爱人？还是在普孔体验高山滑雪、飞速索道的惊险？好吧，如果这些都不是你想要的，那就到这里每天吃海鲜喝红酒，几块面包夹奶油果吧！这个世界上海岸线最长的国家，一定让你回味无穷。

我离开秘鲁后在智利待了 25 天，没有去复活节岛，因为机票太贵；没有按计划多走几个城市，因为对遇到的人太留恋。智利人似乎有一种魔力，让人感觉温暖、自在。

"Ella，不要走，我们需要你。有你在，我们好幸福啊！"Jerson 说道。

Jerson 是我的第 50 位沙发主，身躯瘦小，却是我们的小领袖。在港口城市瓦尔帕莱索海边的山丘上，他和他的朋友们合租了一套西班牙式公寓。被他接待，同时也多了四个沙发主：Mauro、Karli、Freddy 和 Jorge。

他们都是大学生，他们打开家门，迎来了全世界。Jerson 为了学费休学打工；帅气可爱的 Mauro 为了自己的梦想，每天排练舞台剧，他有一个男朋友，希望他们的关系早日得到家人的肯定；美丽聪颖的 Karli 在练习法语，家里来了一对法国沙发客正好成为她的课余陪练；Jorge 是 Karli 的男友，抹上发蜡，像 007 的詹姆斯·邦德；满脸胡须的 Freddy，像一个墨西哥人，也难怪找了一个来自墨西哥的女友。

我们年龄相仿，住在这个家，让我好像回到了校园时光，自由自在。第一晚负责煮菜的是一个来自阿根廷的沙发客，Gabriel，24 岁的他，靠街头卖艺环游世界。大家不要小看这种职业，智利的朋友告诉我，那些在斑马线上表演杂耍的人，每个月的收入高达 3000 美元，相当于一位心理医生的月收入啊！

Gabriel 从深长的布袋里掏出两棵大青蒜、五个番茄、洋葱，还有两袋意大利面。厨房瞬间变得神圣起来，我们谁都不能插手。晚餐 11 点才开始，这时候家里已聚齐所有人，热腾腾的青蒜番茄意大利面摆在每个人的面前。在这里从没有一个人煮一个人吃的"传统"，他们内部已默认了轮流做饭的传统。

公寓在二楼，窄小的木楼梯通往一楼街边的小入口。公寓四房一厅一厨房一浴室，沙发客睡在大厅的睡垫上。因为他们每个人都在 couchsurfing 网站上有个人主页，一口气接待好几名沙发客那是经常的事，像 Gabriel 是 Freddy 的沙发客，我是 Jerson 的沙发客。但不管你是谁的沙发客，他们都已经做好了准备，让你去分享、去体验他们的生活。同时他们也通过你，去了解外面的世界，去了解异国的文化，去了解你。

阳光温柔地洒进来，窗外传来港口的鸣笛声和海鸥的欢叫声，远方是湛蓝的太平洋海面，近处餐桌上金黄的小菊花、火红的马缨花随风摇曳。花香夹着海的味道，连对面的橘子树也想贡献点什么。餐厅在厨房门口的走廊上，海风透过两扇窗户吹进来；望着四周彩色的墙壁，仰望高耸的天花板，眼前的一切好像把我拉进了宫崎骏的动画世界里。

窗外人家院子里的橘子树挂满了果实，果香扑鼻，真有翻墙的冲动。

"Ella，且慢，我们要用文明的方式。走，拿好袋子跟我来。"Mauro 神气地对我说。

大伙也同意地瞪了瞪眼。"咚、咚、咚……"之后，有人开门了。

"请问你们家的橘子卖吗？我们可以帮你摘下来，然后你以市场价卖给我们可以吗？"Mauro 说。

"噢，这样啊！"没穿上衣的胖房东说。

"你看，我身后这位来自中国的小妞，每天看着你家橘子流口水，这对她也太残忍了，干脆我们帮你全部摘下来吧！"Mauro 指着我对房东说。他们用西班牙语交流，我傻乎乎地使劲露牙微笑。

"哦，我们家的橘子不是食用的，不甜，所以你才看到这么硕大的橘子长时间没人摘。"房东冲我笑了一下，然后关上了门。

"没有树上的橘子没关系,午餐来一杯橙汁也不赖。"Mauro 安慰地说道。

周末的中午来了几位朋友,家里一下子塞满了人。午餐由我负责,Mauro 负责弄果汁,其他人都在为这丰盛的午餐忙碌地准备着。看到大家努力的样子,想到过两天我要离开了,为了留住这里的记忆,午饭后我拉大队人马出去拍照,然后在 Facebook 里建立一个相册,共享给照片里的每一个人。这样的话,就算后天离开,也容易一点,不会哭得很厉害,因为我们在 Facebook 还有联系,很紧密的联系。

"今天大家要穿得帅气点,靓丽点,午饭后我们要来一个室外写真哦!"我在饭桌上说。

"大家看镜头,就十秒钟。"

"现在大家从远方跑过来,看到红灯闪得很急,就跳起来。"

"大家可以来一个兔子手势吗……好,一、二、三,茄子……"

"Ella,快来,快门要闪了。"

跟 5 个智利人同居生活了一周,离开智利 3 个月后收到 Jerson 的来信:

Ella, you are one of my best surfers... EVER!!! Although I was your translater, all of us miss you, we remember you every day... Mauro, Karli, Freddy and Jorge... be yourself, always, Because you are so special!! Regards Pan... I really hope to see you again... somewhere!

(Ella,你是我最棒的一个沙发客,同时我还是你的转述人,我们每个人都想念你,Mauro、Karli、Freddy 和 Jorge,我们记得你在这里的每一天。照顾好自己,因为你非常不一样,希望我们可以再次相聚。)

我把这封邮件反复读了好几十遍,眼睛都哭肿了,因为我知道,我

第四章　南美洲——世界尽头的拥抱

143

们彼此都用情很深！这趟旅程真的是超乎想象地感受生活，贴近彼此。

很多人说，沙发旅行，会不会让人感觉寄人篱下，没有自尊啊？其实这些感觉，都是自己给自己的。我觉得每一段感情，都需要达到一个平衡点上，从那个点上发展起来的友谊，才是最简单、最纯粹的。沙发旅行，住在别人家，接受了别人的给予、恩惠，这让我处在平衡点的下面，我要付出，要达到平衡点上。于是给他们做一顿中国餐，也邀请他们的所有朋友过来品尝。

在饭桌上建立起来的友谊，是固若金汤的；在摄像头前的嬉闹回忆，是永恒的。这是一趟有情有义、有血有肉的旅行，因为每个人都用真心去体会别人的真心。

阿根廷的便车之旅

离开5个沙发主之后，我坐了20多个小时的巴士，抵达智利南部三文鱼之乡蒙特港，随后从蒙特港前往阿根廷。从智利这边出境后，汽车需要穿越安第斯山脉的冰雪世界，开车30分钟后才能抵达阿根廷的入境口岸。

因智利、阿根廷这两个国家城市与城市之间距离很大，特别是南部Patagonia地区，城市与城市之间的距离在1000公里左右，路上草原荒芜、土地干旱，城际大巴价格昂贵，因此搭便车在当地也非常流行。

穿越安第斯山脉的冰雪世界，我来到了拥有湖光美景的度假胜地Villa La Angostura，投奔一个在哥斯达黎加认识的朋友Laura。她在Angostura一家五星级度假酒店工作，一年当中有三个月的时间去旅行。旅行期间，她是穿梭南美洲的搭便车狂人。考虑到路途的遥远，为了节省旅费，我打算取消前往阿根廷最南端——世界尽头乌斯怀亚的路线，选择直接前往阿根廷的首都布宜诺斯艾利斯，却遭到 Laura 的极力反对。

"Ella，阿根廷最美的地方在南部，我想你这辈子从来没有如此接近过世界的尽头吧？你将要去的地方，是离你家乡最遥远的地方了，不要错过这个机会。下次你再来一次，那花费会更高啊！"Laura 激动地说道。

从 Laura 那双会发光的眼中，我感受到了阿根廷南部无与伦比的美丽。在她的建议下，我开始了阿根廷的搭便车之旅。离开 Angostura，我前往了有"小瑞士"之称的 Bariloche，几天后我开始了一整天的搭便车之旅，一路往南，抵达高速路边的小城镇 Esquel。

9 月末的阿根廷，寒冬离去，初春降临，气候温和，阳光明媚。Bariloche 的樱花为了欢送这位停留了 5 天的旅客，悠然地落在地上。那天早上我离开沙发主家，坐公车到达前往 Esquel 的高速公路路口，No.40 路高速是 Bariloche 南下的唯一高速。我站在荒无人烟的高速路入口竖起大拇指，仅过了 3 分钟，旁边就停下了一辆私家车。

司机 Felandou 是一位 31 岁的修车工，看他那凸起的肚子，应该是修车店的老板。简单的肢体语言，加上我一些幼儿园水平的西班牙语，我们还是能够顺利交流。司机住在 Bariloche，他的母亲住在南部 120 公里的 El Bolson。通过他，我慢慢地了解到阿根廷的一些故事。

"我的祖父在 1948 年拖家带口地从西班牙移民到阿根廷。在西班牙还有我们的一些亲戚呢！这些年我们还保持着联系。"Felandou 说道，"第二次世界大战以后，西班牙、意大利等欧洲国家人口爆炸，没得吃，很多人只好移民阿根廷，寻找机会。我们这一代土生土长的阿根廷人长大了，希望我们可以给这个伟大的国家、给我们的祖辈带来希望，也愿意为了这个国家奉献我们的全部。"

Felandou 激昂的爱国热情，是网络上、书本上我从没有阅读过的"阿根廷爱国情结"。一路上我们看到很多在路上搭便车的人，其中包括国外背包客、当地人，甚至带着小孩的时尚背包客妈妈。

　　一个半小时后我们来到了 El Bolson，简单的道别后，我拿着行李下车。在阿根廷的礼仪上，朋友道别时会拥抱、亲吻面颊，可是回想以前在意大利第一次搭便车的经历，跟司机热情的道别却换来差点被摸胸的遭遇，我决定为了好好保护自己，以后跟陌生人道别都不能太热情。

　　下车后我在高速路边等了 5 分钟，一辆大型卡车从我眼前经过。我以为没戏，就继续朝着迎面而来的车辆竖起大拇指。"喂，小姐，这边啊！"我转过头去，看见一位大叔正疯狂地朝我跑来，只见他背后停着刚才那辆大卡车。大叔一个劲地向我招手，我笑着往大卡车奔去。

　　我坐在了大卡车的睡床上，车上有两个男人。司机名叫芝士，是一位 26 岁的已婚男人，已育有 3 个小孩。随车人员是司机的堂弟，才 16 岁，他的脸颊上总透着两道可爱的红晕。他们来自阿根廷北部城市，是印第安人。他们开着大货车从北到南，三天后再返回。

　　当我坐上两个男人的大卡车时，还是有点害怕的，害怕他们在一个无人区把我给那个了。但是既然我选择了这种冒险之旅，就做好了保护自己的准备，我不仅说话豪气，在衣着上也够男人，我穿着一件超级霸气的"移动 T 恤"——一件男装红色格子长 T 恤，看上去松松垮垮的，一点女人味都没有。一般搭便车期间，我不会打扮自己。我把头发扎起来，戴上眼镜，给人感觉很粗犷有力，很爷们很 man。出发前我还喝了很多咖啡提神，对司机们我要分享我的食物，尽量不吃他们的食物，所以我的背包里满是用来分享、"搭关系"的干粮。

　　堂弟掏出一根烟，点燃后递给开车的芝士，然后示意我是否也来一根。我想，与其在车内吸入二手烟，不如来一手的。我们每人口叼一根烟，合影后放上微信朋友圈（这样直播旅行的故事，不仅可以让朋友们关注，还能确保自己的安全）。

马蒂茶是阿根廷人的最爱，堂弟在车上用一个火炉烧水，灶具在煤气瓶的上方，用起来十分方便。堂弟打开车窗，把旧的茶叶甩出窗外，倒进新的茶叶，再倒上白糖和热水，每一次三四口就喝完了。他继续倒入热水，然后递给我。因我不习惯跟别人共用茶具，委婉地拒绝了。接着他把茶具递给芝士。当芝士张开嘴正要喝茶时，我看见他那发黄的舌头、满是烟渍的牙齿，真替他担心啊：烟吸太多了。

漫漫长路，为了提神，芝士一直都很亢奋。他有时候对着 call 台跟其他好友司机聊天，有时叫我跟他们讲几句中文。他变得异常兴奋的时候，就会把嘴巴半张开，然后抖动身体。车内绝对没有安静的时候，跟朋友聊完，他会把音乐放得很大声，很 high，然后自己跟着唱。有时候跟迎面而来的火车司机挥手问好，他的动作也很亢奋：手在摆，身体也随之而动。

窗外远处是雪山，近处是草原，风景十分迷人。从 Bariloche 到 EL Boslon 的茂密绿廊，再到前往 Esquel 的荒野草原，我们踏入了阿根廷的 Patagonia 大草原，在短短 4 个小时的车程之内，穿越了两个气候区！

下午 2 点顺利抵达 Esquel，我在沙发主 Danilo 家的路口下了车。给芝士他们留下一张用中文写的感谢卡，便道别了。

随后我经历了 50 天，7000 公里的阿根廷搭便车之旅。离开 Esquel 后，我一路往南抵达世界的尽头乌斯怀亚，然后往北前往阿根廷首都布宜诺斯艾利斯。为了确保搭便车的安全，我必须当天抵达一座城市，休息一天后第三天才开始前往另外一座城市。

阿根廷人非常热情好客，我在"小瑞士"Bariloche 计划前往世界的尽头时，给每一座想停留城市的所有沙发主发送沙发请求，结果第二天收到全部愿意接待的回复。

如果你也有机会在阿根廷来一趟搭便车之旅，重走切·格瓦拉的摩托车之旅，在一望无际的 Patagonia 大草原驰骋，在 El Calafate 的 Los Glaciares 国家公园游逛，在 Chalten 的 Fitz Roy Hill 山上欣赏千年而成的冰川，在世界的尽头做一些疯狂的事，在南鲸鱼之乡 Puerto Madryn 跟鲸鱼、海豹们面对面……这一趟旅行，你千万不要错过了。

到目前为止，阿根廷是我到过的国家中，我最爱的。

在世界的尽头，免费拥抱

阿根廷南部的乌斯怀亚，是世界最南端的一座城市，又名"世界的尽头"。很多人建议我到邮局盖个戳，以表示来到世界的尽头，然而我的方式有点特别：免费拥抱。

"免费拥抱"是给予，是分享，是传递快乐。几年前，在一部我也忘记名字的电影里看到这种快乐的分享。好不容易来到世界的尽头，我怎么也要给自己，给他人留下点什么。

湛蓝的海水，蔚蓝的天，远方连绵的雪山，城市安详地坐拥群山的怀抱。乌斯怀亚是我到过的最美的人间天堂。10月的阿根廷南部，南半球的初春，山上的积雪开始融化，滑雪场也关闭了。天空偶尔很任性，飘下淘气的雪花；偶尔阳光明媚，让远处连绵的雪山银白一片。

下午跟朋友分手后，我走到市中心的教堂乞求力量，因为"免费拥抱"对当地人来说，非常荒诞新奇。加上我这辈子也没有尝试过，要是别人不过来拥抱我，那场面不是很尴尬吗？还没开始行动，内心就各种矛盾、各种犹豫，好像有一群人在拉着我打退堂鼓。但不管怎样，决心已下，我的旅行只为了让故事发生，去做那些我没做过的事情。

7点的乌斯怀亚，天空阴暗起来，零星地飘落着白雪，落地便消失了。走到圣马丁街的一个小广场上，我站在流动的人群中，举着写有"免费拥抱"（西语 + 英文）的牌子，希望拥抱迎面而来的陌生人。

广场上有一群高中生，他们坐在长凳上关注我这位东方"狂人"的一举一动。片刻，一个高中生笑着走过来跟我拥抱，接着他们一个接一个地前来拥抱我，小广场也热闹了起来！

我们瞬间成为街上的焦点，学生们在旁边给我加油打气："快来拥抱中国人！"就这样，我的"生意"一下子火了起来。有专门走过马路，跟我拥抱的白领；有满脸笑容的一家老小；有来回两次，拥抱两次，然后给我巧克力的好心人……拿到巧克力后，我把其中一部分分给这帮学生，没想到得到的声援更多。

然而不是每个人都愿意停下脚步拥抱我。有些人远远地看了我一眼，然后继续往前，我能感觉到他们从我身边走过时的不自在；有些人在近处跟我对视了一下，然后若无其事地继续往前走；有些人走到我跟前，笑了一下，然后离开……

拥抱者中，有两位是我印象深刻的：一位是大肚子"快乐佛"大叔。大叔和他的妻子正要从我身边经过时，看他们没有反应，我就把纸牌子往前推，让他们注意到。他们从我前面经过，双眼死盯着那张纸。等我准备转头时，"快乐佛"大笑起来，张开双臂拥抱我，非常快乐。

第二位是衣着"英伦风"的中年妇女，她和她的友人经过我面前时，眼睛盯着那张纸，试图看清纸上的文字，最后还是直接走过。1分钟过后，她走回来，戴上眼镜仔细看了看纸上的文字，然后大笑，伸开她友善的双臂，我们紧紧地拥抱。

免费拥抱持续了一个小时，那些可爱的高中生也加入，最后很圆满地完成了这次疯狂、难忘的免费拥抱。

独自旅行让我的内心变得敏感而感性，哪怕一个拥抱，一句关心的叮咛，都会温暖我的内心，久久不会散去。作为一名沙发客，在每一座城市都有来自沙发主和他们的亲朋好友的叮咛和关爱。刚开始，我只想通过拥抱来往的陌生人传递这份温暖，分享这份来自中国的快乐问候。然而没想到，拥抱是双方的，展开双臂快乐拥抱时，他们那温暖炽热的内心，也陪伴着我激动紧张的小心脏。这些陌生人传递给我的温暖，在这阴冷的世界尽头，就像一颗会发光的棉花糖，温柔地包围着我。

旅行不在乎有多少个景点没去，有多少种美食没有品尝，在乎的是在世界的每一个角落是否发生了故事，因为我的旅行，只为了感受生活，贴近彼此。

巴西的法国船长

在阿根廷布宜诺斯艾利斯不能申请巴西的签证，于是我前往位于阿根廷和巴西的边界城市 Porto Iguazu，成功地申请到了巴西的签证。世界上最大的瀑布伊瓜苏大瀑布位于巴西和阿根廷的边界，体会了"飞流直下三千尺"的壮观后，我前往巴西的圣保罗和里约热内卢。

位于这两者之间，有一座美丽的港口小镇 Paraty。沙发主 Michel 是一个法国老头，留着白色的长胡须，戴着一顶鸭舌帽，是一位很休闲的老船长，同时他也是沙发客网站上特别有名的明星沙发主。因为他住在帆船上，帆船常年停靠在 Paraty 的港口，他打开家门，吸引了很多沙发客前来体验他的海上生活。八年前他卖掉所有的家当，离开法国到加拿大买下这艘已经环地球一周的二手帆船。

还有另外一名沙发客正乘坐皮艇，前往他的帆船。

"船长，这艘船要多少钱？"我随便问问。

"你这是废话，那你告诉我，你未来的丈夫值多少钱？"Michel似乎很认真地回答。

Michel总叫我Sister，他的帆船比日赚1000美元的德国男生David的还要大一倍，帆船内部宽敞舒适，有小客厅、厨房、三个小房间。到达帆船的第一个晚上，我给他们煮了红酒牛肉。也许法国人天生慢性子，我也学着煮一顿饭要3个小时。

在饭桌上，Michel满是忆青春，我们跟着他，穿越40年的时光去了解那个时代的他。这位法国老顽童66年来的故事，精彩绝伦，堪比好莱坞电影。时间追溯到20世纪50年代，在法国的一个海港小镇上，有一个小男孩被他的爷爷扔到船上，当他的助手，爷孙俩开始《老人与海》般的海上生活，那个小男孩就是Michel，那年他仅有10岁。

在一次车祸中他失去了未婚妻，Michel独自从瑞典回到法国。26岁的他跟朋友做起了生意，他和搭档向一位朋友借了15000欧元，在德国的一个拍卖会上拍下10辆大型军用越野车。回国后以15000欧元卖出其中一台，他把钱还给友人。随后他们做起旅游生意，开着装满乘客的9辆大越野车，从法国一直往撒哈拉进军，然后绕路返回巴黎。

他们挣钱的点子很多：经过一个村庄时，把银块交给当地的居民，让他们手工制作银饰品。返程时把饰品带回巴黎，就能卖出个好价钱。几年后一位博物馆馆主聘请Michel的探险团队前往撒哈拉沙漠，搜寻当地的绘画艺术作品。历时9个月的探险，他们得到很多回报。随后又有一家博物馆聘请他们重回撒哈拉沙漠，寻找恐龙化石。结果8个月过去了，在艰苦的环境下，一名队员死去，大伙无功而返。

"在干旱的沙漠里，我被建议不要白天喝水，水分的蒸发让身体更加容易缺水，水要留在晚上喝。然而撒哈拉沙漠早晚温差很大，白天高达60℃，晚上就会降到0℃，我们只好喝冰水。"Michel笑着说，眼里满是回忆的影子。

回到巴黎后，一位 BBC 记者联系他。于是他们的探险队再次从巴黎出发，一直开到印度的东北部，喜马拉雅山脚下，途中记录当地人的生活状况。拍摄结束后，车子不能再跑了，在某个晚餐时分，他们绕着车子围成一圈，悠然地吃喝聊天，一名印度男子有预谋地一把火把 9 辆越野车烧成灰烬，事后 Michel 得到一大笔保险费。

20 世纪 70 年代的法国，有一个出色的旅游项目搞得热火朝天：一名冒险家跟银行合作，银行把他的旅游项目宣传得家喻户晓。他租了一辆飞机，把法国第一个城市第一批游客送到希腊的雅典，然后空机前往法国第二个城市把该城市第一批游客送到希腊。接着把第一个城市第一批乘客送回原城市，并把第二批乘客送往希腊……他们还租用当地的好几家酒店。冒险家雇用了 Michel 作为这个项目的主要负责人。但好景不长，由于低廉的价格，参团人数暴增，业务失去控制，最后以失败告终。

冒险家意识到电脑系统的力量，支持 Michel 前往美国旧金山学习电脑信息技术。学成后，Michel 回国开了一家电脑信息技术公司。直到十年前，他的妻子离世后，Michel 放弃了法国的一切，买了这艘帆船度过他的余生。他有一子一女，都已经结婚有了家室，他们经常视频聊天，好像他们这一家人只是住在隔壁。

"回头看我的一生，没有错过人生的火车，都牢牢地抓住了。现在这艘船缺一个女主人，为此，下一站就是哥伦比亚了——哥伦比亚的女子身材火辣啊！" Michel 有点醉意地说。

"不要错过人生中的火车，要抓住一切能让你通向自由幸福的机会。"他接着说，"孩子，有目标就追吧！牢牢抓住你身边的机会，间隔年给你带来的成长将会超乎你的想象，你将一辈子受益。"

我们看着满脸通红的 Michel，都笑了。然而他的话充满正能量，这无疑是用他一辈子的经历，给我们这些后辈的告诫。他是一位智者，像我的爷爷，他们诉说故事，诉说过去，分享人生，去给予听者力量。

旅行生活跟日常生活的不一样在于，旅行时可以用一颗自由的心，一颗抛开现实社会烦嚣的心，去感悟世界，感悟生活。

什么是自由，什么是生活？当你每天早上起来挤公交、挤地铁或者作死地按下喇叭的时候，在地球的另一端，有一个人在这样地生活着：他有一艘帆船，生活在船上。有顾客的时候，出海转一圈回来，完事后直接收钱。他是"环境保护大使"，船上能源消费全部自给自足：张开帆布，收集雨水饮用；太阳能板提供足够的电量；无人岛上的天然水果、野生蔬菜有丰富的维生素。想要换一个城市，只需扬起风帆即可出发。

"世界杯期间，我会把帆船驶到里约热内卢，看完球赛后，就可以直接回家了。"Michel 神气地说道。

一品红娘

离开中国前，我买了 15 个小而精致的中国结，想在世界各地寻找 15 个爱情故事。然而没想到，在最后一个爱情故事里，我成为他们的牵线红娘。

Alex 是我在巴西里约热内卢的沙发主，30 岁出头，高大壮实，是一名 IT 精英。他住在巴西最大的球场马拉卡纳附近，家里两室一厅，非常干净整洁，因为家里连一张沙发都没有。

Alex 告诉我，一年前他跟前女友分手后，家里就空荡起来。然而他们彼此从没有离开过对方的生活，Alex 房间里一直挂着他们到阿根廷旅行时的街头画像。周六，Alex 的前女友 Nathalie 邀请我到她家做客。门一开，一张天使般的笑脸迎面而来，我顿生欢喜。

他们知道我对里约的贫民窟很好奇，但是考虑到我的人身安全，他们决定陪我前往。我们深入 Nathalie 公寓背后的 Catete 贫民窟。上山有两条路，一条是马路边上的千步阶梯，另一条是远处可以通车的斜坡马路。为了安全，我们选择了后者，10 分钟后走到半山腰，眼前堆放着长久没人清理的生活垃圾，臭气熏天。山顶上两个警察站岗，有他们在气氛显得十分紧张。Alex 不停地给我讲述贫民窟里的犯罪案件：贫民窟里毒贩密布，毒品交易非常猖獗，抢劫案件常有发生，特别是外国人，更易引起他们的注意……

看到山顶壮观的景色，我拿出相机拍照。这时 Alex 张开黑色大衣挡在前面"掩护我"，我连拍了几张照片，赶快收好相机继续往前。远处的天空白蒙蒙一片，走在山顶贫民窟的主街道，感觉我们游荡在天空之城。起伏的主街很短，街道旁的房子都是两三层的矮楼房，主街终点是通向各个小巷的入口。

巷道很窄，没有规律，有的只能允许一人通行，有的可以两三个人并排着走。巷道蜿蜒曲折，窄小不见光。一条巷道里有好几户人家的大门，煮饭的味道、炒菜的油味扑面而来，像大杂烩，分辨不出各自在煮什么。我们穿梭在"蚂蚁穴"里，忘记了方向。来到一个下坡口前，各自留影后原路返回。

经过第一次紧张、刺激的三人"探险之旅"，我们的感情立马升温。为了留在里约过一个火辣的圣诞，同时也为了让下一站非洲的旅行增添一些旅费，我决定留在里约一段时间，做中文家教。Alex 和 Nathalie 双手赞成，他们也在 Facebook 上帮我做宣传，Nathalie 更邀请我搬过来跟她住在一起。

为了答谢他们的帮忙，我做了几道中国菜。50 天的阿根廷便车之旅，我的厨艺大增，中国菜从原来简单的番茄炒蛋，升级到红酒炖排骨、咖喱鸡翅、扬州炒饭……

经过四天的相处，慢慢地我能感觉到 Alex 和 Nathalie 之间那强烈的爱意，他很爱她，可是他又那么害怕给予她一个承诺。而 Nathalie 也希望他可以正视他们的感情，给予一个肯定的许诺。他们就这样，在各种不确定中，度过了一整年。

我想，既然他们这么爱对方，我必须做点什么，让他们可以经常聚在一起，让 Alex 大胆地去抓住 Nathalie 的手，说："我们在一起吧！"

于是，我这个红娘开始"蓄谋策划"，让他们都看清彼此的心，肯定彼此的爱。在搬离 Alex 的公寓时，我给他留下了一张明信片，上面用中文写下我对他们的祝福，以及一个秘密，我笑着对 Alex 说："我不会帮你翻译上面所写的东西，你家楼上楼下这么多中国人，找他们帮你吧！"

我搬到 Nathalie 家的第二天，也就是 2013 年 11 月 27 日，是我环球旅行第 500 天的特殊日子，他们为我准备了一个简单而温馨的派对。Alex 下班后跑到蛋糕店亲手做了三个可爱的小蛋糕，上面还插着"500"的数字。Nathalie 用了整个下午准备一顿可口的晚餐。

那是一个爱意满满的夜晚，因为在世界的另一头，有人陪着我，如家人一样为我付出，替我开心，送我祝福。尽管我们才刚走进彼此的生活，但我能在这长长的旅途中收获这份纯真的友谊，是我的福气啊！环球 500 天也许只是一个数字，但这个数字已经有了她独特感人的"心情"，以及这辈子难以忘怀的情谊。

Nathalie 是一名在读博士，白天在家写论文，晚上 6 点到附近一家健身房锻炼，11 点才回家。我给她煮了一个星期的中国晚餐后，她神奇地发现自己瘦了 5 斤，这个帖子在 Facebook 一上传，引来更多登门拜访的朋友。从此我成为她社交圈中的小名人——会煮饭的中国女生。

住在 Nathalie 家的那段日子，我们是无话不聊的闺蜜好友，这话题当然离不开 Alex。同时 Alex 通过我，得到 Nathalie 许多最新情报。每逢周末，我们好友三剑客，混迹在各大酒吧和派对活动中。有我在的这段时间，他们俩的感情火速升温，我的镜头总能抓住他们最亲密的瞬间。

里约总是大雨连绵，从早上一直下到中午，午后便是炽热的阳光，这种巨大的反差，也许只有在 12 月的里约。我决定留在里约待一段时间后，每天走访很多中国公司，但遗憾的是，由于我停留的时间太短，没有公司愿意聘用我这样的临时工。还好 Nathalie 介绍的朋友有兴趣学习中文，但他的基础比较薄弱，我只能简单地纠正他的发音，剩下的就让长期待在这里的中国朋友接手了。眼看找工作的事情已经折腾了 2 个星期都没什么进展，于是我买好飞往非洲的机票，决定提前开始我的非洲之旅。

在离开里约前，我把象征着爱情的中国结送到他们手上。Alex 感动地抱着我，轻声地在我耳边说了一句："谢谢你，我知道你那张明信片中的秘密了！"

"经过这几天的相遇、相处，我发现你和 Nathalie 是天生的一对，她曾经跟我说过，你是她的唯一。这么好的女孩，千万不要错过。希望下次见面，是在你们浪漫的结婚典礼上。"

Alex 紧紧地抱着我，我想他已经知道了 Nathlie 的心意：非君不嫁，更重要的是，他看清了自己的内心，为爱勇敢一次。

离开的那天，里约下着大雨，我背起背包。害怕我忍不住大哭，所以不让 Nathalie 送我下楼，在家门口直接跟她道别了。我走到电梯门口，强忍的泪水终于忍不住，刷的一下全蹦了出来。这时，抽泣声从我右手边传来，只见 Nathalie 穿着拖鞋出现在房门口，两眼汪汪地目送我走进电梯。

过去的半个月，我们走进彼此的生活、彼此的内心、彼此的梦想，都在为对方付出，不计回报。三个人的感情，已经不是普通的沙发主和沙发客之间的感情，而是一段真挚的跨国情谊。因为只有真诚，感情才可以永恒。

因为 Facebook，他们一直关注我的旅行。有一天，我接到 Nathalie 的来电，说 Alex 搬新家了，他们也确定了关系，重新住在一起。"新房子有三个房间，"Nathalie 说，"有一天，Alex 在粉刷其中一间时，他很自然地问我，不知道 Ella 喜欢什么颜色的墙壁呢？"

Nathalie 的话一落，我们俩都不由自主地湿润了眼眶。而这时，我们已经一年没见面了。

因为有 Alex 和 Nathalie，里约对我很重要，像纽约一样，如生命般重要。因为在那里，住着我这辈子很重要的朋友。

也许未来我回到现实社会中，因为生活、工作的压力，这样的感觉会越来越少了，但我知道，我一定是第一个有这种感受的人。像我这样的人，真的可以当一名红娘啊！

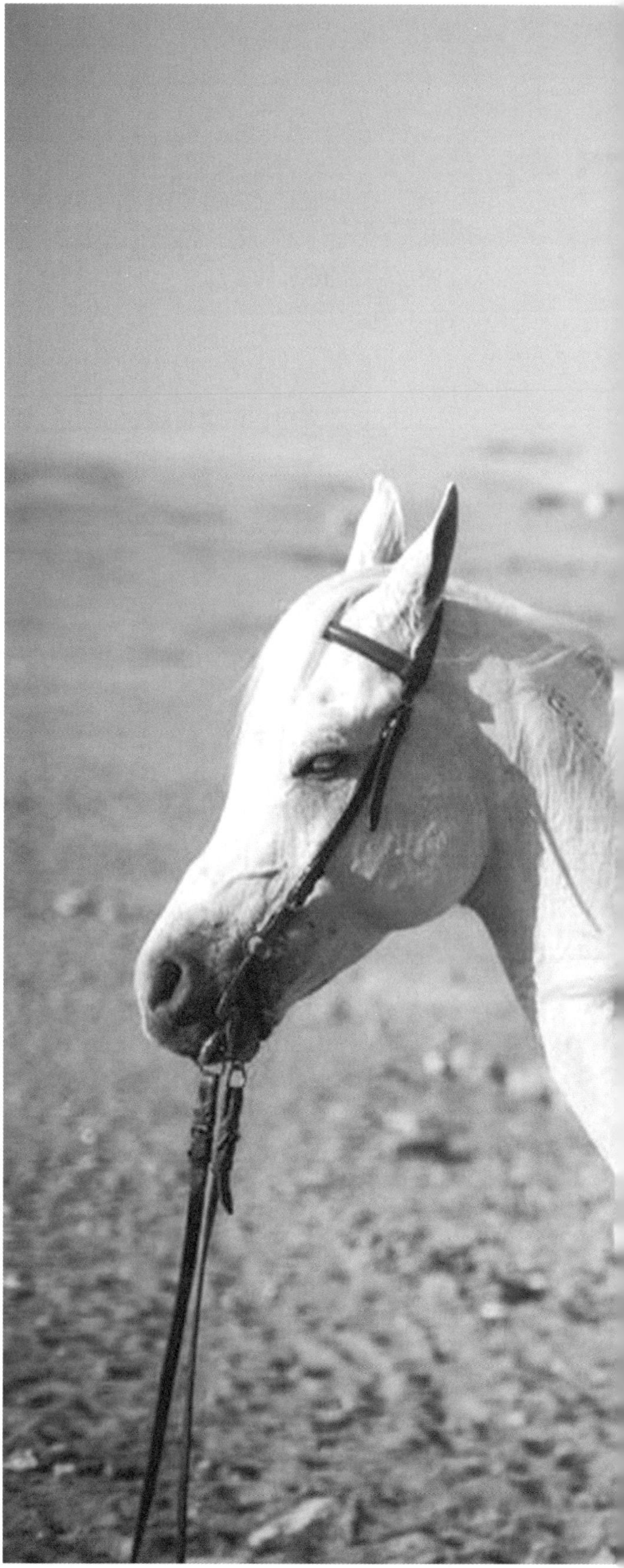

5 第五章
FIVE

非洲——
金字塔前，嫁给世界

桑岛故事集

在驻阿根廷和驻巴西的南非领事馆都拿不到签证，我只好从能够拿到落地签的非洲国家开始。在网上搜索了非洲的好去处，坦桑尼亚排名第一，不仅可以看到动物大迁徙，还有最美的天堂岛屿——桑给巴尔岛。我在岛上待了6天，巨大的人文差异，跟我以前在电视、网络上了解的非洲很不一样。

中国人在非洲

中方在坦桑尼亚的投资很多，设有中石油、中铁等中资企业。从中华人民共和国成立后周恩来总理频繁出访坦桑尼亚开始，就对该国提供很多技术援助。在桑给巴尔岛的沙发主小张，是中铁的一个新员工，刚毕业便来到这块非洲大地，挥洒他的青春。小张早上开车接我到累斯萨拉姆码头然后前往桑给巴尔岛，上车时我忘记了佩戴安全带，被一个大汗淋漓的女交警给拦住了。

小张各种软磨硬泡，但还是以失败告终。女警拿走了小张的驾驶证，并处罚15000先令。"他们的薪水本来就不多，每个月就那么20万～30万先令（约合人民币760～1140元），这是很好的赚钱机会，他们不会轻易放过的。"小张镇定自若地说。才来三个月，他已经摸清了坦桑尼亚人的喜好：有钱能使鬼推磨。

前往桑给巴尔岛的快艇有不同等级的座位，价格在20000到35000先令（这是当地居民的票价，游客价格翻倍），2个小时后我抵达桑岛。一下船，一团"混乱"迎面而来："小姐，需要打车吗？""先生，要找房吗？""先生小姐，需要苦力吗？"这种拥挤的感觉，好像把我拉回了广州火车站，只是眼前的人是黑色的。

小张的黑人司机前来接我们，他接过我的行李后，带我们走到街边停放小汽车的地方。我们发现车的一个前轮被上了锁，一个看似掌控这里的神气的胖黑汉子走了过来，抖抖鼻孔说："管理费300先令。"我们还没反应过来，他就跟其他将要离开的司机要钱，看来他的生意很不错啊。"路边是公家的，不属于个人。但面对这种完全不能说理的情况，只好交一点小钱了事。"小张在旁边一边付钱，一边说。

10分钟车程后我们来到了中铁位于桑岛的基地，黑人们手拿配枪把守着门口，进门左手边是基地的办公室。一下子看到这么多中国人，我的内心有种说不出的兴奋。晚饭后，大伙紧张地排练，因为今年平安夜，基地里所有员工将要前往达累斯萨拉姆的总部，一同庆祝圣诞、新年的到来。

员工有8男4女，有今年一毕业后就过来的，也有来了好几年的，从他们欢乐的笑声中，我发现，他们已经是一家人了。

桑岛的孔子学院

抵达桑岛的第二天，小张带我参观了桑岛的孔子学院。
"在桑岛，一天会下四五场太阳雨。"小李憨笑着说。
小李戴着一副眼镜，文质彬彬，两个月前被派到这里担任孔子学院的院长。我们站在孔子学院的门口，太阳依旧狠狠地照亮了我的前额，屋檐外稀稀拉拉地奏起了乐。

孔子学院的学生都是当地年轻人，年龄从 18 岁到 30 岁不等。课堂上，来自中国的男老师生动地教他们读数字和百、千、万，然后用简易图画教他们身体部位的中文拼音。汉字对他们来说有点难，老师也只能从简单的拼音开始。

老师请了两个男同学到黑板前演示，其中一个同学指手画脚地说："这是我的头，这是我的嘴，这是你的鼻子，这是你的眼睛。"学生们都很认真，课堂气氛也很活跃，每个人都认真地盯着黑板、盯着老师，生怕错过任何一个知识点。

可是他们的迟到率严重，11 点上课，不迟到半小时是不正常的。"这就是桑岛，人们守时率很低，建议下次上课的时间提前半小时，老师按照原来时间前来就好了。"坐在我前面的小李开玩笑地说。

课后跟学生闲聊时，我惊讶地发现他们对中国是那么地憧憬。

"我希望在孔子学院毕业后，可以前往中国读书，然后，商机就在那里了，人生从此改变。"一个黑人男生说。

"不，我喜欢中国女生，希望娶一个中国女人当我的第一号老婆。"另外一个比较帅气、健谈的男生说。

"什么，你会娶四个老婆？大哥，中国女生绝对不会这样委屈自己的，绝不会跟别人分享你的钱袋，还一下子再来三个，你的想法还真伟大。"我有点不客气地反击，为他话里的四个女生抱不平。"你能接受你的老公有其他三个老婆吗？"我对一个相对年长的 26 岁女生说。

"我可以接受啊！因为这是我们伊斯兰教的传统，我们祖父辈都是这样的。"女生理所当然地回答道，其他三位也点头表示赞同。

"对，没错，今后结婚，在家里我是老公，我是主，是经济来源，老婆们都需要听我的话！"帅气小伙子豪气地说。

桑岛 99% 的岛民都是穆斯林，女生戴不戴面纱，取决于他们家庭的严厉程度。学院里的女学生都不戴面纱，大部分女生都非常健谈。坦桑尼亚因曾被英国人"保护"过，所以该国的英语很流行，尽管官方语言是斯瓦希里语。学生们的英语都很给力，这让我更加了解桑岛年轻人的想法、人生观、价值观。

小李中午采访了一个从这里毕业，然后被派到中国学习的桑岛小伙子，小伙子在给中国近期的一部电视剧配音，然后在坦桑尼亚的电视台播放，听说是由宋丹丹主演的一部新电视剧，今晚将会播放最后一集。小伙子手拿 iPad，一个黑色商务背包，装扮十分得体，他的收入应该不少。

"中国给坦桑尼亚的援助，甚至比非洲其他国家的还多，这是中国的长远策略啊！"小李看着孔子学院旁边的中国江苏医疗队驻扎的医院说道。

"非洲的年轻人这么憧憬中国，我想对他们来说，中国是天堂吧！"我笑着说。

非洲廉价劳动力

"小张，在这里开一家中国超市吧，生意一定红火。"在前往岛上行政中心的路上，我对小张说。

"人们的工资普遍很低，消费力不足，东西卖不出去。普通的打工仔，一天的工资也就 3000～5000 先令，合人民币 20 元左右。"他边开车边说。

在桑岛的石头城转了两天，我发现很多欧美游客都有一个黑人跟班，他们既是导游，又是帮忙提东西的人。桑岛石头城里的艺术品很多，非常特别，价格又不高，很多游客在这里扫货。

众多艺术品中，色彩明快的绘画作品尤为受欣赏。然而在石头城里逛了很多卖绘画作品的商店，我发现画种差不多一样：有的描画非洲动物，有的描绘马赛族生活，还有的描述石头城巷道景色。

"为什么这里每家店的绘画差不多呢？"我问其中一家店的老板。

"因为成画时间很短，像画马赛族、动物的作品都是很简单的。简单的构图，加上色彩拼搭就完工。"老板说。

"假如你们卖一些另类一点的，不是很好吗？"我挑了挑眉说。

"这里所有的绘画价格都很便宜，游客喜欢这些。如果你画其他另类的作品，时间长，成本高，价格贵，客人是不愿意买的。"老板一边说，一边指着墙上的画。

似乎，非洲就是一片廉价的土地，艺术也跟着廉价。

我参观石头城的黑奴市场，6000先令包门票以及一个专属导游。我的导游 Peter 很称职，英文也特别流利，我们首先参观了囚禁黑奴的地下室，然后走到黑奴拍卖的地方（现在改建成教堂）。我们坐在教堂的讲坛边上，他指着讲坛说：

"讲坛的原址种有一棵树，当年的黑奴就被绑在树上，然后被狠狠地鞭打，忍耐力强的黑奴就会被卖个好价钱。"Peter 很轻松地跟我说道。

当看到他那轻松的表情，我反而有点不自在，因为过去那些摧残人性的历史罪恶，是不应该用轻松的口吻去解说出来的，而且那些人还是他的祖先呢。在这里我得不到答案，我要把《黑奴贸易史》看一遍才能更加了解。

"那女黑奴如何被卖掉？"我皱着眉头，表示对黑奴们的同情，小声问道。

"女的全身涂满油，排成一列，赤裸地站在树前，由买主来挑。身材好的，一般会被挑选做性奴。"Peter 小声回答。

"就算现在,岛上也有一些女生愿意背弃她们的宗教信仰,用身体养活家人……还有,你知道吗?岛上有不少欧美女生,她们来这里也是为了寻欢。晚上在港口广场上,有很多这样的男子……"Peter 跷着二郎腿接着说。

有一天小张带我到乡下收集榴莲,12 月份是榴莲的好季节啊,那四溢的香气闻起来就提神。汽车经过山下,这里绿树成荫,大树下一群成年男子在悠闲地乘凉聊天。

"这里的黑人都特别休闲,也懒。他们每天就这样晒晒太阳,也不去挣钱,饿了吃几个果子就饱了。"小张说,"这个国家的工业不发达,政府也不能提供更多的就业机会。男子没事干,也不想每天待在家里面对一家老小,所以都无所事事地在外面打发时间。"

目睹这些黑人的生活,我还不能清楚地知道,他们在想什么。我只好离开桑岛,找一个黑人沙发主,去体会他的生活和梦想。

黑人沙发主

马汀是我的第一位黑人沙发主,来自乌干达,25 岁,憨厚老实,皮肤乌黑,牙齿雪白得让人羡慕,请他做黑人牙膏的广告,一定会非常吸引观众。几年前因不满乌干达政府的压迫,他和大部分乌干达年轻人一样,前往坦桑尼亚寻找就业机会。

他的出租屋位于达累斯萨拉姆市郊,一排瓦片平房中的一个小房间,白天热浪沸腾,闷得发慌。平房前是一个杂草丛生的小庭院,厕所浴室在庭院的一个角落。房间 10 平方米不到,放着一张硬板床,一张用旧的沙发,一张煮饭用的桌子和瓦斯炉,门后一个大水桶。马汀每天早上都要出去提水装满水桶,这是全天的生活用水,不仅煮饭洗衣服,连上厕所洗澡都用这些水。

房间虽小,但整齐洁净。马汀除了接待我,同时还接待了一个来自波兰的男生。从来没有遇到如此热情好客的乌干达人,每天晚上,马汀会亲自给我们整理床被,波兰男生睡在他的木床上,我睡在一张大大的睡垫上,而他却睡在凹凸不平的沙发上。晚上蚊子多,睡觉前他会拿着电蚊拍使劲地挥舞,直到再听不到"啪,吱……"的声音为止。

刚开始,我对他的热情抱有怀疑和不安,在想他会不会用这种方式,暗示什么?例如,我们需要为他的服务付点小费,或者我们需要给他点什么帮助。但相处了几天后,我发现他的眼中,只有付出的快乐,没有索取的欲望。他对生活从不抱怨,而是充满了期待。

在坦桑尼亚旅行遇上圣诞节,相当于在国内遇上春节。我买不到车票前往乞力马扎罗,只好留在马汀家过圣诞。平安夜,我给大伙做了中国晚餐,晚饭后,我们坐在平房前,仰望着星空,一边拍打蚊子,一边畅聊梦想。

"嘿,马汀,你的梦想是什么?"我问。

"哦,我只想到欧洲挣点钱,回来买地盖一排这样的平房,每个月单靠租金,我的生活就可以过得很自在。"马汀用手指了指身后的平房。

"盖这样的平房(一排有6个房间,分租给6户人家,厕所、浴室共用),要多少钱才行?"我问。

"需要6000美元,如果用这笔钱,开一家卖水的小卖店也不赖。不要小看这样的小卖店,它利润很高,非洲严重缺水,水在这里永远都有市场。有了钱,我可以结婚生子,日子会过得很滋润。总之,在坦桑尼亚你只要有6000美元,就可以养活自己一辈子,还包括下一代。"他说。

"6000美元是一位纽约朋友治疗近视的激光费用,是一位法国朋友跟团前往南极洲的团费，是一间中国公寓楼3平方米的价格，真没想到在这里区区6000美元能有如此大的威力。"我说。

"我每个月的工资仅有100美元，然而房租就占了80%，每个月的所有开销就只有20美元了。这里就业机会很少，工作难找，人们每天就为了填饱肚子而活，过着有上顿没下顿的日子。梦想对我们来说，是奢侈的。"马汀叹着气说。

马汀是一家私营企业的市场营销员，他有一个来自意大利的女朋友，一个月前他辞掉了工作，等待着波兰的申根签证，打算在女友和波兰沙发客的帮助下前往欧洲打工，苦挣6000美元回非洲创业，开始有梦想的人生。

"不管我在外面挣了多少钱，我一定要回到非洲，这是一片充满热情，感情纯朴的土地。外面的世界很复杂，人与人之间纠缠着各种利益关系，那不是我想要生活的地方，我只想平凡地、简单地在这片土地上过我的一生。"马汀说。

我心头突然一热，惊叹马汀说的话。

我一直不理解，非洲人民这么穷，为什么有的人可以这么快乐。他们的快乐不像古巴人，古巴人的生活一直停留在20世纪80年代，跟外面的世界没有联系，加上社会贫富差距很小，所以古巴人的快乐是没有对比的快乐。然而非洲的年轻人有Facebook，有YouTube，也有Google，他们了解外面的世界，他们知道非洲跟欧洲的差别，非洲跟中国的差别，但他们的笑容依旧有一种人类原始的纯洁，一种原始的神韵。他们的快乐是天生的，是这片土地赋予的。

在桑岛，我不了解黑人们的世界，但体验了3天拍蚊子的生活、3天被如此热情接待的生活，从马汀身上，我发现：原来，梦想可以这么简单，这么清晰，这么让人具有行动力。

别样的 25 岁生日

中午时分，在前往坦桑尼亚北部城市 Tanga 的巴士上，一个小黑哥在销售热气腾腾的玉米棒。这是一桩好生意，大家 6 点上车后就没吃过东西，玉米棒瞬间成了人间美食。

旁边在啃玉米棒的姑娘，嘴角边上的黄色玉米上下移动，很是性感；前面的一家人，哥哥拿过玉米棒，把它们掰成小块，分给一、二、三弟，四、五、六妹；后面的小黑哥用力推开车窗，剥开第二根玉米……大家有滋有味地啃着，虽然玉米不甜，仅撒了点儿大颗的盐粒，但每个人心里还是乐滋滋的。爱上旅行，她好像把我带进了电影世界，带进那些我过去憧憬的画面里。

下午 2 点抵达 Tanga，一到车站我就被 Johnson 接走了。开了一个小时的车来到了度假胜地 Pangani。Johnson 是我在乞力马扎罗山下小城 Moshi 的沙发主，他是一名摄影师，同时也是一家 Safari 旅行社的老板。他受朋友的邀请，给他们位于 Pangani 的度假村拍摄一组宣传照片。

我和五个马赛族的帅哥成为他的模特。为了答谢我的友情演出，Johnson 决定给我一个别样的 25 岁生日礼物。

生日那天早上，Johnson 于 7 点半准时发动越野车的引擎，我和其他三个朋友拿着大包小包冲出房间，开始了前往乞力马扎罗的冒险之旅。

早晨，阳光柔和，草原上的孩子们出来提水。此时要是你开车经过，看到前方头顶一桶水，缓慢前行的小女孩，请放慢车速，免得让飞扬的灰尘弄脏她的水。草原上的村庄，没有电力进村，村民的生活依旧很原始，房子用茅草或者泥土搭建。

Johnson每次探访村庄，都会带上瓶装水、糖果、运动服、球鞋，以及孩子们热爱的足球。车行三小时后，我们经过一个村庄。中午很热，家里没有电，更不要说有风扇，村民们都聚在大树下乘凉。我们下车后，孩子们一拥而上，伸手要糖。其中一个年轻的小伙子，突然好像迈克尔·杰克逊上身，舞动起来。舞蹈持续了5分钟，Johnson暗地里递给他5000先令（约合人民币19元），我们就上车离开了。

在前往Moshi的高速路上，Johnson拐进了一条小路，颠簸了半个小时后，我们来到一个大湖边上。站在平阔的草原上，远看乞力马扎罗山顶上的积雪，湖上云彩阴晴变换，惊起的飞鸟回归岸边。此情此景，已经是最美丽的生日礼物！

草原上放羊的马赛族小孩，看着这辆来路不明的越野车，既好奇又害怕。我们慢慢靠近他们，可是他们一下子跑得很远，确定安全距离后，再转头看我们在搞什么。Johnson从后备箱拿出了一些足球和耐克足球鞋，大声对着孩子说："要一起踢足球吗？"

孩子们看见这友善的举动，纷纷放下他们的羊群不管，跑过来跟我们一起踢球。小男孩接过Johnson的足球鞋，激动地立马换下他们的黑色橡胶鞋。这一幕深深地打动了我们：新世界的商业产品，穿在依旧过着原始生活的孩子们脚上，跟他们身上的红色布块（马赛族的着装）搭配着，感觉有点突兀，但视觉冲击强劲。世界原本大同，却因为历史地域的原因，出现各种极端的差异。我想，Johnson的举动，是为这些差异尽自己的一份力量，不大，但能让别人开心、自己快乐。

越野车沿着湖边开去，20分钟后遇到一个"盛会"，一群村民齐心协力拉渔网，等待鱼儿的大丰收。好奇的我们，脱下鞋子，加入其中。渔网很大，两边要十几号人才能把它缓慢拉上来。

鱼儿上来后，妇女们一字排开，神速地把卡在渔网上的小鱼"救出"，放在各自的桶里。村民们看到一些外来访客如此"热心"，大为赞叹，都争相跟我们合影。然而在非洲旅行久了，我知道他们是因为爱镜头下的自己，这机会难得啊！

抵达 Moshi 之前，我们经过一片甘蔗园。园区很大，车径直行半个小时才能离开。"这片甘蔗园属于一个马来西亚商人，种植园的出现，给附近的村民带来很多就业机会。园区里有学校、公园，还有公寓楼，像一个小镇，配套设施齐全。你们看远处的一片正在焚烧的甘蔗林，那是机械采摘前的准备工作。简单加工后的甘蔗，会运到南非……"

路边随风摇曳的甘蔗林在奏响着大自然明快的交响乐；夕阳下，穿着彩衣的老人在捡树枝……窗外处处精彩，窗内的我们经历了一天的路上惊喜，终于安静下来了。

晚上在乞力马扎罗山下的一家餐厅里，朋友们给我唱了 5 种不同语言的生日歌，我吹灭蜡烛，在异国他乡，在充满祝福的非洲，度过了 25 年来最精彩的生日。

我曾经对 25 岁生日的自己想过很多种可能：我可能是一个人的妻子，一个孩子的妈妈；可能是一家公司的管理人员；可能在某个领域有自己的小突破；也有可能实现了自己"白富美"的白领生活。但我真的没想到，我的 25 岁是这么的不一样。

离开中国前往美国时，我不知道自己能否把世界转下来，能否实现环游世界的梦想。但我知道，只要我勇敢地踏出第一步，所有事情都会一环扣一环地发生，梦想就这样一步一步地实现。能在 25 岁时，完成我的环球梦想，那是最大的生日礼物，也是我这辈子引以为傲的事情。因为她是我这么多年来一直怀抱的梦想，只是没想到我可以在年轻之时，在我最美的青春时光中，跟全世界来一个切切实实的大拥抱。

每个人的一辈子都有很多种选择，但是不管是什么样的选择，我认为都是上天给自己的最好安排。如果你现在想要改变，那么就勇敢地踏出第一步吧，我想这也是上天给你的最好安排，然后你就朝着自己想要的生活努力、折腾、奋斗，享受这追梦的过程，直到把梦想实现。

行骗沙发客

来到非洲，很多人都希望能跟非洲大草原上的动物一同驰骋，尽管活动费用很高。我也想，但是我很犹豫，毕竟旅费有限。Safari 旅游业在坦桑尼亚、肯尼亚很热门，利润大得惊人，连欧美的探险家们也来这里分一杯羹。

Johnson 曾经在一家德国人开的 Safari 旅行社当了好几年导游，了解这一行的潜规则。后来他的客源多了，便跳出来开自己的 Safari 旅行社。

"我希望打破欧美人在这一行业的垄断，尽管其中的阻碍也非常大——Safari 市场主要针对欧美游客，游客们都不太愿意把钱交给一个非洲黑人，但我们当地人也会做得很出色。"Johnson 说。

"尽管公司规模不大，仅有 6 辆越野车，可是净利润非常高，一个游客一天 200 美元，一般一个团需要 3～5 天，一个游客就收 600～1000 美元，但用在游客身上的钱，并不多。既然要支付差不多的钱，就一定要找专业的 Safari 旅行社，不然就会被坑了。"Johnson 坐在大厅里的沙发上跟我分享这个行业里挣钱的秘籍。

离开 Moshi 前往阿鲁沙，沙发主 Walter 跟他的友人 Remon、另外一个沙发客 Jim 一起到车站接我，这份好意，让我既惊喜又怀疑。我们三个人坐在出租车上，兴奋地聊起新年的计划。

> 就这样，
> 我睡了全世界的沙发

"这个新年，我们要和动物一起过。"坐在我旁边的 Remon 说道。

"很好，这将会是一段难忘的经历。"我激动地说。

到 Walter 家把行李放下，他们直接把我和另外一名沙发客带到一家咖啡厅。咖啡厅在阿鲁沙市中心，很有名气，客人大都是欧美游客。

"明天我们就开始为期三天的 Safari 之旅，现在给你们的价格是这个，怎么样？"Romen 坐在我和 Jim 前，指着纸上写着的"$600"对我们说。

"什么？为什么要收费？不是我们自己租车，一起前往国家公园吗？"看着这个惊人的数字，我愣了愣，感觉非常不舒服，因为他们是我的沙发主，从来没有沙发主向我要过钱，而且数目还是如此惊人。

"我们会跟去 Safari，只不过是担任你们的厨师，Walter 是我的助手而已。"Remon 说。

"如果是这样，那你们为什么不早说，要到这里才告诉我。如果你们明天去了 Safari，那我怎么办？"我说。

我很犹豫，Johnson 告诉我每天 200 美元是正常的，我的一个朋友半年前花了 1000 美元去参团 5 天 4 夜的 Safari。

"我个人觉得 500 美元就可以了，600 美元太贵。"旁边的沙发客 Jim 作死地跟 Remon 压价，最后以 500 美元成交。

我是一个精明的旅行者，一下子要我花这么多钱，相当不情愿。原本我只是计划参团一天的 Safari，费用大概只有 120 美元，所以在咖啡厅里，我决定不参加他们明天出发的 Safari。

晚上在 Walter 家，他们准备着第二天要用的帐篷和炊具，Jim 不停地跟我说这个价格的合理性，并给我看了其他旅行社的报价。明天是除夕，我不想自己一个人过，又想到 Johnson 说 200 美元一天是市场价，我认为 500 美元三天两夜的 Safari 是可以接受的，于是也跟着参团了。

第二天，是2013年的最后一天，我们跟一对德国夫妻开始了Safari之旅。经过三天的旅程，我可以在此揭秘Walter他们的牟利手段：客户主要来自朋友的介绍，一些欧美旅客在桑岛或其他地方旅行时，认识了一些当地人。随后当地人就把Wlater介绍给他们。他们取得联系后，Walter会亲自到机场接游客，然后把他们带到那家著名的咖啡厅，同时也带着他们的沙发客。当旅客看到Walter有白人"朋友"，对他的戒心也会降低。

一辆越野车同时可以承载四五名游客，一对夫妻的Safari费用已经足够大，可以发团了。可是他们不会放过更多的牟利方式，他们下手的对象是沙发客——他们家的，或者在阿鲁沙其他沙发主的沙发客。

阿鲁沙整个Safari行业的潜规则是这样的：要是在阿鲁沙报团参加Safari，三天两夜的团主要路线是第一天上午12点抵达Tarangire国家公园，在园区逛到下午6点返回露营点；第二天早上再次前往Tarangire公园，看动物的猎食。中午12点前离开园区，回到露营点吃中饭；然后开车前往Ngoromgoro国家公园，并且确保下午4点过后进园区，第二天下午4点离开园区。因为门票是24小时有效，他们只需要交付每个公园一次门票，而不是合同上每个公园两次门票。

回想Johnson对我说过的秘密："一些不专业或者没有执照的旅行团，虽在合同上显示购买了保险，但那是不可能有的，如果越野车在公园内抛锚，或者有乘客受伤，等了大半天，来的可能是一辆出租车。"

Walter他们并不专业，更没有什么旅行社的正规牌照。其实我生气的不是我误入了一个无牌照的Safari旅行团，而是他们利用沙发客来骗人的手段，这让我恶心。

沙发冲浪这种旅行方式，不存在利用或被利用，沙发主是真心打开家门迎来全世界，跟沙发客分享他们的生活和梦想，而不是利用沙发客去牟利。Wlater他们这种行骗沙发客的手法，至今让我为他们汗颜。

袒胸露乳的埃塞部落生活

"带着唇盘装饰的奥莫山谷女性，女人和孩子身上都绘有传统纹饰。在南部埃塞俄比亚，女人移出下颚牙齿，穿透上唇，并用土陶唇盘扩大唇部。耳部也相应地穿孔并戴有扩大耳垂的圆盘。"这一份来自网上的精彩描述，深深地吸引着我。

离开坦桑尼亚，我途经肯尼亚前往埃塞俄比亚。为期三个星期的埃塞俄比亚之旅，最精彩的要数南部部落生活。每逢周六，南部小镇 Jinka 周末集市绝对是摄影爱好者的福地。附近奥莫山谷地区的"唇盘"族族人会精彩亮相。她们胸大性感，齐聚一堂。

周六早晨 10 点，Jinka 周末集市开始热闹起来。我一到场，就只见眼前黑压压一片，毕竟头发黑，连笑脸也是黑的呀！集市非常原始简陋：在一个露天空旷的泥土广场上，聚集了附近村民，他们前来销售自家农场产品。集市规模大，里面什么都有，分好几个区：蔬果区、谷类区、牲畜区、服装区……服装全部来自中国大陆，甚至连钉子也从中国进口，看来这个国家的商机真的很多啊！

这里没有舒适干净的环境，有些人直接用木条搭起可以遮挡太阳的临时档口，地面铺上简陋的毯子，便开始销售自家产品，但大部分人顶着烈日，等客人前来询价。

遗憾的是近期 Jinka 镇民跟部落族人发生血腥冲突，前来购物的族人变得寥寥无几。在集市里逛了好几圈，终于发现一个袒胸露乳，十分性感，耳垂戴有木圆盘的"唇盘"族女人出现在人群中，她和她的丈夫正在购买洋葱。我激动地走过去，示意要给他们拍照。

在部落里，男子觉得有唇盘的女人更加性感，唇盘能帮助妹子们更容易寻找如意郎君，没有唇盘则很难出嫁。可眼前这个女人唇上没有放置圆盘，我想那是传统正在悄然改变吧。拍完照，男子主动向我要钱。我也很识相，给他们一人 10 比尔（约合人民币 3.3 元）。

为了捕捉更多细节，我掏出香水涂在女人手上。附近的女人闻香而来，突然间我们三人被重重包围，场面一下子失控。其中一个卖自家酿酒的女人伸手向我要钱。

"我没有从你身上得到任何东西，为什么要给你钱？反倒是你，你手上还涂着我的香水呢！"我一脸无语地说道。

"因为我站在这里，加入你们的'小分享会'。"她理直气壮地用我听不懂的语言，加上肢体语言说。

听她说出这么勉强的理由，瞬间感觉可笑。但在埃塞俄比亚，我们还是放轻松一点吧！

埃塞俄比亚南部各个部落的集市，都有不同的赶集时间。

周一早晨，我们离开 Jinka，前往 80 公里外的一个新市场 Alduba。集市相比 Jinka 而言更加原始简陋。11 点正式开场后，附近部落的村民纷纷带着自家酿造的蜂蜜、家禽、谷物前来。

女人的发型很奇特，好像是用黄色的泥土把头发给戳成一小条一小条的辣条形状，再做成一个可爱的蘑菇头发型。男人的发型则比较简单，一般是光头，头戴用五彩珠子串成的链条，耳环也是用这种珠子做成的多边形耳坠。

他们的着装大部分来自部落的传统服饰：用动物皮毛做成的下身短裙，男女通用，甚是性感；身上的饰品都是手工打造的，除了用白色的贝壳类做成的披肩挂件，还有用彩色的珠子做成的项链、臂链、腰带，以及中国制造的彩色夹子；一些"时尚"女性，下身穿着传统裙子，上身穿一件文胸。她们让我们这些外来访客不停地按下快门。一个男性朋友还紧抓住她们的双手，求合影。

在这里，给孩子们拍照是要收钱的。我们一出现，孩子们便跑过来，大声说："Hey, hey, you, you, money, money." 当然，出于艺术的效果，我们也会找一些比较上镜的孩子拍照，然后给他们一点钱。但更多时候，我们会拉长焦距，抓拍孩子们的神情。

中午时分，大树树荫下聚集了很多部落的族人。蜂蜜采购者来了，他们要挑选集市中优质的蜂蜜，每个人都把自己的蜂蜜拿出来供挑选。在埃塞俄比亚，有一种用蜂蜜酿造的啤酒很出名，前几天在 Jinka 的小酒馆中我尝试了一次，甜甜的，口感不错，只是在这里，不能太在意环境卫生问题罢了。

眼看我们快要离开了，那些部落女人们依旧对我们充满敌意，也不愿意跟我们合影。为了给她们一个友好的握手，我伸出手来，想跟坐在地上的女人们握个手，没想到我的手在她们面前晾了半天，也没有一个人愿意跟我握。这场面实在尴尬，朋友们在旁边抱着肚子大笑。

哎呀，这也太丢人了吧！我想，这该不会是她们不知道握手代表什么意思吧？回想我们一路穿越她们的部落村庄，这一片地区都没有看到电缆电线，在他们用茅草搭起来的简陋住处，应该是没有电的。所以他们的生活依旧原始，不能看电视去了解外面的世界。

埃塞俄比亚南部的部落生活，对我来说，是整个环球旅行中最新奇古怪的一段。因为部落的族人们每时每刻都对外来游客，上演他们鲜活精彩的原始非洲部落生活。

旅行可以看到不同，体会我们日常生活中难以触碰的人和事。从发达的欧美，到重现 20 世纪 80 年代中国的古巴，再到激情的南美，非洲是别样的世界。一次性环游世界的好处在于，能够一次性体验全世界地域人文的差异，那感觉更加强烈。

埃及富二代

埃及是一个伊斯兰国家,女生恪守本分,出门前都会包扎头巾,有的甚至蒙面,这取决于男人们的喜好,以及家庭宗教信仰的严格程度。

阿斯旺风光旖旎。租一艘埃及著名的三桅小帆船——Feluccas,沿着尼罗河游览,绝对是让人惊叹的冒险之旅。

2月初,是埃及学生期末考后的假期。前几天在卢克索的卡纳克神庙,我遇到很多要跟我们亚洲人合影的年轻学生。前一天在努比亚村遇到五个来自开罗的富二代大学生,刚开始他们以为我是某一部电影里的演员,要求跟我合影。我们一同游玩了村庄,并被邀请加入他们第二天的泛舟游。

虽被邀请,但总不能空手而去。我买了一些水果和饼干,当我看到他们的四箱食物和饮料时,我觉得我的水果饼干变得有点多余。他们下车搬饮料时,我发现一个很有意思的动作:他们脱下外套包裹两箱喜力啤酒,然后小心翼翼地运上船。等船开到尼罗河中央,才开始喝酒狂欢。

记得开罗的沙发主Amgad说过,穆斯林的男人不能买醉,一般正规餐厅不能销售酒水,他们只好偷偷摸摸地享受。看到眼前五位"高富帅"的行为,真让我哭笑不得。

那一天,我穿了一件亮黄色埃及长袍,没想到他们却穿得很是休闲,真心不搭啊!

船开离了阿斯旺市中心,伴着尼罗河优美的风光,向更幽静的地方驶去。确认四周没人后,我们才跑到船顶上喝酒。一个帅哥掏出一小袋大麻烟，利索地把烟卷起，然后分给每一个人，点火吸烟。我看他们这么享受，立马用镜头对准他们。突然，他们不约而同地用手挡住自己的脸，紧张地说：

"Ella，不要拍。我们吸这个绝对不可以让家人知道，这些照片更不能放上 Facebook，不然连家门都别想进。"

他们休闲的服装，让我短暂地忘记了他们是穆斯林。说到穆斯林，我在沙特阿拉伯转机时，看到那些蒙面的阿拉伯女生，真心替她们抱不平。她们脚上穿的可是闪亮的名牌，手袋不是 LV，就是 Gucci（当天没见到爱马仕），黑色手套上是闪闪的黄金宝石戒指和黄金手镯，然而她们的美艳却隐藏在面纱背后。相比之下，埃及的女生相对开放，大部分女生不需要蒙面，只需要戴上头巾。

"为何你们阿拉伯的男子这么自私，女孩蒙面不让其他人看见，只留给自己欣赏？"一瓶喜力之后，我开始对他们进行连番轰炸。

"因为我把自己的老婆当成珠宝，对她千般爱护，她留在家里照顾家人，不让她在外抛头露面。我如此对她好，她就只能让我独自欣赏。"坐在我对面的一个帅哥说。

考虑到文化上的差异，我也不想过多地去跟这些大男人讨论自由、女权等问题。

"在阿拉伯人的世界，男子不喝酒，婚前不能有性生活。但在好莱坞大片的影响下，总会改变他们。很多埃及男子，婚前到西班牙、意大利等欧洲国家寻欢，然后回来娶一个阿拉伯处女。"坐在我右前方的男子，嘴里叼着一根手卷烟，毫不害羞地说。

"这样对女生不公平，你们是她们一生的唯一，可她们不是你们的唯一。要是婚后，男人继续前往欧美寻欢，那怎么办？"我说。

"埃及男子，一般婚后会收心养性。像我，要是结婚了，我只会爱老婆，绝不越轨。"右前方的帅哥接着说。

"兄弟，你们是可以娶四个老婆的人啊！"我说。

"虽然我们的宗教和法律都允许我们可以这么做，但要娶第二个，必须得到正室的允许。在埃及，有钱人才会一夫多妻，普通家庭是一夫一妻的。"他说。

埃及的男生认识女朋友的招数有以下几个：大学生一般会跟同学拍拖，毕业后，男方会到女方家提亲，若双方家长同意，他们可以先订婚；一些较早踏入社会的男生，要是在大街上看到心仪的女生，会尾随她回家，接着各方打听她的信息，然后上门提亲。要是她的父母答应，他们可以先订婚。

听着他们陈述埃及年轻人的婚恋观，宛如天方夜谭，他们这五个大三学生中，有三人已经订婚，而且订婚对象都是校园里的同学。三个男生右手无名指上，都戴上了他们各自的订婚戒指。

在开罗的时候，沙发主 Amgad 和他的朋友带我到城里最著名的酒吧。考虑到埃及是伊斯兰国家，酒吧里应该是清一色的男子吧？然而没想到，里面女生比男生还要多，而且她们穿着特别性感，没有戴头巾，露出美丽的秀发。我好奇地问 Amgad：

"这些女生什么来历，不是埃及的女生出门都要包头巾吗？"

"她们大部分是职业女性，一般埃及男子不会把自己的女人带到这种场合。"Amgad 说。

在中国的时候，因为学生时代的地理知识学习和好莱坞电影《埃及艳后》的耳濡目染，我对埃及的印象主要是埃及金字塔，以及古埃及文明的法老时代。然而埃及的富二代们，在埃及的男女问题上，跟我分享了他们穆斯林男人的心声，这让我对埃及有了不一样的认识。

这种接地气、跟当地人成为朋友的旅游方式，能更好地让我感受世界各个民族、各种文化的不同。我想旅行的意义就在于此：感受生活，贴近彼此。

金字塔前，嫁给世界

过去一年的环球旅行，在漫长的旅途中独自面对自己，探索自己，并爱上自己。这好像跟世界谈了573天的恋爱，是时候给他一个名分了，所以我要，嫁给世界。

来到埃及，我要在5000年历史的金字塔的见证下，跟世界"结婚"。

"Amgad，明天我要结婚了！"我边抽着水烟，边对Amgad说。

"结婚？跟谁？"Amgad问。

"全世界。"我豪迈地说。

"有意思，也够疯狂的。过去你平安地环游世界，那是你的运气和福气啊！今年你就嫁给世界吧！回国后告诉别人你'已婚'了，不要因为你家人的压力，相亲闪婚啊！"Amgad赞许了我的主意。哈哈，他知道我的小故事——要是27岁前还没订婚，老妈会出动三姑六婆，开启相亲大作战，没准他们还会把我推向《非诚勿扰》呢！

Amgad是我在开罗的沙发主，25岁，毕业后成为一家网络公司的工程设计师。他绝对是开罗最棒的沙发主。了解到第二天我要跟世界"结婚"，他和他的朋友带我前往埃及老城区筹备婚礼用品。我们买了一条大红色的裙子作"婚纱"；在人群熙熙攘攘的、最古老的水烟馆里，向一个推销帽子的小男生买了一顶小红帽——过去埃及男人佩戴的红色礼帽；花了30埃镑（约合人民币27元）让一位阿斯旺大娘在我的左手画了一个图案复杂的汉娜。

第二天上午，我化了淡妆，穿上"埃及婚纱"，头戴小红帽，瞬间成为一个别具民族风格的"新娘"。我们来到埃及金字塔附近的村庄，走进了一间马厩。我挑选了一匹健硕的白马，跟着 Amgad 以及他的一群朋友们策马奔驰，前往埃及金字塔。

白马跟着大队跑得倍儿快，我的注意力全在跟上马儿的节奏上，忘记了害怕，更忘记了我不会骑马。我们在沙漠上驰骋，没有走进金字塔的景区内，而是在能看见金字塔的景区外，沙漠中一家帐篷小茶馆内，开始了简单的婚礼。

首先是 Amgad 出场，他为了配合我的民族风造型，穿着一件黑色长袍，头包白色围巾，站在 10 多个"来宾"面前，严肃地致辞：

"我们当中，有一个人为了她的梦想，游走了大半个地球。她今年才 25 岁，却即将完成我们每个人都渴望实现的梦想：环游世界。她说，过去 573 天的环球旅行，好像是跟全世界谈了一场有悲有喜的恋爱，她为了感谢世界给予她的勇气和运气，今天，她要在 5000 年金字塔的见证下，嫁给全世界。有请我们的'新娘'Ella 小姐。"

我听着 Amgad 说的每一句话，原本只想要疯狂一次的举动，一下子变得神圣起来。帐篷外的我，内心小鹿乱撞，好像这真的就是我人生的婚礼。Amgad 手机里的《婚礼进行曲》奏起，我走进帐篷，只见来宾们都竖起大拇指，用激动的眼神看着我。原来这一切都是 Amgad 的安排，他并没有告诉他们，这是一场没有男主角，而是与世界的婚礼。

我紧张地步入"婚礼殿堂"，接过帐篷小茶馆的老大叔递过来的一杯茶，开始了我对世界的"告白"：

"我去过欧洲、美洲、拉丁美洲，这已经是非常棒的旅行经历，我在这里非常感谢一路帮助过我的人。也因为我是一名沙发客，很感谢所有支持我的人。感谢过去所有的运气，感谢这个世界充满爱的祝福。"接着，我亮开喉咙，大声呼喊："今天，我要嫁给世界！"

朋友们看到我这架势，全部欢呼起来。在世界的另一端，有这些朋友见证我的快乐，我真心被感动了。

旅行期间，我一直思考着，为什么翻开初高中的同学录，"我要环游世界"似乎是每个人的梦想，然而真正能够做到的人，却是那么少？我想，这是现实的社会让我们为人生做了一个"正确"而普遍的选择：高考后，我们好不容易上了大学；四年过去了，毕业前由于社会、家庭的压力，我们每天急着向各方投简历，奔赴各场招聘会，接着开始朝九晚五的上班族生活。工作两年内，不停跳槽，以让自身价值达到最高，也许会开始从事跟自己专业不相关的工作。

毕业后三四年，家长催结婚。情侣们为了结婚买房买车，夜以继日加班挣钱。等到孩子出生了，环游世界的梦想开始渐行渐远。最后，她或许成为我们退休后的梦想，又或者是我们下一代的梦想。

但为什么在初高中时期，我们这么勇敢地高呼"我要环游世界"？因为我们当时不需要承担过多的社会现实，以及社会、家庭的责任，想法比较自我，希望未来可以做自己喜欢的事。然而长大后，面对接踵而来的各种现实与责任，我们开始变得忧虑，要考虑、照顾的事情越来越多，生活牵一发而动全身，不能"任性"地去过自己想过的生活。

在"任性地做自己想做的"和"现实与责任"面前，是否可以有一个平衡，是否可以有一个方案，让双方都获利呢？我想，这个方案是：间隔年嫁给世界（或者娶了世界）。在毕业后，走入社会职场前，给自己一个间隔，用一年甚至两年的时间，去做自己想做的。我们可以去环游世界，可以到餐馆刷盘子，到希望小学当志愿者……任何我们想做的事情都可以去做，因为在这期间，我们只自由地为自己而活。

毕业后，我靠打工挣钱环游世界，我以为潇洒人生的背后，我赌上了自己的青春、前途和事业。但是573天过去了，我发现这并不是一场赌局，而是我人生的一个重要而正确的选择：在一生中最青春烂漫、激情四射的时候，用最热切的心拥抱全世界。在这种没有家庭、社会压力的情况下，做自己想做的，全身心投入对世界的发现，对自己的探索，去感受生活，贴近彼此，建立环球情谊。间隔年环球旅行，两年的故事积累，两年的丰富经历，在世界各地结下的友谊，将会是我这辈子最大的财富。

这趟旅程，世界让我越发了解自己，了解自己要什么，我绝不会让任何事情搞垮我的心情。

2014年，我是属于世界的，我"已婚"了！

6 第六章 SIX

亚洲——
此心安处是吾乡

隔海望亚洲

在开罗顺利拿到土耳其一个月的有效签证，2014年3月初，我乘坐两个多小时的飞机抵达伊斯坦布尔，这是个连做梦都想要抵达的地方。这里不仅是亚欧大陆的分界城市，还是古丝绸之路上的重要城市。抵达伊斯坦布尔，预示着从这里开始，将是我环球的归途，也标志着开启重走古丝绸之路重要计划的开始实施。

然而，在一个报平安的电话里，我得知爷爷病危。全家人都希望我能尽快买机票回家，可是爷爷却用尽全力压着沉重的喘气声，用轻快的口吻告诉我：

"靖仪啊，继续走下去吧！不要放弃你的梦想，安心地把这趟世界环球旅行走完。我很好，没那么快死。你继续往前走吧！"

爷爷还没说完，我已经泣不成声。那天晚上，我独自一人站在伊斯坦布尔的加拉塔大桥上，泪水模糊了我的双眼。在寒风中我做了一个重要的决定：把原计划5个月的亚洲丝绸之路之旅缩短为1个月，那就意味着我要跳过一些国家，不能像美洲陆路那样游走每一个国家。我选定的路线是：土耳其—伊朗—印度，然后回家。

因为旅行节奏加快，抵达伊斯坦布尔的第二天我便把全城景点狂走了一遍。3月的伊斯坦布尔不是出行的好时节，天空阴沉，气候湿冷，在街上行走的人都变得行色匆匆。

因为天气的缘故，加上行程紧凑，我的伊斯坦布尔之行变得走马观花，变得空心而没有故事。我想这种感觉相当于跟团游吧，行程满到连认识一个当地朋友的时间都没有。也许是我习惯了沙发旅行，如果在一座城市没有我的朋友，那么这座城市让我感觉陌生、孤单。很多时候，景色看完就没了，不留一点情感，也没有什么可以回忆的。

在内心最空虚，最孤独的时候，我无意中走到了分隔亚欧大陆的博斯普鲁斯海峡边上。亚洲大陆突然出现在海峡的对面，这种毫无预兆的惊喜，让我既感动又兴奋：这块离开了近600天的大陆啊，我的家就在那边。我的故乡，我要回来了。

此刻我的脑海瞬间掠过刚离开中国抵达美国的日子，好像过去的旅行被压缩成几秒钟的回忆。内心开始复杂起来，眼泪又一次模糊了我的双眼，回家的心，已经清晰了。

土耳其的中国地毯

因为旅行的时间被压缩，在伊斯坦布尔的印度领事馆申请签证后，我便离开了伊斯坦布尔，前往世界上独一无二，具有神奇地貌，宛如童话世界的卡帕多奇亚，接着抵达仿若冰川的棉花堡，随后抵达以弗所古城边上的小镇——塞尔丘克（Selcuk）。

旅行到土耳其时，我已一口气走了将近600天，这个世界给我的惊喜，除了各地区不同的文化和景观，更让我惊叹的是，中国在崛起之后，对世界的影响竟然变得如此深远——中国制造，遍布全球。

在纽约，我用人生第一桶金买了一双耐克鞋，是中国制造；加拿大的一个女大学生，花了 5 美元买了一件二手针织衫，是中国制造；在智利，一名男子买了一个移动硬盘，也是中国制造……

"Ella，连德国的面包，也是中国制造的！" Baran 得意地说。Baran 是我在塞尔丘克的沙发主。塞尔丘克是一个土耳其伊斯坦布尔以北，拜占庭时期就存在的小镇，这里距离著名景点以弗所古城仅有 3.5 公里，是前往以弗所的必经之地。

Baran 是一名土耳其地毯销售经理，他的店铺位于塞尔丘克的旧城区。3 月的土耳其阴雨绵绵，寒冷潮湿，刚到塞尔丘克的我只好待在他的店铺里，研究起国际贸易。

"哦，有这种事？中德相距这么远，面包运过去也要一个月，这么长时间面包不会坏掉吗？"我好奇地问。

"运过去的只是没有烘焙过的面包，面包在中国做好后，装袋冷藏保鲜，再往德国运送。抵达后，被运送到德国各大烘焙店，简单加工一下，就可以出售了。"他说。

"这可以理解，德国的物价高，人工高，要是在中国制造，成本相对低廉。我们中国是世界工厂，可没想到，连面包也占有一席之地。"我说。

我笑着对 Baran 说，以为他对"中国制造"会带有一些鄙视的意味，没想到刚好相反。

"在土耳其，只要跟中国人做生意，绝对是挣钱的好方法。" Baran 瞪大眼睛看着我说。

"此话何解？"我问。

"我的一个朋友，他母亲是中国人。一年前他从中国进口一些电子产品，挣了不少钱。" Baran 越说越兴奋，好像下一个会发财的人就是他。

我们走上了商店二层的展厅，Baran 向我展示了几张价值连城的人工土耳其地毯，图案精致，手工细腻。

"像这样昂贵的地毯，也是中国制造的吗？"我开玩笑地问。

Baran 笑了笑，抽出一张地毯，然后问我它们有什么区别。我趴在地上，摸了摸两张地毯，回答说它们摸上去都很舒服，但从图案上看，一种图案的圆弧线不明显，另一种则更加精致。

"对，你说的没错，但这不是分辨人工跟机械生产的最重要区别。"

"你看，"Baran 用手卷起地毯的一角说，"如果是人工地毯，你可以清晰地看到他们的编织线；若是机械生产的，这条线没这么整齐，而是模糊不清。"

"那价格如何？像这张如乒乓球桌四分之一大小的地毯，价格分别是多少？"我问。

"人工的要 500 美元，机械的也要 200 美元，因为机械的也是用真丝编织而成的。这种机械做的地毯，就算在伊斯坦布尔老城区的大巴扎集市，也到处都能找到。"他说。

"哇，这可是一桩好买卖啊！"我说。

傍晚，店里来了两个加拿大女生。Baran 在展厅里给她们展示了其他不同的地毯，把店里的镇店之宝都拿出来给她们看。

"这张地毯有 80 年的历史，价值 10000 美元。你们且看他们的颜色，随着角度的不同，地毯的色泽也跟着改变……"Baran 一边展示一边说。

"你们店里有中国制造的地毯吗？"其中一个女生问道。

"噢，不，我们店里绝对没有，都是人工编织的。"他急忙说，并对我使了眼色。

我当时在旁边看傻了眼，没想到 Baran 会这么说。不知道是否应该告诉那两个加拿大女生真相，我内心痛苦地挣扎着。在我苦苦挣扎的时候，那两个女生爽快地分别以 500 美元和 1000 美元买了两张中国制作的地毯。

"谢谢 Baran，我们在伊斯坦布尔找了很久，终于找到了很不错的土耳其地毯了。"其中一个女生说。

听她这么说，我也无话可说了。

记得前往欧洲旅行之前，我曾担心中国人会受到西方人的歧视，或者不喜欢。然而走了世界一大圈，亲身体会了中国崛起的力量——成为世界工厂后，她在全世界的地位越来越重要。

旅途中，跟当地的朋友分享中国的文化和语言，都是非常热门的话题。很多国外的朋友，他们都希望可以跟中国人做生意，其中很多是想从中国进口优质的产品，特别是电子产品。

Baran 希望有一天可以到中国做生意，找到更多制作精良的产品，如人工编织的中国制造土耳其地毯，把更多更好的东西带回土耳其。哦，这真的是一桩很牟利的买卖啊！

那些你不知道的伊朗

从塞尔丘克小镇回到伊斯坦布尔后，我领取了印度的签证，第二天就飞往伊朗的首都德黑兰。

我从小对伊朗特别好奇，因为国内的电视新闻经常讨论伊朗核问题、美国制裁伊朗问题等，似乎伊朗成了传说中危险、神秘的国度。

"Ella，你要去伊朗？要小心啊！""Ella，伊朗跟古巴一样吗？""伊朗的穆斯林很严谨，是这样子吗？"哈哈，朋友们对伊朗的好奇，比我还多。

在德黑兰，我被一个温暖的家庭接待。沙发主 Javar 是一个大学生，跟他的姐姐住在一起。抵达德黑兰的那天晚上，Javar 邀请我和他那 22 岁的外甥 Ali 到一家老烟馆抽水烟。出门前，我身穿紧身牛仔裤，一件黑色皮衣，很有个性。正要出门时，Javar 的姐姐给了我一条围巾和一件外套，说：

"在伊朗，所有女生都要遮住头发，衣服长度要盖过屁股。"

"哦，对了，我现在身处一个宗教严格的伊斯兰国家。"我说。

我们来到水烟馆，点了一种葡萄味的水烟，吞云吐雾一会儿，我感觉飞到了云端，相比埃及的水烟，伊朗的更有劲。环顾烟馆，发现吸烟的女性比男性还要多。女人们没有蒙面，不像埃及女生把围巾盖到前额，她们只遮到头顶偏下的地方，这让她们漂亮的脸蛋更显美艳。她们的化妆技术不比欧美女生逊色，似乎伊朗的女生没有想象中的保守。相反地，她们很时尚。

记得朋友曾经跟我说，伊朗这个国家允许近亲结婚，我带着好奇心问他们这个问题。

"我爸妈就是近亲结婚的。"Ali 边抽水烟边说。

"是的，我姐跟堂哥的姻缘，从娃娃时代就开始被长辈们确定下来。在伊朗，家族观念很强，结婚对象第一选择一般是家族中的人。"Javar 说，还在一张白纸上给我描画他们这个家族的通婚史。

"他们的孩子，要是有智障等问题，那不是给整个家庭带来极大的打击吗？"我说。

"近亲结婚前，他们会到医院检查看是否有遗传问题。要检查通过才能到民政局申请结婚。"Javar 说。

"你看，我不也是好好的吗？我还有两个弟弟，他们都非常聪明。"Ali 努力地压住我的惊讶。

回想在中国古代，许多皇后也是皇帝的表妹。中华人民共和国成立前，近亲结婚在法律上还是允许的。现在国家为了优生，禁止近亲结婚。

德黑兰高原上，昼夜温差很大。3月初的德黑兰，阳光明媚，气候温暖舒适。我们到市中心参观玫瑰宫，到大巴扎准备年货（2014年的伊历新年在3月21日）。在年货摊位上，除了伊朗出名的开心果和其他伊朗特产，"中国制造"的产品占了一大部分。从小孩的玩具到电子产品，琳琅满目，应有尽有。中国家电"美的"更是地铁广告上的主角。

德黑兰是古代丝绸之路的重要城市，古中国跟波斯帝国的商贸来往源远流长。现代中国跟伊朗的关系很好，有很多的贸易来往，中国制造已经渗透到伊朗人民生活的方方面面。

Javar告诉我，他的梦想跟土耳其的Baran一样，就是将来到中国，跟中国人做生意。

我们来到一个小吃店，店门口站着很多人，而且人手一瓶可口可乐。

"美国对伊朗不是经济制裁了吗？为啥这里有可口可乐？"我问。

"哦，那的确是美国的可口可乐。伊朗一名商人买下了可口可乐配方，在伊朗生产销售。"Javar说。

"这样啊！老兄，要是你买下麦当劳或者肯德基在伊朗的经营权，那你就发财了。"我开玩笑地说。

去过这么多城市，发现可口可乐除了古巴，几乎每个国家都有，而且绝对是占该国饮料市场份额最大的。难怪可口可乐是世界500强的前几名呢！在非洲，能够喝到一小玻璃瓶的可口可乐，是孩子们最开心的圣诞愿望啊！

想到孩子，我想起自己来伊朗还有一个很重要的任务——观赏一部伊朗电影。记得好几年前曾经看过一部著名的伊朗电影《小鞋子》，就一直希望来伊朗观看更多他们的好电影。在德黑兰的老城区，我们走进一家德黑兰最大的电影院，我看了他们的档期，惊讶地发现里面没有一部是好莱坞电影。

"你们电影院不放好莱坞大片吗？"我说。

"怎么可能会放，伊朗和美国是死对头。我们都是从黑市里买到影碟，自己在家看的。我们跟中国，还有韩国、日本比较友好。韩国的电影经常在电影院里放映。"Ali 说。

"哦，难怪街上这么多人看着我，他们不会以为我是某个韩国明星吧！"我说。

"哈哈，有可能。因为我们看你们东亚人，不多看几次就分不清谁跟谁。"Ali 笑着说。

随后在伊朗其他城市旅行时，我也常被人邀请合影，有的甚至要求签名。没想到能在伊朗过一把明星瘾，真有意思。

因为归家心切，旅行的时间被压缩，在伊朗的时间仅有十天，我告别德黑兰来到了中部城市伊斯法罕。伊朗人非常热情、友善，特别喜欢说英语。因为英文有助于他们更好地了解外面的世界。

一天，我跟旅馆两个日本男生前往伊玛姆广场时，途中遇到三个漂亮的女大学生。她们在课余时间，特意到旅游景点搭讪那些外国人，练习英语口语，最后成为我们的免费导游。她们也非常乐意去听我们分享中国、日本的文化。

十天短暂的伊朗之旅，我发现这个国家并没有传说中的危险，更没有传说中的神秘，而是充满许多新奇的事，那些我们不知道的事。伊朗人在等着你把外面的世界带给他们。没准，他们会以为你是一个中国或者韩国的明星呢！

死在瓦拉纳西

旅行的步伐加快，我从伊朗直飞印度的新德里。印度这个色彩神秘的国度，最让我神往的是著名的佛教印度教圣地——瓦拉纳西。公元7世纪，中国唐代高僧玄奘所著的《大唐西域记》里所说的"西天"，就是指这座城市。

电影《甘地传》中有一个镜头：清晨，东边的太阳还没升起，甘地站在恒河里洗澡，河面上烟雾缭绕，那感觉宛如天堂仙境。甘地死后在恒河边上的瓦拉纳西火化，骨灰撒入恒河。我怀着各种好奇，来到这座神圣的古城。

这里拥挤混乱的交通、窄小脏乱的巷道、恶臭的动物粪便到处都是，真不敢相信这就是我心中神往已久的仙境啊！

夕阳西下，我租了一条船在恒河上游荡。远处那被夕阳染成橘黄色的瓦拉纳西旧城，伫立在恒河左岸的岩石山上，面对着河右岸广袤的平原。从这个角度看圣城，突然感觉到她的伟岸。河里的水并不清澈，水流缓慢。我们在河中央，碰到一条众亲属撒骨灰的船，他们脸上没有写满悲伤的表情，而是淡然安静，好像每个人都在想着什么。船慢慢靠近举行夜祭的地方，岸边脏乱恶臭，各种生活垃圾漂浮在河面上。让我意外的是，陆陆续续有人走到河边上，发出各种祈祷的声音，然后以手做瓢，把这脏兮兮的水喝下。

船夫看到我惊讶的表情，告诉我说："在印度，大多数印度教信徒终生怀有四大乐趣：敬仰湿婆神（印度三大神之一）、到恒河洗圣水澡并饮用恒河圣水、结交圣人朋友和居住在瓦拉纳西圣城。明天清晨，你可以看到，成千上万的印度教徒，或男或女，或老或少，既有本地人，也有外乡人，来到恒河边，怀着虔诚的心情，走进恒河，痛痛快快洗个澡，以求用圣水冲刷掉自己身上的污浊或罪孽；能够死在瓦拉纳西就可以超脱生死轮回的厄运，死后将骨灰撒入河中能够超脱生前的痛苦。"

船夫的解释，以及教徒们虔诚的信仰，都让我这个无神论者难以理解。难道他们不知道饮用这种肮脏、发臭的水，很容易得疟疾或者其他更严重的传染病吗？可是不管我有多瞎操心，从他们虔诚的神情中看到，他们应该无法接受科学的劝告吧！

上岸后，我沿着旧城往南走，抵达我最想要亲眼看到的地方：焚化场。焚化场位于恒河边上，四周堆满了柴火，每一堆柴火都有人看守着，他们坐在秤砣旁边，坐等买家的到来。在高处空旷的烧尸台上，有的火堆慢慢熄灭；有的燃起熊熊烈火，把一具被白布包裹的尸体烧得吱吱作响。空气中弥漫着焚烧死尸的气味。周围的人表情十分平淡，只有我这位游客表情好奇、惊讶。我想，他们的平淡是看到灵魂脱离了人世间的苦难，随着白烟腾云驾雾地升入天堂吧！因为这是他们的信仰，人一生中最后的愿望——死在瓦拉纳西。

印度教的火葬传统，人死后四小时就要运到这里火化，家人和亲戚都会来，烧尸台旁边的神庙中可以买到火种，亲属要出钱买柴。那些没有钱买柴的穷人、流浪汉，他们选择在这里等死，以便得到政府的免费火化。

烈火啃噬人的骨头，亲眼看到这电视里的画面，我无法伫立太久，沿着阶梯往上走，走进了一个"等死区"——巷子里坐满了皮包骨的老人、流浪者，他们的神情已经没有了生气，对这个世界没有多大的留恋了，只想在恒河边上的圣城，这座天堂口，等死。

死亡，对我来说是一件可怕的事情。但在瓦拉纳西，死亡每天都上演着。面对印度人的生活方式，我不能用自己的态度去评价，毕竟这是他们千年以来的宗教生活方式。但面对这印度文明，我的感觉就像一位僧人说的："漫步在街道上，有种害怕踩到牛粪的恐惧，又有种好奇的兴奋。"

牵手老妈印度旅行

在伊斯坦布尔申请印度签证时,我就开始计划在环球之旅的最后一站——印度,牵手老妈一起旅行。3月中旬我从伊朗的南部城市设拉子飞往印度的新德里,比老妈提前一周抵达。

老妈第一次踏出国门,连一句英文都不会说,没想到她居然能够独自前往香港国际机场飞往新德里,真心佩服她的勇气。马航失联才发生没多久,她第一次这么长时间飞行,我原以为这会成为她出行的最大阻力,可是没想到这位背包客对旅行的狂热,战胜了一切。

周五晚上,我和沙发主 Chandan 提前两个小时抵达新德里国际机场。当我看到老妈的航班按时抵达,过去6个小时的提心吊胆,一下子烟消云散。老妈跟一群中国旅客走了出来,她身穿黑色 T 恤,黑色运动裤,一双蓝色的跑步鞋,神采飞扬,我想这要归功于中国大妈们的广场舞啊!她的行李很轻便,只有一个小背包和一个手拎袋,这是她的旅行风格:够用三天的行李,也可以用一年。

尽管我们每天视频,可是相隔两年后第一次面对面,我们都有说不出的感触。老妈向我们走来,她开始从头到脚打量我,当看到我比以前瘦了好几圈,头发变稀疏,面庞变老了,还有那双穿破了的跑步鞋,她眼眶一下子湿润起来。还好我了解她的性情,所以请 Chandan 陪我过来接她,当她看见有别人在场时,就不会抱着我大哭。

"女儿啊!你是出去旅行,又不是去受苦,怎么穿得像乞丐一样啊?你看你的鞋子都破了好几个洞,你的皮肤变得这么粗糙,你以后还怎么嫁人啊!"老妈开玩笑地跟我说。

"妈，今天恰好跟一只猫玩耍，它发脾气把我的鞋子抓破了好几个洞。"我勉强地解释道。

还好 Chandan 听不懂我们在说什么，不然我真的糗大了。

第一顿印度晚餐，老妈一辈子难忘啊！她盯着坐在正前方的 Chandan 用手抓饭吃，甚是惊讶。

"怎么你的朋友这么没家教，用手抓饭卫生吗？"她假装对 Chandan 微笑，然后跟我说这句话。哈哈，老妈的行为太搞笑了。我跟她几番解释，告诉她这是印度的饮食文化，可是仍不能消除她的偏见。

由于吃了前一天晚上不怎么卫生的晚餐，第二天早上我开始上吐下泻，还发起高烧——这是旅途中生病最严重的一次，也许是老妈在身边可以依靠的缘故，我放下了以往坚强的自己，病菌趁机而入。我也顺势向老妈把过去两年的娇一口气撒回来，结果她在酒店照顾了我两天。

印度的饭菜辣味很重，对于吃惯清淡的广东人来说，确实有点不适应。为了照顾生病的我，老妈早上独自一人到街口的菜市场买菜，然后到酒店的厨房为我熬粥：白米粥、青菜粥……其实我非常好奇，老妈是如何跟那些卖菜的印度人交流的呢？

记得在埃及遇到一些中国背包客，他们提醒我：在印度旅行，拉肚子是前奏。经过我这大病一场，老妈决定在印度旅行期间，亲自给我做饭吃，所以每到一座城市，我们都会选择有自助厨房的酒店。印度之行也因此变得分外有意义，每时每刻都是满满的幸福。每天下午 4 点，我们开始逛当地菜市场，准备晚餐以及第二天早餐的食材。尽管在国外言语不通，但老妈仍是杀价高手，她不需要用语言，而是比比手指，加上几个坚定的眼神就可以了。这个场面，笑喷了在旁边帮她摄影的人。

在老妈还没抵达印度时，我和 Chandan 在路上遇到一个前来要钱，然后失望离去的小女孩。我想，当时身上要是有一粒大白兔糖，也许她的脸上会露出一丝的满足。我把这个故事告诉老妈，没想到她从中国带了三大包大白兔糖。旅行期间，每遇到向我们要钱的小孩或者老人，老妈都会送他们一粒"大白兔"。

我父亲曾经说过，旅行是最能了解一个人，并拉近彼此的方式。他的观念也非常前卫：情侣们要在婚前开始蜜月旅行，而不是婚后。因为在旅行期间，他们会面对很多突如其来的状况，如错过了火车、迷路等等，经历了这些，他们会知道另一半是否适合自己。

在环球之旅的最后两个星期牵手老妈印度旅行，这正好能弥补我们过去两年不能相见的缺憾。让老妈体会我的成长，我的改变；让她知道我学会了对别人有耐心，对别人多一点包容，学会欣赏她的慢，读懂她的啰唆。而不再是那个连教她如何用手机，如何用电脑都会发火，没有耐心听她唠叨的女儿。我也希望在她还跑得动的时候，带她去看精彩的世界，去做她这辈子没做过的事情。

老妈对皇宫、博物馆不感冒，只流连在印度的市井生活和美丽的大自然中。印度之旅的高潮不在阿拉格的泰姬陵，而在西北部的沙漠风情。在位于黄金之城贾沙梅尔50公里外的沙漠之村，老妈尝试了许多人生的"第一次"：第一次看到沙漠，第一次跟我一起看日出日落，第一次在沙漠中过夜，第一次看到流星，第一次教外国人说中文。

"老妈教人说中文？她不是不会英语吗？"妹妹在电话里好奇地问我。

"日落黄昏，老妈坐在沙丘上对两个牵骆驼的印度小男孩说，'你好'是'Thank you'，'谢谢'是'Hello'。"我压抑着笑声说，妹妹听后一阵狂笑，说：

"原来我们的老妈这么可爱。"

太阳西下，我们坐在沙漠中的一座沙丘上，看太阳染红了天边，然后慢慢地消失了。在路上，这些场景我看了无数遍，然而有妈妈在旁边还是第一次，好像"跟妈妈分享这个世界"比"我到过全世界"更开心。

"我希望妈妈您健健康康，注意身体，这一辈子都不要老，等我以后发大财，挣到钱，同您来一次环游世界也好，度假也好，继续牵手妈妈去其他国家旅游。"这句话，是送给我妈妈的，很期待看到她翻开这本书，读到这句话时的表情。

妈妈，我爱你！

环球最后一张沙发

很多人认为，在消费水平世界最低的印度没必要当沙发客，但我的旅行只为体验当地人的生活，就算在印度我们瞬间变成土豪，也不会错过这个机会。Chandan 是我环球 600 天遇到的第 86 位，也是最后一位沙发主。

33 岁的 Chandan 是一名企业法律顾问，他那张饱经风霜的脸，花白的头发，跟他的实际年龄相差甚远。他告诉我，在印度，重男轻女思想非常重。女孩出嫁，娘家要准备大量的嫁妆，要是嫁妆不多，婆家对媳妇会百般刁难。家里两个妹妹要想找到好人家，还有日常的开销，全部压力都在大儿子 Chandan 身上。

"再过几年，就不想工作了，也不想结婚。未来的日子，只想给自己，出家是最好的选择。"Chandan 开玩笑地说。

我看着他那高高束起来的牛仔裤，一个小学生用的、外面贴着一张流氓兔贴纸的单肩包，对他的人生顿生同情，感觉他一直在为全家人努力着，而不曾为自己着想过。

他是最早的一批沙发主，过去接待来自世界各地的沙发客超过 200

人。Chandan 没钱没时间出去旅游，因而通过住进他家的沙发客，把全世界装进家里，给乏味的生活增添更多灵气，带来更多精彩。我也透过他，了解跟导游书里不一样的印度。

跟 Chandan 在新德里闲逛，品尝路边摊档的中国炒饭；晚上深入极度混乱的旧德里，在乌烟瘴气中寻找印度著名的炸鸡啤酒；有时候也会来点优雅的体验，前往文化中心听免费话剧和免费音乐会。受一些宝莱坞的电影，如《三傻》的影响，我总以为印度人都会说英语，其实不然，说英语也存在等级之分。

"先生，不好意思，你可以挪一个位置吗？我有三个朋友要来，正好可以坐在一起。"话剧开演前，坐在前面的一位女士用英文对一个光头大叔说。

"好的，没关系，我这就坐过去。"光头大叔用英文回答。

随后女士的朋友到来，她们却用印度语打招呼，这让我感觉很别扭，为啥她不用印度语跟一个陌生人说话呢？Chandan 笑着说：

"Ella，欢迎来到印度。在印度，说英语是一种身份的象征，一般是有学识的人才会英语。陌生人之间的交流，一般会用显示身份的英语来完成。"

"在印度，连姓氏都存在等级制度，要是这个姓氏的人都会说英文，是否他们就变得很有身份呢？"我开玩笑地说道。

老妈听我说过这位友好的印度朋友，她给 Chandan 带了一盒茶叶和两个中国结。虽然老妈不会英文，但他们指手画脚地也能聊出个所以然。也许我和妈妈，只是他人生中的过客，但我们对梦想的分享，对青春的诠释，对生活的诉说，还有那快乐的时光，都会被留在一张合照里，彼此永远地保存着。

回顾过去 86 位沙发主，那是一段充满感激的回忆。很多时候我在想，为什么过去 600 天的旅行，我不仅没有遇到过危险的沙发主，还能跟每个人建立一段跨国的情谊？难道是因为我给他们，以及他们的亲戚朋友做了一顿中国餐？

旅程即将结束，过去的种种经历让我深刻地领悟到：分享梦想，更能贴近彼此，更能拉近彼此的距离。一旦跟对方分享梦想，人与人之间的陌生、各种文化的差异，智慧的高与低、外貌的美与丑……这一切都变得不重要了，剩下的便是打开彼此的心扉，去诉说，去倾听，去感受，去感动，去成为这辈子的朋友。

在路上，每个地方都有朋友的关照和陪伴，这样的环球旅行似乎触手可及，并没有想象中的困难，而是能够让你幸福地、平安地在地球的每一个角落，去体验别人的生活与梦想。

我的世界之旅，充满欢乐、分享、青春正能量。能在人生最美的年华，跟世界谈一场疯狂的恋爱，无所畏惧且永生难忘。人生，是自己选择出来的。

2014年4月5日，我和老妈从新德里飞回中国，平安地回到家里，结束了为期600天的旅程。

在飞机上，望着窗外万米的高空，回忆最初飞往意大利罗马，第一次遇见霞云，第一次当沙发客，第一次搭便车，第一次到美国打工，第一次……这些"第一次"，好像一眨眼过去了，里面没有委屈，没有挫折，只有最快乐、最美好的回忆。

两年前，那个人生迷茫的女孩，现在，已经变强大了。

回家后的感受

推开家门，来不及拥抱两年没见的奶奶，就直奔卧病在床的爷爷。

瘦骨嶙峋的爷爷牵着我的手,眼睛亮了起来,笑了。

家里的布置一直没变,我书桌上那本砖头似的欧洲攻略书,依旧躺在那里。

附 录

手把手教你成为沙发客

沙发客是一种超级节省旅费、易于结识当地人的旅行方式。很多朋友一直好奇，却因为顾虑安全问题而没有胆量，或者没有准备好尝试去当一名沙发客。现在我们就来分享一下我在过去 600 天，被 86 位沙发主接待的沙发客经验。

成为一名沙发客

第一步：开通个人账户。

在 www.couchsurfing.com 建立你的个人账户信息，尽量 100% 完善，尽量多上传你近期的照片，个人照和集体照。这样的话，沙发主才能更好地了解你，并放心去接待你。

PS：最近听到一些网友说，要交 25 美元后才能申请，这一条款在 2012 年没有要求。不过这是一个通过信用卡的认证方式，可以提高你个人的信誉。

第二步：开始旅行。

如果下星期你将前往某一个国家旅行，我们拿意大利罗马为例。首先点击"Surf"。接下来这里有三个小步骤：

1. 在"Plan a trip"中，填上：Rome，并填好到达以及离开日期，然后点击"Continue"。

2. 在"Add trip details"中，要求填上你到罗马想做什么。为了让我选择的沙发主接待我，一般我会这样写道：

Hi, I am Ella, my real chinese name is ****. I am a girl who is traveling all around the world, and wanna meet local people, enjoy local food, experience local life and share dreams and life's stories with you.

如果是一个人旅行，那就直接点击"Just me"；如果是多人，那就点击"Continue"栏，选择相应的人数。

3. 点击后，到达最后一栏"Find a host"。页面会出现很多在罗马的沙发客Host，在"Relevance"选择"Last Log in"，页面就会罗列出最近在线的Host，这样的话，得到他们的回复也比较快。往下看Host们的大概资料，如果Reference超过10，而且个人资料完成得接近100%，就可以点击进去查看该Host的个人资料。

第三步：查看沙发主的个人信息。

在这里，也有几个小步骤：

1. 首先要直接往下拉，看他的reference，即"评语"，是之前一些被他接待过的沙发客留下的对这位Host的评价。看看最新一条来自"Surfer"的Reference是否在最近，前几天，或者一个星期以前。这说明这位Host当下非常活跃于接待旅客，那么你被接待的机会会很大。然后看有没有Negative Reference，有的话，看看里面的内容是什么。就我而言，我不会选择Negative Reference超过两条的Host。通过Reference，可以基本了解他的为人，同时也可以预先了解到他是如何接待沙发客的。

2. 通过 Reference，确定他是一个好人之后，接着就要看他的基本信息，还有他留给沙发客的一些信息，具体位置位于网页左边。信息一般包括他家沙发的情况，例如：住宿环境如何，有没有动物，吸不吸烟，家住哪里等信息。还有很重要的是他对沙发客们的要求，这个也一定要看。

3. 查看他的个人兴趣爱好，具体细节在网页的右边。这里有更多他的照片，可以点击查看，然后往下面看他的个人爱好，信仰，对沙发冲浪这种旅行方式的见解，以及他旅行过的地方。

第四步：如何选择对的沙发客 Host。

在浏览了一些 Host 的资料，初步了解到他的兴趣爱好、职业等之后，就我而言，如果符合以下我个人的要求，我会给他发一条沙发请求。

1. positive reference 多的沙发主人，仔细查看近期的 Surfer 的 Reference，确定安全。

2. 找交通便利的，离市区近的。有时候在一个城市只待两三天，就应避免花太多时间在交通上。

3. 查看该沙发主人的照片，尽可能多地了解他的过去，跟他们相处时更有话题。如果能找到有相同兴趣爱好的 Host，那是最好不过的。如果他的职业是你的梦想职业，也可以选择被他接待。

4. 选择近期活跃接待沙发客的 Host。

第五步：发送沙发客请求。

在网页的开头，沙发主人照片的顶上方，有："click to send a couch resquest"，点击进去，完成第二个回答框。这个回答框主要透露你的行程，同时在信息里透露你希望被他接待的理由。写出这个理由，需要你之前好好看他的个人兴趣爱好。要在这条信息中显示，你是看了他的资料才给他发请求的，这是在尊重对方，大部分 Host 看了都会选择接待你。

下面介绍一段我经常写的：

Hi***,（名字一般都会在 Reference 得到）

Let's hang out and have some fun together. I am RTW traveler and it will be great that I meet up some wonderful people in Italy, since I come here for making stories and it is my first time visit Italy this amazing country. By the way, I am wondering your couch will be available for me for three nights, on next Monday, Tuesday,Wednesday nights.

I am a happy person with a big smile. we will have great fun days together.

I know you will be so busy in these three days, but I still try to send you request, haha, really want to meet you guy, since all the people you hosted gave you such good reference, and you must be a very nice person.

By the way……（这一段会写一些想对他说的话，希望得到他的接待。例如他的职业是你的梦想职业，你们有相同的兴趣，或者他去过的地方是你将要去的，等等。总之，在这里，要让他知道，你已经看了他的个人资料。）

I am a native Chinese, Asian girl, let's have a Chinese days, we would have a good time on it.

Hope to hear from you soon.

All the best,

Ella

去年在欧洲，那时我还是一名沙发客菜鸟，每一次我都会发很多沙发请求，10条有时甚至15条。后来发现没这个必要，毕竟旅行途中没有太多时间去找Host。因此我会提前三四天，给下一个目的地的Host发送请求，一般3条请求就够了。经过以上步骤选出来的Host，接受你请求的概率还是蛮大的。

第六步：沙发请求被接受，开始与沙发主进行交流。

大概过半天或者一天后，你就会收到沙发主人的回复，当然，有的人会拒绝你的请求，有的会接受。这时你们就开始交流，之后沙发主会把他的住址、电话等联系方式发给你。如果沙发主一旦接受你的请求，这时，不管什么情况，你都要与他进行交流。在被接待前，要与沙发主保持联系。

对于那些没有接受你请求的Host，也要回复谢谢。

第七步：跟Host，或者跟他的家人相处。

在这里，我有一些个人的原则。这是当一名受欢迎的沙发客的经验之谈，会在下面列出。

第八步：给沙发主留评价。

经过几天的相处，离开后，要在沙发主的个人信息网页上留下你对他的评价。具体操作：首先点击进入沙发主的个人网页，然后往下拉到Reference区，在第一条别人对他的评价的上方有："leave a reference"这样的链接，点击，然后留下你的评论。相应他也会给你留下评论。

然后加他为你的朋友，具体操作：点击网页左边Friends区，点击

"Add as a friend",然后根据提示完成所有步骤。你的 Reference 越多,朋友越多,你的信任值就越高,被 Host 接待的可能性也越大。

沙发客秘笈

原则篇:不要轻易跟 Host 发生超出友情以外的感情,毕竟你是旅者,会有离开的一天。但是如果不小心爱上了对方,那就只好自己看着办。跟男性 Host 相处时,不要过于妩媚,要男人一点,正气一点,豪爽一点,这样他们也不会对你做什么。那种像哥们一样的友情,相处时会很自在的。

AA 制篇:不要让 Host 帮你付餐费,有时你们会去下馆子,品尝当地美食。一般有经验的 Host 会带你到一些价廉物美的餐厅就餐(如果他带你去一些很贵的餐馆,说明这个 host 也不称职,你可以向他说明你不想去),偶尔一餐两餐,也不至于大出血。有时候 Host 坚持要帮你付餐费,那么在你离开他家前,一定要尝试着用其他方式还给他,例如:煮一顿中国晚餐;在家里帮他打扫卫生;或者请他到酒馆里喝一杯……方式有很多种,只要表达你的谢意就好了。

中途离开篇:如果中途发现你的 Host 手脚不规矩,故意冒犯你,你可以立马拎包离开。入住时,如果发现他家的环境很脏乱,恶臭难闻,也可以找适当的理由离开。

煮饭篇:当沙发客,少不了给 Host 一家来几道中国菜。我的厨艺不精,每次炒菜前,都会百度一下。现在为了方便,也不想让自己的荷包大出血(毕竟每一次煮菜,都是自己掏钱买材料的,而且在他们家也很难找到煮中国菜的材料,中国的东西在国外还是蛮贵的,就拿酱油来说，基本都是国内的三倍），我已经从以前煮四菜一汤，变成做简单可口的炒饭，但是这还要根据情况而定。

穿着篇：如果你是一位正派女，那么住在别人家，要特别注意穿着：不应太暴露、太花哨、太过性感，要朴素，正派。我在欧洲沙发客期间，每天晚上都穿着球衣睡，还向我弟弟借了几件 T 恤穿。

保持联系篇：从他接受你的沙发请求，以及你选择他当你下一站的 Host 那一刻起，就要时刻保持联系。住在别人家，你就是他们家的客人，一天当中，要跟 Host 保持联系。

B 计划篇：在到达某一个城市时，第一时间就是联系沙发客 Host。但出现下列情况：他的手机怎么打也打不通，找到有网络的地方给他发了消息也没人回复。这时候就要开始准备 B 计划，那就是找青年旅舍。有的沙发客会联系其他愿意接待你的 Host，不过就我而言，我会暂时住在青旅，第二天再打算。

诚实篇：当你被一些 Host 拒绝时，有一种可能是他知道你在复制、粘贴沙发请求，而没有看他的个人信息，觉得你不够有诚意。但有时候，尽管他知道你没有认真看他的个人信息，也还会接受你的请求。在你们相处时，要是他刻意地显示出他知道你给他发的沙发请求是复制、粘贴的，这时你要诚实地告诉他原因。

礼物篇：在跟 Host 说再见时，要准备好一张写满感谢的卡片：或是来自中国的明信片，又或者只是小小的书签。这样在充满感谢的氛围中道别，不仅仅能体现你对 Host 的谢意，同时也很容易得到 Host 给予的，很满意的推荐 Reference。我给 Host 们带来画有中国京剧脸谱的书签，书签的一头有一个小小的中国结。现在书签用完了，就开始送"Lucky Money"，红包，里面随意塞一点纸币。因为还有很多危地马拉币，只好用这些了，但是心意还是满满的。同时，我也从国内带来 15 个小小的、精致的中国结，每当 Host 家，或者他的朋友家有喜事，例如生日，孩子出生，甚至结婚，我都会给他们送上中国结。他们看到这个喜庆的小礼物，都非常喜欢。礼物不需很贵重，能表达心意就足够了。

相处篇：长途旅行中，会遇到很多接待你的Host。作为客人要不卑不亢，不要认为他是你的Host就感觉低人一等，你们是朋友，没什么不好意思的。但是你要管好自己，每天早上离开他们家前，必须要把房间整理干净才离开。搬离他们家前，也要把房间打扫一遍，使用后的独立卫生间要进行彻底大扫除。如果Host煮早餐或者晚餐给你吃，吃完后要自觉洗碗。如果自己煮东西吃，不要少了Host的那一份。沙发冲浪本身就是一个跟人打交道的平台，沙发客们不要太害羞，要学会健谈，同时也要学会侧耳倾听。

文化交流篇：中国有5000年灿烂的文化，每到一个新的Host家，不管是Host本人，还是他的家人和朋友们都非常好奇中国的一切。小到生活习惯，大到国家政策都很有兴趣去了解。沙发冲浪，同时也是文化冲浪。交流中，我被问得最多的就是中国的计划生育，中国是世界工厂等等。

语言篇：虽然我在拉丁美洲待了五个月，但是西语还是很烂，主要原因是大部分的Host都会英语。英语在沙发冲浪中很重要，虽然只会一点点英语也可以环游世界，但其中会少了很多乐趣。所以在开始旅行时，好好恶补一下英语。毕竟从在Couchsurfing上填写资料，到找Host，再到给他们发出沙发请求，这都是在用英语。口语不好，没关系，可以用几个英语单词，加上肢体语言来交流。但是不要因害羞而不说英语，要知道，他们也不会说中文，这没什么好害羞的。

更改到达时间篇：若因某种原因不能按时抵达目的城市，或者想在前一个城市多待几天，这种情况下，一定要在本该抵达的前一天，跟Host联系，简要说明不能按时抵达的原因，以及告诉他更改后的抵达日子。

豪爽篇：初到一个家庭，面对刚认识的、陌生的 Host，有时还有他们的家人和朋友，该如何跟他们打成一片呢？这时的你要很豪爽，这里不是指花钱的豪爽，而是为人处世的豪爽：对每个人都露出你真心的笑容，甚至大笑，说话时看着对方的眼睛，学会用肢体语言体现你对对方的尊重，这就是豪爽的你，谁都喜欢。当然不是每个人都能做到如此豪爽，也没关系，但是对每个人露出你真心的笑容，那是最基本的。

高跟鞋连衣裙篇：沙发客环游世界，给女生的建议是，带上一双轻便的、百搭的中高跟鞋，因为偶尔你会跟 Host 们参加一些聚会，或者一些舞会（这个不是很经常，但在拉丁美洲特别多），这时高跟鞋可以派上用场，不用临时买一双。一条连衣裙可以在平时穿，也可以很体面地出席各种社交场合。如果你的沙发客 Host 是一位女生，你们可以交换衣服。这样不用买新的，旅费自然充足，朋友也不会老说：Ella，换一下你的衣服吧！

八面玲珑篇：很多时候，被一个家庭接待的安全系数相对被单身男生接待的要高。但是被一整个家庭接待，也不是一件容易的事，一下子要面对这么多人，你要学会八面玲珑，跟家庭里每一个人都要有交流，哪怕只是一个招呼一个拥抱，什么时候都要微笑，家里每一个人都对中国文化很有兴趣，当所有人都在听你叙述时，你要学会注视每个人的眼睛，表示对他们的尊重。

洗衣服篇：长途旅行中，最困难、最不想面对的就是洗衣服。一般旅者会把脏衣服一次性拿到洗衣店洗，但是花销不少啊。但如果你是一名沙发客，可以用 Host 家的洗衣机，在用之前，说一声。有时候他会向你要水电费，不过这样的情况很少。

洗碗扫地篇：有时候，你不想，或者没有机会给 Host 煮一顿中国餐，但是你在他家也住了超过两天，这样的话，自觉地给他打扫一下房子，或者洗洗碗，这样就算因为突发原因多住几天也心安理得，不会觉得不好意思。

有车没车篇：在找沙发客 Host 时，如果是周末入住，一般我会选择有车的 Host，这样方便出行，周末他们也有空陪你到处逛逛。如果是工作日入住，有车没车都没关系。有车并不是必需，最重要的是找到一位安全的、正派的 Host。

吃饭问题：一般 Host 们都很乐意分享他们的食物，有些 Host 还专门给沙发客买好食物。用他们的厨房也是被允许的。要是在工作日入住，大部分 Host 们也会把他们家的钥匙给你。白天一个人在家，或者出去都可以。一般我会带着米还有意大利面上路，然后买一点蔬菜。每种蔬菜都买一点，朋友说不同颜色的蔬菜代表不同的营养，可以做个简单的蔬菜大杂烩盖浇意大利面。

营养篇：长途旅行中，保持营养并不是一件难事，为了肠胃舒畅，每天要坚持吃一到两根香蕉。我每次都趁在外参观时溜进超市，就为买两根香蕉。南美洲的饮食中摄入的蔬菜不够，这时候我会买好胡萝卜，每天啃一段。如果在一个家庭里待的时间超过三天，那就给自己买一瓶牛奶。美洲的牛奶都很便宜，质量好，不喝白不喝。不是每一个家庭都会煮早餐，牛奶冲玉米片是我的最爱，还有水煮鸡蛋也很方便。Host 家一般都有冰箱，要是我在这个家里待好几天，为了方便，我会一次性煮好几天的食物，放在冰箱，至于那些保鲜盒都是自己的。这样每天都吃自己煮的菜，也会保证营养。

名字篇：我的英文名字 Ella，是来自 SHE 里面的 Ella 啦，大大咧咧的男人婆形象，这是高中同学们对我的印象。加上我的圆脸跟 Ella 的有点像，结果就被叫 Ella。在英语国家，我叫 Ella；在西语国家，我叫 Pan，因为 Pan 是面包的意思，他们都记得。特别是在聚会中，一下子认识这么多人，很多人的名字我都会不记得，但是我的名字，整个晚上都能听到别人在叫。

沙发类型篇：Host 提供在客厅的沙发，还是提供一个独立的卫生间，这些信息全部会写在 Host 的主页。就我个人而言，不管是睡大厅，还是独立房间，这都不重要，重要的是提前确认安全系数是否高，若是男性 Host 接待你，要确定他是否是一位正人君子。

写游记篇：如果你旅行带着一台电脑，或者一台 Ipad，甚至一部手机，大家可以下载这个软件：Evernote（印象笔记），实在很好用，写的东西在有网络的地方会自动备份，就算丢了手机电脑，也能在网页上找回自己写的东西。再多的照片，也可以替你免费保存，特别推荐。

还有更多沙发客的秘籍等待你的发掘哦！

环球签证攻略 + 飞机票攻略

我的旅行路线：

意大利—奥地利—匈牙利—捷克—德国—荷兰—法国—美国（纽约5个月）—墨西哥—古巴—伯利兹—危地马拉—哥斯达黎加—巴拿马—秘鲁—智利—阿根廷—巴西（巴拉圭）—坦桑尼亚—肯尼亚—埃塞俄比亚—埃及—土耳其—伊朗—印度—中国香港—广州（家）

环球签证攻略

在这里，我简略地分享那些成功的签证。我碰过壁的签证，读者可以查阅我的博客，里面有记载。

1. 欧洲申根、美国旅游签证在国内办好。

2. 有美国签证免签的国家：墨西哥（180 天）、哥斯达黎加（30 天）、巴拿马（30 天）。

3. 古巴：只需花 25 美元买一张旅游卡。

4. 伯利兹：在墨西哥的切图马尔，60 美元当天出签证（30 天）。

5. 中美 CA-4 签证：在伯利兹城的危地马拉大使馆，半小时拿到，25 美元（60 天）。

6. 秘鲁—智利签证：在危地马拉城办理，一到两周出签。秘鲁 30 美元（30 天），智利 62 美元（60 天，一次入境，建议申请 2 次入境的 92 美元）。PS：这是 2013 年 5 月的情况，到了下半年 11 月，有中国游客拿不了这两个国家的签证。

7. 阿根廷签证：在智利 Antofagasta，当天出签，50 美元（90 天）。

在中美洲能签下南美洲的国家只有秘鲁、智利。厄瓜多尔、哥伦比亚、阿根廷因为不是当地居民，都不可以拿到签证。

8. 巴西签证：在阿根廷的 Puerto Iguazu 申请，一天拿到 90 天的多次往返旅游签证。

9. 坦桑尼亚：机场落地签，50 美元。

10. 肯尼亚：边关过境，或者落地签，50 美元。三天中转签证，20 美元。

11. 埃塞俄比亚：在肯尼亚的首都内罗毕拿不到埃塞俄比亚的签证，在边境也拿不到，一定要空降，在机场办理落地签，30 美元（30 天）。

12. 埃及：在埃塞俄比亚首都亚的斯亚贝巴申请，3 个工作日出签证。表现好的话，也许第二天就能出签证。

PS：在埃塞俄比亚申请以色列的签证，比登天还难。

13. 土耳其：在埃及开罗申请土耳其签证，60 美元（一般是 15 天，但给签证官一根香蕉，或者一个橙子，效果很不一样，会拿到 30 天。）第二天出签。

14. 伊朗：落地签证，72 美元。要提前预约好酒店或者青年旅舍，因为签证官有可能打电话确定你的住宿，这相当于邀请函，要是没有这个电话或者酒店预约单，签证费可能升到 110 美元。

15. 印度：在土耳其伊斯坦布尔申请，52 美元，5 个工作日，60 天单程入境。

更详细的签证攻略，请浏览我的新浪博客：http://blog.sina.com.cn/u/1862766870。

环球旅行，要带什么证件出发呢？

1. 财产证明：财产证明有 5 万美元左右就可以了，定期一年或半年，这要视你的旅行而定。像我这样用父母的财产证明的话，需要带上他们写出的"支持信"。

2. 护照、白底照片。

3. 一些国家要求有黄热病疫苗证书，我在巴西里约热内卢免费办理的。

在第三国申请签证，除了要看当下的政策，也要看个人的"人品"是否"爆发"。如何在申请签证中增加"人品"，在这里教你几招：

1. 早到，很多领事馆都在上午 9 点开门，一般提前 10 分钟抵达，让第一个为你开门的工作人员打从心底里支持你。让他初步了解你的情况，等大使过来，也有人替你说话。

2. 衣着，要整洁大方，这是尊重别人的首要条件。

3. 炫耀，在这里，这并不是一个贬义词，为了让签证官相信你有能力到他们国家旅行，那就把你的名表、名衫、名鞋等都穿戴上。

4. 贿赂，在这里，这也不是一个贬义词，但是贿赂的手法要简单：一根香蕉或者一个橘子。尽管这些都不能被纳为贿赂品，却有贿赂的效果。因为这些水果不用洗，直接剥开就能吃，签证官吃了也不会觉得我们在妨碍司法公正，也不会构成"贿赂"罪名，效果就是：让他们的心甜一下。

5.回答问题，自信不结巴。

环球机票攻略

我的机票，一般都在 www.edreams.com 上购买。要收取约 20 美元的手续费，因此有些时候，在当地的旅行社，或者航空机票代售点上买机票，价格会相对便宜。

在这里，分享我此行的每一张机票及价格。

香港—罗马，巴黎—香港，一套机票，阿联酋航空，1156 美元。

香港—纽约，洛杉矶—香港，一套机票，大韩航空，1139 美元（有回程机票才能进美国）。

纽约—旧金山，美国航空，108 美元。

凤凰城（美国）—墨西哥城，美国航空，270 美元。

坎昆（墨西哥）—古巴，古巴航空，来回 290 美元。

危地马拉城—圣荷塞（哥斯达黎加），Copa 航空，320 美元。

巴拿马城—利马（秘鲁），Taca 航空，458 美元。特别提醒，如果没有厄瓜多尔的签证，千万不要买这张机票，因为飞机在厄瓜多尔转两趟飞机，第一趟属于境内转机，要是没有签证，会面临遣返巴拿马的可能。

里约热内卢（巴西）—达累斯萨拉姆（坦桑尼亚），埃塞俄比亚航空，1150 美元。航空公司说要买双程机票，千万不要相信，单程的就好。

内罗毕（肯尼亚）—亚的斯亚贝巴（埃塞俄比亚），埃航，200 美元。

亚的斯亚贝巴—开罗（埃及），沙特航空，200 美元。

开罗—伊斯坦布尔（土耳其），埃及航空，220 美元。

伊斯坦布尔—德黑兰（伊朗），115 美元。

设拉子（伊朗）—新德里（印度），240美元。

新德里—香港，印度航空，260美元。

总价格6106美元，比星空联盟的环球机票还要贵。但是走了两年，价格也算可以了。

旅行安全过招

女生也可以"雄赳赳"地去旅行。以下给出旅行、生活中的一些安全要点：

一、旅行中要随身带的物品

1. 胡椒喷雾：这是在旅行中，遇到人身安全问题时，最有效的东西。尽管我从来没有用到过。

2. 避孕套：对女性朋友来说，这是护身符。

二、旅行途中如何提高警惕性

1. 要随时留意身边的人，当你独自一人走在大街上，不远处有人朝你走来，这时候，不管他是好人还是坏人，跑了再说。

2. 到达一个新的城市，或者国家，千万不要总是东张西望，而是要表现出你对这个地方很了解，并且知道你的下一步如何走：是去问路？还是前往电话亭给你的沙发客Host打电话？

3. 一个人在外，一定要学会冷静处事。如果错过了火车、汽车，甚至飞机，都不要紧张。总之不管遇到任何问题，都先要让内心平静下来，然后再去想办法解决问题。

4.问路，在问路方面，要学会技巧。向妇女们问路，安全系数较高。如果跟一位男士问路，那就要好好打量这个人，如果这位男士提着菜，或者手上拿着什么东西，并且正要赶往某一个地方，这样的话，安全。如果她身边有一位女士，那么安全系数会高一些。

作为一名沙发客，每到达一个地方之前，我都会联系好Host，得到ta的电话，ta家的地址等信息，然后把它写在我的小本子里面。到达一个城市后问路，我都会跟他们说：我要前往这个地方，我的朋友在等我。当他们看到你朋友（Host）的详细人名，电话，住址，而且正在等你……这样的话，你的保护伞就会变得强大了。

5.夜间不要一个人出门：特别在一些危险系数很高的城市，如墨西哥城、伯利兹城、危地马拉城等等。天黑之前最好回"家"，回青年旅舍。如果有一大帮朋友陪着，那就没关系。如果因为某些原因，天黑后还在外面，而且自己又不想花钱去打车，这样的话，只好用跑的，而且要经常回头看后面是否有人跟着。

6.财物安全：背包客们，旅行时要准备两个背包，大包小包，一前一后。前面的小包装一些重要物件：相机，钱包，护照，文件等等。或者要一个贴身腰包，腰包里面装钱，还有护照。

以上适用所有的背包客。以下是我的个案：

1.每到一个城市之前，我会联系好该城市的Host，得到详细的联系方式。到达后，一般有两种情况：

一是，他前来接你，这样的话，在到达该城市（一般是汽车总站）时就找附近的电话亭，要是找不到，或者电话机不能用，那就看哪个人正在用手机打电话，然后过去求帮忙。

二是，他给你详细的地址，还有相应的公交线路，这样的话，下车后就要去问人该如何走。

2.到达Host家之后，我会把重要的财物放在大背包深处，因为东西在 Host 家，总比随身带着，或者锁在青年旅舍来得安全。

3. 在天黑前一定回到沙发主家里，要是晚上出去派对，或者去酒吧，Host 都会陪你去，有当地人陪，安全系数高很多。因为他们了解什么地方安全，什么地方要特别小心。

4. 在危险的城市，甚至危险的国家，像中美的一些国家：洪都拉斯、危地马拉、伯利兹，尽量找沙发客 Host，或者住在一些安全区域的酒店或者旅舍。

5. 关于沙发客安全问题，其实不管遇到什么人，什么 Host，首先是要好好保护自己，不要穿得太暴露、太妩媚、太小女人，而要学会当一个做事做人都很豪爽的"正派女"。遇到那些不怎么喜欢跟别人交朋友的人，面对着 Host，还有他的朋友们，也要说上几句，打个招呼总可以吧。

当沙发客的好处是：在这个城市，有我的朋友，有人在罩着我。

不管怎么样，独自旅行，都要学会处理紧急事件，学会瞬间让翻腾的内心平静下来，还有，学会笑对糟糕的事情。当然警惕性最重要。

记录网友和朋友们的评价

Shirl：你做了很多人想做却没敢做的事情，值得佩服。

Meya：这需要很大的勇气，It is not easy to do what you want to do, but you did it!

奇为姐：年轻，想怎么疯都有本钱。继续吧，为老来回忆制造点故事。

东柱：我是做不到的，往后可以跟你的子女好好吹嘘吹嘘。

Miracle：看着你一路的旅行，也满足了我暂时无法实现的心愿。

志平：太疯狂了，等待你讲述你的奇遇。

Yuyu：我只能讲，我很羡慕你，也很佩服你！

友娣：强大，佩服。

海燕：独立了……

恒：羡慕，佩服，回忆里的宝藏。

霆锋：你是幸运的快乐的幸福的孩子。

小武：很多人只看到你笑的时候，却没看到你被狗咬的样子。

胡健：你是我的偶像，真的。

Tumo：人生难得几精彩，莫待鬓白羡少狂。

Momolio：好勇敢！好想加入你！可以如此毫无羁绊地环游世界，极少人做得到，你就是其中一个。

宜：记得以前毕业的时候，很多人写的梦想就是"环游世界"，你好犀利，实现了我们只能口述的梦想。

Rene_Au：你实现了我从小到大学毕业前，以为四十岁以后才敢想的事情，我开始觉得原来环游世界不再是遥不可及的梦，只要有一颗说走就走的心，一切问题都会在路上解决。

Yin：很棒，社交能力很强，积极乐观，面对各种事情懂得如何处理。为了自己的梦想不断努力，并且付诸实践，佩服你的勇气。

阿德哥：小潘，有一段特别想对你说的话：你毕业到现在的环球旅行，完全改变了我们公司同事对你的看法。原来大家觉得你是一个特别爱玩的孩子，屁股粘不住凳子，不适合做设计。现在的看法是：除了爱玩，独立能力、适应能力特别强，爱跟人打交道，你的旅行让所有人佩服！

Frank：

Hi,Ella!

我叫Frank，之前我是一名开心快乐的导游，天天和老外在一起分享不同的文化，畅想未来等等，累了就停下工作，背包去远行，拜访各地的朋友，之后为了所谓的稳定进了家央企，从2009年一待就是四年。四年中每一天我都在纠结，那种压抑让人喘不过气来，前几天偶然发现了穷游网，第一个拜读的作品就是你的，除了羡慕你的所见所闻，更是钦佩你的过人勇气，那种对自由的追求是我一直向往的。我一直在打算离开现在的单位，真的很谢谢你带给我的希望和勇气，让我更加坚定我的选择。明年我也准备去环游世界，人生很短暂，要抓住每一天每一个幸福开心的机会。最后也祝福你在接下来的旅途中更加顺利，遇到更多的好心人，记下更多的故事，我相信有一天当你老了，坐在阳台上看着日落，翻看相册与日记，此生无憾，不虚此行。

千墨绽放：说来我也是12年毕业生，一直都不安分，国内到处跑，可是我怎么就出不了国门呢！我决定把你的所有博文看一遍，自己借鉴捣腾捣腾。你的下一站要不要伙伴，求捡！

kukurany：看你的微博，天天有童话！！！

cadioc：真心佩服一个人旅行的人，尤其还是女孩子，尤其是到据说"不安全"地区旅行的女孩子。

Reco-very：嗯，很多人旅行之后不甘心停止，但旅行的目的不在于积累里程，知道自己为什么旅行才能明智地看待旅行。

夏天的mara：哈哈，我一直把你挂嘴上呢！昨晚还让我妈妈看了你的微博呢，真的太勇敢啦。哈哈，有机会来上海玩哦，请你吃饭！你是我的小偶像呢~酷炫的妹子~持续关注！

皓子漫步will：每天都看你的微博，除了佩服没有别的，我的心和你同在~~~

游人的静止：勇敢地快乐，快乐地生活，祝福你勇敢的游人。

摄影师月亮：姑娘，圣诞快乐，照顾好自己！

Shuleifan_summer：在你即将迎接 D500 天的沙发之旅时，今天我在北卡重温了你的部分博文，还记得"出发前四部曲"以及你和第一个沙发主 Christian 在他家小院讨论间隔年和梦想吗？这些给了我很大的鼓励，看似很难的梦想其实只需要勇气和执着，谢谢你的分享，真的很棒！一直在默默关注你，请加油！

血色夜豹：Ella，很偶然在穷游上看到你的文章，从此每天都关注着你的环球旅游。自从我看了你的游记后，很有感悟——世界很大，人生却很短，真的需要在有生之年，实现自己的梦想。我明年，也要出发去南美了，我想我一定会参考你的经历，走你走过的路，也想证明一次，其实很多事情，我也一样可以做到的，谢谢你！

吃货阿潘：楼主的人生已经刻下了不一样的烙印，几百万人之中也没有一个人有你这样的经历了。我好想抛开尘世，来一次这样的世界之旅，但是足迹也只停留在东南亚，资金，能力，胆小，让我止步，看着楼主的背影，人生其实真的有许多活法。

在这里要特别感谢网友们，旅行中你们留下的每一句评论，点的每一个赞，都是一种认可和支持。旅行对我来说，是一场拥抱世界的热血沸腾的盛宴，同时很高兴这股热血在过去的两年里，也沸腾着你们的心，你们的梦想。感谢支持！！！

后　记

旅行一年后，我到达了中美洲的秘鲁，当时有出版社约稿，想要把我一年的旅行故事整理成书。但我拒绝了，因为当时我还不知道，我真正要的是什么。直到我抵达智利，在一个海港城市体验了海军上尉一家三口的生活，上尉送我一本书——《穷爸爸，富爸爸》，书中的财富观念颠覆了我对人生的看法：我要创业。

可是要创什么业呢？在智利最南部的一座城市，朋友的一个移动硬盘跟我的一模一样，价格却比我的贵三倍。当时我们眼前一亮，异口同声地说："回国后，我们开始做贸易吧！"从那以后，我的旅行变成了一次环球经济考察。在找沙发主时，我总喜欢找那些做生意的家庭，通过跟当地人接触，了解他们的收入、消费情况，并记录他们需要什么。

回国后，我陪爷爷走完人生最后的两个月，便开始了艰苦的创业之旅。从小单的外贸生意，到跟朋友合作海外饰品销售，并创立了一个面向海外的饰品零售网站，现在又成立了一家葡萄酒贸易公司。这一路走来，一路的探索，一路的艰辛，现在想想都是各种滋味啊！我曾经想过要放弃，但爷爷临终前的一番话一直鼓励着我前行：

"靖仪，旅行已经让你到达了一个新的平台，你要在这个平台上起飞，不要回到两年前的原点，继续做你想做的事吧！"

是的，旅行的经历和磨炼，让我的内心变得强大。过去一年的创业之路，不管碰了多少壁，但如"我要成功环游世界"那般执着的"傻劲"已经溶入我的血液、骨髓里。有一次我在深圳参加朋友的聚会，一对香港夫妻带来了两瓶法国红酒，我们在平静欢乐的时光中谈天说地，分享见闻。我喜欢在红酒氛围下的交谈，回想在国外喝得最多的就是红酒，但回国后，因为中国红酒市场的混乱，我无法买到一瓶性价比高的红酒，更害怕买到假酒。

于是又一个大胆的想法萌生了：我要进口一些有故事的、性价比高的红酒，让更多人去享受红酒的美好时光。红酒是打开心灵的一扇窗，我希望更多的人在分享红酒的时光中，去诉说梦想，去分享人生，分享见闻。于是2015年4月我飞往欧洲，开启了90天的欧洲红酒之旅，游历了法国、西班牙、葡萄牙等众多著名酒庄。

有人曾经这样问我："Ella，如果你现在有很多钱，假如一个亿，你会做什么？"

"我还会继续在路上，去寻找更多好酒，去看见大大的世界，继续结交全世界的朋友，聆听他们的人生，他们的梦想，他们的故事。把他们的故事记录下来，分享给大家。而且我不需要一个亿，因为我已经在做了。"我毫不犹豫地回答。

我的第一个梦想已经一口气完成了，现在开始了人生的第二个梦想，那你呢？你的梦想是什么，已经出发去实现了吗？

地图生死劫：天命王权
ISBN 978-7-5204-2192-8
前卫，88.00元

地图：谁主沉浮
ISBN 978-7-5204-1411-1
前卫，49.00元

地图荣耀
ISBN 978-7-5204-2344-1
徐永清，108.00元

运河王朝：从东周到明清
ISBN 978-7-5204-2303-8
姜师立，98.00元

活在大运河：大运河如何影响老百姓的生活
ISBN 978-7-5204-2229-1
姜师立，88.00元

乾隆三部曲：乾隆十三年
ISBN 978-7-5204-0719-9
高王凌，49.00元

乾隆三部曲：马上朝廷
ISBN 978-7-5204-0720-5
高王凌，49.00元

乾隆三部曲：乾隆晚景
ISBN 978-7-5204-0721-2
高王凌，49.00元

中国古都城地图
ISBN 978-7-5204-0858-5
周强，128.00元

地图上的日本史
ISBN 978-7-5031-8698-1
樱雪丸 萧西之水，39.00元

地图里的兴亡：秦，从部落到帝国（上、下）
ISBN 978-7-5031-8658-5
风长眼量，39.00元

ISBN 978-7-5031-8659-2
风长眼量，39.00元

地图里的兴亡2：三家分晋，烽火中原（上、下）
ISBN 978-7-5031-8842-8
风长眼量，39.00元

ISBN 978-7-5031-8843-5
风长眼量，39.00元

梦圆大地：袁隆平传（增订本）
ISBN 978-7-5204-2635-0
姚昆仑，58.00元

西夏陵：王朝的见证
ISBN 978-7-5204-0797-7
唐荣尧，68.00元

贺兰山：一部立着的史诗
ISBN 978-7-5031-9501-3
唐荣尧，58.00元

就这样，我睡了全世界的沙发
ISBN 978-7-5031-9110-7
潘靖仪，35.00元

冒险雷探长2：遗失秘境
ISBN 978-7-5204-1412-8
雷探长，49.00元

冒险雷探长：秘境诅咒
ISBN 978-7-5031-9812-0
雷探长，48.00元

环亚旅行
ISBN 978-7-5031-9654-6
丁海笑，68.00元

南游记
ISBN 978-7-5204-1413-5
张强 刘晗，68.00元

只有寻找和遇见
ISBN 978-7-5204-0704-5
黎瑾 纪韩，58.00元

伟大的八千米
ISBN 978-7-5204-0173-9
李国平，398.00元

中国美食：舌尖上的地图
ISBN 978-7-5031-8658-5
洪烛，32.00元

北京：皇城往事
ISBN 978-7-5031-8497-0
洪烛，32.00 元

北京：城南旧事
ISBN 978-7-5031-7167-3
洪烛，32.00 元

中国历代战争之汉末烽烟
ISBN 978-7-5031-8583-0
沈忱 何昆，39.00 元

中国历代战争之两宋烽烟
ISBN 978-7-5031-8608-0
夜狼啸西风，39.00 元

藏品·藏家·藏趣
ISBN 978-7-5031-7910-5
张春岭，39.00 元

在高处遇见自己：我的山水十年
ISBN 978-7-5031-7640-1
青衣佐刀，49.00 元

行走在心灵之间
ISBN 978-7-5031-8357-7
周小媛，39.00 元

探访美丽中国·江南水乡
ISBN 978-7-5031-8422-2
孙克勤 孙博，36.00 元

探访美丽中国·古城古镇
ISBN 978-7-5031-8423-9
孙克勤 孙博，36.00 元

探访美丽中国·明清皇家陵寝
ISBN 978-7-5031-8454-3
孙克勤 孙博，36.00 元

遇见欧洲，遇见童话
ISBN 978-7-5031-8958-6
魏无心，48.00 元

欧洲不远：101 天行走欧洲
ISBN 978-7-5031-9196-1
张启新 刘航舶，39.00 元

最欧洲：我的自驾三万里
ISBN 978-7-5031-8455-0
赵淳，49.00 元

陌上花开：因你的注视而幸福
ISBN 978-7-5031-0451-8
洛艺嘉，49.00 元

小驴佳佳：画说非洲
ISBN 978-7-5031-8459-8
小驴佳佳，39.00 元

遇见格桑花：带着孩子去西藏
ISBN 978-7-5031-8662-2
绿豆 芝麻，48.00 元

台湾绝美之路
ISBN 978-7-5031-9856-4
刘中健，49.00 元

一生痴恋去大理
ISBN 978-7-5031-9535-8
黄橙，48.00 元

西岭雪：走一步看一步
ISBN 978-7-5031-8048-4
西岭雪，46.00 元

在世界，闲停信步
ISBN 978-7-5031-8517-5
小鱼，29.80 元

扬帆追梦：帆船自驾环球之旅
ISBN 978-7-5031-8528-1
万军，32.00 元

从纽约走到迈阿密
ISBN 978-7-5031-9997-4
杀杀姐，39.00 元

遇见喜马拉雅
ISBN 978-7-5031-9352-1
李国平，46.00 元

孤影八千
ISBN 978-7-5204-0142-5
李国平，68.00 元

喜马拉雅孤影
ISBN 978-7-5204-0239-2
李国平，68.00 元